| 中国当代研学丛书 |

诗词

中国现代新诗的语言与形式

赵彬 | 著

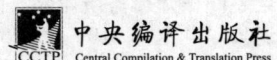

图书在版编目（CIP）数据

中国现代新诗的语言与形式 / 赵彬著. —北京：中央编译出版社，2020.3
ISBN 978-7-5117-3797-7

Ⅰ. ①中…
Ⅱ. ①赵…
Ⅲ. ①新诗—诗歌研究—中国
Ⅳ. ① I207.25

中国版本图书馆 CIP 数据核字（2019）第 298439 号

中国现代新诗的语言与形式

出 版 人：葛海彦
责任编辑：郑永杰
责任印制：刘 慧
出版发行：中央编译出版社
地　　址：北京西城区车公庄大街乙 5 号鸿儒大厦 B 座（100044）
电　　话：（010）52612345（总编室）　　（010）52612339（编辑室）
　　　　　（010）52612316（发行部）　　（010）52612346（馆配部）
传　　真：（010）66515838
经　　销：全国新华书店
印　　刷：三河市华东印刷有限公司
开　　本：710 毫米×1000 毫米　1/16
字　　数：206 千字
印　　张：16.5
版　　次：2020 年 3 月第 1 版
印　　次：2020 年 3 月第 1 次印刷
定　　价：95.00 元

网　　址：www.cctphome.com　　　邮　　箱：cctp@cctphome.com
新浪微博：@中央编译出版社　　　微　　信：中央编译出版社（ID: cctphome）
淘宝店铺：中央编译出版社直销店（http://shop108367160.taobao.com）（010）55626985

本社常年法律顾问：北京市吴栾赵阎律师事务所律师　闫军　梁勤
凡有印装质量问题，本社负责调换，电话：（010）55626985

诗歌首先是语言,而不是别的什么。
——［美］华莱士·史蒂文斯

序 一

张福贵

赵彬的博士论文就要出版了，我自然十分高兴。这不仅是因为我是她这篇博士论文的直接指导教师，同时也因为赵彬是我现在的同事。因此，有着这种特殊的双重身份，我喜悦而欣慰的心情，是不难想象的。作为老师的我，也许再也没有什么比看到自己学生出版学术专著，在学术上开始走向成熟、取得进步与重要收获，而更令人欣慰与开心的事情。这部专著不仅是对我们共同研究努力成果的一个肯定、认同与见证，也是赵彬个人在中国现代诗歌研究方面长期努力与探索的一个总结，同时，还是我们现代文学教研室一个重要学术收获与科研成果。我个人还认为，赵彬的这部诗学专著，将会是现代文学方面，在新诗研究领域里，一部具有突破性意义的学术专著，具有潜在的学术价值。

如果回溯赵彬简短的学术历程，应该说，她正在一步步走向成熟。

赵彬从硕士生学习期间，就开始从事诗歌方面的研究。那时，她做的是诗人个体研究，即废名诗歌研究，由于在该研究中显示了一定的学术潜力，她因此而留校。她在攻读博士学位期间，在我的建议下，她的研究由诗人个体研究跨入对中国现代诗学整体进行的宏观研究——新诗的语言与形式方面问题的研究，并形成了这本专著性诗学成果。

而在北京大学做博士后研究期间，她又在导师陈晓明的指导与建议下，将诗歌研究视角，由现代拓展到当代，即由现代诗歌的研究跨入当代诗歌的研究——对20世纪90年代女性的诗歌进行专项研究，该项研究已以专著的形式出版。对于她这些年来在学术上取得的不断进步，作为她的导师，我感到由衷的高兴与欣慰。

新诗的语言与形式问题，一直都是新诗发展过程中重要而没有得到根本阐释与论证的问题。围绕它所掀起的一波又一波的争论，是人所共知的。但是这个问题却始终没有人给出令人满意的学理阐释，争论似乎总是处在问题的外围，而没有进入问题的核心。即没有从本源性原因、从语言学的角度、从诗歌语言文体自身演变规律的角度，来探讨"五四"白话新诗发生的内在合法性。因为语言是诗歌的本源，诗歌是语言的艺术。而语言又总是和形式问题结合在一起，特定的语言总是决定着特定的艺术形式。因此，若能从语言学的角度，论证白话作为新诗语言的内在合法性，那么形式的问题自然不攻自破。

说赵彬的这部诗学专著具有突破性的意义与学术价值就在于：她能够以新诗的语言和形式问题为核心，从语言学角度，对诗的艺术本质属性、诗歌韵律的成因、诗歌语言和日常语言的差别以及差别形成原因，进行自己独到的尝试性探讨。在探讨中她还揭示出，文字的出现，造成了语言文字之间的矛盾运动，导致了"五四"新文学革命和新诗的必然发生和转型。从诗歌语言文体自身演变规律的角度，她推导出白话作为新诗语言的内在历史必然性，指出新诗在艺术形式上应该是有韵律的。从理论和实践双方面，她推导出白话新诗的韵律应与第一轮口语型诗歌文学时代《诗经》民歌的韵律风格一致，而不应以文字型诗即古典律诗的格律模式为参照。同时，重新解释论证了自由诗和韵律之间的关系，指出自由诗并非无韵律，韵律是自由的必然性结果。

这样就从诗歌语言文体自身演变规律的角度，从语言文字之间的矛盾运动关系，重新梳理了新诗与传统、新诗与旧诗、新诗与西方外来文学影响之间的关系，为中国新诗的发生，为新诗语言文体形式的建设与发展，尝试性地提供了一种自己的思考与见解，从而使围绕新诗语言和形式问题引起的诸多分歧与争端不息自灭，使白话新诗的发生、新诗的语言和形式问题获得合法性的理论阐释。

当然，说赵彬的这部诗学专著具有突破性的意义与学术价值不仅在于：她为新诗的发生以及新诗的语言和形式问题，提供了一种内在合法性理论阐释。更为重要的是，该书还从诗学的角度，为"五四"新文学革命的爆发，提供了一种诗学上的内在合法性理论依据，而这又是符合文学史、诗歌史常识的。因为文学史与诗歌史的经验常识告诉我们，文学史的变革，总是发端于诗歌，而诗歌的变革又总是开始于语言。因此，诗歌语言的变革必将导致文学的变革，这已经是规律性的共识。所以对新诗语言问题的探索，必将会在自然中，推导出文学革命爆发的内在原因。这正是赵彬这部学术专著在客观上会获得一举两得意义的重要原因，即在客观上，它一方面会推导出"五四"白话新诗发生的内在原因，另一方面会自然推导出"五四"新文学革命发生的内在必然原因。这就是我认为赵彬的这部诗学专著具有突破性的意义与学术价值的内在原因。

赵彬的这部诗学专著还具有另外一个重要的学术特点：作者敢于将最古老的传统诗学理论与最新的现代语言学理论、心理学理论有机地结合运用起来，对韵律的产生，这个传统的诗学难题，做出了自己独到的、富于创造性的阐释发挥，即敢于触碰诗学传统上这个最为艰难而核心的议题，并以这个问题的探索阐释为契机，来切入中国现代新诗的发生，进而探索中国新诗的语言与形式问题。

由于赵彬不但有在理论上对诗歌进行学术研究的热情与兴趣，而形成其良好的理论素养，她还始终热衷于诗歌写作实践。这使她这部诗学专著在蕴含诗学智慧理论深度的同时，又富于感性的色彩，而充满诗意的灵性与激情，带来阅读的快感与美感，不像一般纯粹理论性的书籍，会产生阅读上的枯燥。

　　赵彬的这部诗学专著，虽然具有上述特色，但这并不是说，她的这部诗学著作就完美无缺。由于她还年轻，并且学术研究年龄还不长，学术研究依然在探索中。因此，这部专著还可能存在一些潜在的问题与不足，有待同行专家的批评与指教。

　　赵彬是一个很纯正、执着的人，做人做事有自己的理想。在这样的年代里，这已经是很难得的了。作为她的直接导师，我衷心祝愿她在学术研究上，取得更大的成绩。谨以此为序。

序 二

刘中树

赵彬的博士论文要出版了，作为教过她的老师与现在同在一个教研室的同事，我十分高兴。这是她在攻读中国现当代文学博士学位期间重要的科研成果。这本即将出版的著作，既凝结着她个人在诗歌研究方面多年来的努力，也包含着她的博士生指导老师张福贵教授对她精心的指导与殷切的期望。这既是她个人在诗歌研究方面的一个重要进步与学术突破，也是我们现当代文学教研室在诗歌研究领域方面的一个重要学术收获。因此，我们作为她的老师与同事都很高兴，这是对我们多年来共同努力的一个最好的学术肯定与证明。作为老师与同事，也许，再没有比看到学生与同行的研究成果在学术上获得肯定与认同，并得到出版更令人高兴与欣慰的事情了。

赵彬为人质朴、厚道、真诚；为学勤奋好学，善于思考。她对诗歌一直都很有兴趣，很早就写诗。从硕士学习期间就一直在研究诗歌，她当时做的是废名诗歌研究，很有特色，获得好评，并因此留校。如果说她在硕士期间做的还是诗人个案研究，那么，她在博士期间便是在诗歌研究方面迈上了一个新的台阶，即已经由微观个案诗人现象研究，开始跨入对整个中国新诗进行整体的宏观诗学学术考察、思考与研究，这部著作就是她在这方面研究进步的一个明证与成果，是她在诗歌研究方面取得的一个重要学术突破与飞跃。这一方面体现了她个人的学术勇气与学术实力，另一方面也得益于导师张福贵教授长期的鼓励、支持与帮助，同时与我们教研室良好的学术氛围对她的影响也是分不开的。

新诗的语言与形式问题，可以说，在整个现代新诗的发展过程中，始终都是一个十分重要的学术问题，是从新诗诞生到现在都一直没有得到彻底解决、阐释与证明的问题。新诗虽然已经风行在创作实践中近一百年，但关于新诗发生的合法性，始终没有在理论上得到令人信服与满意的学理论证与阐释。也就是说，关于新诗的发生，缺乏从最本质、根本性的原因，即内在原因上，也即从诗歌语言文体自身演变规律的角度，来进行新诗发生的内在合法性，即必然性原因的阐释与论证。

当然，一方面，这与这个问题牵涉的理论与知识难度很大有关，另一方面，进行此方面的研究不仅需要坚实的综合性理论基础与文学史知识，更为重要的是，它需要研究者在此方面，具备一定的诗学灵性与智慧，即关于诗歌方面个人性的独特悟性与审美直觉和判断力。赵彬很早就开始并一直持续不断地写诗，长期从事诗歌学术研究，并取得很好的学术成果，她在此方面是有一定优势，是有一定诗学素养与学术研究实力的。我想这是她能够并敢于触碰、从事"新诗的语言与形式"这项艰深诗学研究的一个重要学术前提，而不仅是因为她年轻而葆有的学术勇气。

正是基于这样的学术素养，赵彬不避艰难，旧题新议，着眼于新诗的语言和形式问题，在她的著作中纵横捭阖、旁征博取，从语言学角度尝试性地探讨了诗的艺术本质属性、诗歌韵律的成因、诗歌语言和日常语言的差别以及差别形成原因。正是在对上述问题的探讨中，揭示出正是语言文字之间的矛盾运动导致了"五四"新诗的必然发生和转型，推导出白话作为新诗语言的历史必然性，进而从理论和实践上，推导出白话新诗的韵律应与第一轮口语型诗歌文学时代《诗经》民歌的韵律风格一致，而不应以文字型诗即古典律诗的格律模式为参照。她还重新解释论证了自由诗和韵律之间的关系，指出自由诗并非无韵律，韵律是自由的必然性结果。

这样就从语言文字之间的矛盾运动关系，从诗歌语言文体自身演变规律的角度，重新梳理了新诗与旧诗、新诗与传统、新诗与西方外来文学影响之间的关系，廓清、消除了围绕新诗语言和形式问题引起的诸多分歧与争端，为新诗语言文体形式的发展建设，尝试性地提供了一种新的思考与见解。

由于该书还没有正式出版，我们还不能确切说它会产生多大的学术意义与多么重要的学术反响。但至少作者为中国现代新诗的发生做出了自己独到而别致的、尝试性的探讨与努力。我想作为一位年轻的学者，这种敢于不畏艰难而进行独立性的学术挑战性探索与努力，还是值得肯定与鼓励的。并且也由于赵彬还是一位年轻的学者，该书还可能存在着一定的问题与不足，有待同行专家的批评与指正。最后，让我们期待赵彬在诗歌研究方面取得更长足的进步，为中国现代新诗理论的发展与建设做出更大的贡献。读了这部著作，写了上面读后感的文字，即以此为序吧。

序 三

陈晓明

赵彬是吉林大学现当代文学专业、现代诗歌研究方向的博士研究生。她在2005年博士毕业后,来到北京大学博士后流动站做研究工作,我作为他的合作导师一起共事一段时间。她在我的建议下,并选择博士后研究报告的题目为《中国九十年代女性诗歌研究》。她欣然接受了我的建议,并迅速投入了这项新的工作。这对长期从事现代诗歌研究的她来说,无疑是重起炉灶,不能不说是一个艰巨的挑战。但经过一段时间的学习与研究,她的悟性和踏实的努力起了作用,内敛的她,在短时间内发表了一系列文章,取得了这一领域的新的成果。这就是她的博士后出站报告论文《断裂、转型与分化——中国九十年代女性诗歌研究》(该书已出版)。

应该说,赵彬在诗歌研究的学术道路上,是勤于探索并有啃硬骨头的勇气的。她硕士生期间做的是诗人个案研究——废名诗歌研究,深受好评并因此留校;博士生期间,她在导师张福贵教授鼓励下,由微观诗人个案研究转向中国现代诗学的整体宏观研究,并形成重要的学术研究成果,这就是她的博士论文研究;紧接着,赵彬在结束对中国现代诗学的整体宏观研究后,又立刻进入北京大学中文系博士后流动站,展开对20世纪90年代女性诗歌的研究。赵彬在博士后出站后回到母校吉林大学工作,继续拓展当代女性诗歌研究的领域。作为她曾经的合作导师,我很高兴看到赵彬在学术方面进行的不断探索和取得的成绩。

现在,得知赵彬在中国现代诗歌研究方面又有学术成果著作问世,即她的博士论文亦将出版,我同样很欣慰。新诗的语言与形式问题,应该说在中国现代新诗发展过程中,始终是一个十分重要的问题,在理论上没有得到深入挖掘与阐释的问题,围绕它一直存在诸多分歧与争端,始终悬而未决。赵彬试图从语言学的角度打开这一论域,即从诗歌语言文体自身演变规律的角度,探索中国现代新诗发生的内在本源性原因,探索中国现代新诗的语言与形式问题。因为诗歌毕竟是语言的艺术,诗歌的变革总是从语言开始的,而语言问题又总是和形式问题胶结在一起的,一定的语言总是决定着一定的形式,语言和形式实质上是个一体两面化的问题。在这样的意义上,从语言学的角度,从诗歌语言文体自身变革演变规律中,来探索中国新诗的发生,探索中国新诗的语言与形式问题,梳理新诗与旧诗、新诗与传统、新诗与西方外来文学影响之间的关系,就显得尤为重要且会更贴近问题的本质。

赵彬凭着对这个问题的兴趣与自己长期的钻研与努力。对这个学界难题做出了颇具个性化的尝试性探索,并形成了自己独到的见解思想与学术主张。也就是,她从诗歌语言文体自身演变规律的角度,对诗的艺术本质属性、诗歌韵律的形成、诗歌语言和日常语言的差别以及差别形成原因,做了尝试性的探讨。她揭示正是语言文字之间的矛盾运动,导致了"五四"新文学革命的必然爆发,导致了"五四"新诗的必然发生和转型;指出白话作为新诗语言具有历史必然性,白话新诗在形式上,是有韵律的。这种韵律应与早期口语型诗歌文学时代《诗经》民歌的韵律风格相一致,而不应以文字型诗即古典律诗的格律模式为参照。另外,她重新解释论证了自由诗和韵律之间的关系,指出自由诗并非无韵律，韵律是自由的必然性结果。这样就从语言文字之间的矛盾运动关系，从诗歌语言文体自身演变规律的角度，重新梳理了新诗与旧诗、新诗与传统、新诗与西方外来文学影响之间的关系，使围绕新诗语言和形式问题引起的诸多分歧与争议得到了一种解释，为新诗语言文体形式的健康发展，尽可能地提供了自己别致的思考与见解，给出了一种个性化的尝试性理论注解与科学阐释。

当然，进行这样的学术探讨与尝试本身就是一个异常艰难而枯燥的工作。它不仅需要对诗学理论、语言学理论、中外文学史与诗歌史有系统的把握，更需要个人对诗歌有所感悟的审美判断力。应该说，赵彬在这些基础理论的系统研究与中外文学诗歌史掌握方面，下了较大的功夫，有相当的基础。当然从其研究中，我们应该可以看出，赵彬不仅仅是为了做这个研究才进行的这些工作。从她现有的研究成果看，这更应该归于学术热情而形成的综合理论诗学素养，这才有厚积薄发、应用自如。

除此之外，我还知道赵彬多年来一直有独自写诗的习惯。但她的诗歌写作从来不是为了发表，但却是一种让她保持内心的自由，保持对诗意的敏感，寻求精神自我超越的一种方式。

也许正是以上所述这些因素的存在，为赵彬进行新诗的语言与形式研究打下了良好而必要的理论与诗学双方面的铺垫与基础，并最终形成了这部成果性的著作。

当然，作为由一个年轻的学者出版的一部学术专著，并且由于这部专著所涉及学术问题本身的难度，这本书可能还存在着一定的不足与问题，期待同行专家的交流批评与指教，以促使她在学术上走向更进一步的努力与完善。让我们共同期待赵彬在诗歌研究方面取得更大的突破与进步。

权以为序。

目录

绪 论 ……………………………………………………………… 1

第一章 对诗本质的探寻 ……………………………………… 9
第一节 诗：在韵律的节奏中舞蹈与歌唱 9
第二节 韵律：无意识语言的特殊形式 12

第二章 韵律——无意识语言诗性结构的环形重复形式 …… 16
第一节 语言和无意识：语言产生无意识 16
第二节 韵律：无意识语言的环形重复结构形式 23
第三节 韵律意义与作用：显在的形式、潜在的"场域"、
　　　　诗美之来源 42
第四节 节奏：诗歌语言审美解放后的游戏运动状态 61

第三章 诗歌语言的艺术特性：诗歌是无意识诉诸声音表现激情和
　　　　想象的口语性艺术 …………………………………… 66
第一节 情感：诗歌的灵魂和生命 66
第二节 想象：诗歌的艺术质素 73
第三节 声音：诗歌的物质外壳 76

第四节　口语性：诗歌的本质属性　92

第四章　文字的产生：口语型诗歌和文字型诗歌的分化 …………101
第一节　语言和文字的分离：诗歌语言与日常语言分离的肇始　101
第二节　言文分离的结果：口语型诗歌和文字型诗歌的分化　107

第五章　白话作为新诗语言的历史必然性："五四"口语型诗歌时代的回归 …………117
第一节　"五四"白话新诗革命、新文学革命爆发的历史必然性：语言与文字之间的矛盾斗争　117
第二节　新一轮新诗语言的文白之争：与郑敏先生的商榷　124
第三节　李金发文言入诗的陌生化效果：文言的枯荣与轮回　137

第六章　中国现代白话新诗的韵律：挣脱文字梦魇后的舞蹈与歌唱 …………155
第一节　白话新诗："五四"新文学的先声　155
第二节　新月派诗歌的韵律风格：《诗经》韵律风格的再现　157
第三节　新月派诗歌音乐性的综合比较分析：各有千秋　189

第七章　自由诗与韵律 …………195
第一节　自由诗并非无韵律　195
第二节　韵律是自由的必然性结果　210

结　语 …………222
参考文献 …………233
后　记 …………243

绪　论

新诗的语言和形式问题，在新诗发展过程中，始终是一个十分重要且一直在争议的问题，因为它关系着诗歌本体建设。正因为如此，它成为新诗研究者们普遍重点关注的问题，被认为是"20世纪中国诗歌最大的问题"[①]，并成为诗人兼学者、评论家郑敏先生在《世纪末回顾：汉语语言变革与中国新诗创作》《中国诗歌的古典与现代》《语言观念必须变革》到《新诗百年探索与后新诗潮》《中国新诗八十年反思》《关于新诗传统的对话》等一系列重要的新诗研究文章中集中探索的问题[②]，因而成为"20世纪新诗理论的重要焦点问题"[③]。并且，郑敏先生的文章可谓一石激起千层浪，至今余波未断，仍被激烈地争论、探讨。如朱滨丹的《新诗的传统——从郑敏先生的两篇文章谈

---

① 王光明：《中国新诗的本体反思》，载《中国社会科学》，1998年第4期。
② 郑敏：《世纪末回顾：汉语语言变革与中国新诗创作》，载《文学评论》，1993年第3期。郑敏：《中国诗歌的古典与现代》，载《文学评论》，1995年第6期。郑敏：《语言观念必须变革》，载《文学评论》，1996年第4期。郑敏：《新诗百年探索与后新诗潮》，载《文学评论》，1998年第4期。郑敏：《中国新诗八十年反思》，载《文学评论》，2002年第5期。郑敏：《关于新诗传统的对话》，载《诗潮》，2004年第115期。
③ 吴思敬：《二十世纪新诗理论的几个焦点问题》，载《文学评论》，2002年第6期。

起》① 就是由此问题引起的讨论。

新诗的语言和形式问题，实际上就是新诗的语言究竟是该用白话还是应该用文言，是自由的还是有韵律的。如果新诗确实应该是白话诗，那么白话入诗的合理性或说必然性原因是什么？胡适当年倡导的白话入诗是一种个人选择行为的偶然，还是一种诗歌历史发展的客观必然？语言问题又总是和形式问题胶结在一起。在某种意义上，我们可以说语言就是形式，特定的语言总是决定着特定的艺术形式。如果我们能把某一种特定语言运用的合理性或说必然性原因找到并阐发出来，我们也就一定能够知道并说明其相应的艺术形式。因此，语言和形式问题实际上是一体两面的问题。解决了其中的一个，另一个问题也就必然豁然开朗，或更进一步说，解决了这个主要的问题，新诗中的许多其他问题，都将会成为细小的问题而迎刃而解。韦勒克、沃伦在其合著的《文学原理》中就认为诗歌的变革其实就是诗歌语言的变革。

之所以在今天重新提出这个似乎是历史性的话题，是因为这是一个一直到今天也没有解决好的问题，也就是说，关于白话入诗的合理性尚需论证，关于新诗的形式是自由的还是有韵律的，仍有争议。本来新诗的语言和形式问题在新诗诞生之初已经经历了一番争论，这就是当年胡适、陈独秀等围绕新诗的文言、白话、语体形式等问题，与学衡派、甲寅派之间展开的激烈论争。虽然胡适、陈独秀的白话自由诗理论在实践中最终取得了胜利，但白话自由新诗在经历了近一个世纪的创作实践后，似乎并没有取得显著可观的成绩，一时无法和几千年的旧诗相比。于是白话入诗的合理性乃至整个"五四"白话革命的

---

① 朱滨丹：《新诗的传统——从郑敏先生的两篇文章谈起》，载《文艺争鸣》，2005年第1期。

合理性再次受到质疑,"五四"新诗革命被认为是发端于西方文学的直接影响而与传统诗歌语体形式相断裂的革命,是一场无根的革命。在学界又掀起了新一轮关于新诗语言的文白之争及语体形式等问题的讨论。

这主要是以郑敏先生的长文《世纪末的回顾——汉语语言变革与中国新诗创作》为始因和肇端,并且郑敏先生的观点在其后来的《中国新诗八十年反思》《关于新诗传统的对话》等文中得到深化和强调。那么我们究竟应该怎样看待新诗的语言和形式问题呢?新诗与西方外来文学影响,新诗与母语诗歌传统之间是一种怎样的关系?白话作为新诗的主要语言究竟有无其内在必然合理性?新诗的形式究竟应该是自由体的,还是有韵律的?如果是有韵律的,它的韵律形式大体如何?自由和韵律之间又究竟是什么关系呢?可以说,新诗自诞生以来就一直笼罩在西方文学影响的阴影之下,而处在深深的焦虑之中,被认为是没有传统而处在无根的漂泊状态,立于无所依傍的境地。因此梳理新诗与旧诗、新诗与传统、新诗与西方外来文学影响的关系就成为解决新诗语言和形式问题的当务之急。

抛开语言问题,在新诗的文体形式方面一直存在着自由派与格律派的斗争。坚持新诗是自由诗派的学者们认为,新诗形式主要发端于西方自由诗的影响,是对传统旧体诗的解放,因而不应讲求任何格律形式,而应绝对自由;坚持新诗是格律诗派的学者们认为,诗的本质就在于韵律,因而无论新诗、旧诗都应是有韵律的语言形式,格律是诗的本质属性。但格律派在对新诗所应遵循参照的具体韵律形式上,观点并不一致,具体说来可分为三派。一派可称为西洋派,认为新诗既然发端于西方,因此可以外国诗歌韵律情况为参照(如冯至、徐志摩等);一派可称为传统派,认为新诗应参照中国传统的诗歌韵律形式,新诗不应背离和抛弃传统,它应在本国的母语诗歌传统语体形式演变规律中寻找形式发展的出路（如何其芳、卞之林、林庚等）；一派可称为折中派即第三派，认为新诗的韵律形式应在外国诗歌韵律形式和中国传统诗歌韵律形式相结合的基础之上发展（如朱湘、戴望舒等）。

在格律派中占主导地位的是传统派，但传统派在对新诗所应遵循参照的具体传统韵律形式上，观点也不一致，又可细分为三派。一派认为新诗应以古典五七言律诗的外在人为的定型化格律模式为参照，即注重平仄、句中音顿和脚韵、限定句中字数，以及外在诗行、诗节的规律化、整齐化，认为韵律是外在人为技巧的产物。一派认为新诗应以民歌、歌谣的崇尚内在真情自然活泼变化的韵律情况为参照，即认为它的韵律应是在自然中有变化、在变化中有规律，在规律中见出韵律的节奏与和谐。也就是说，新诗的韵律并没有一个固定不变的模式，而是一种相对的不定型。因此新诗的韵律形式应是大体须有，定体则无。这一派的观点实际认为韵律是情感的产物，是内在真实感情作用于语言，客观上必然呈现出的一种语言形式，即强调韵律是语言的一种自然发生行为，而不是人为技巧的产物。还有一派亦可称为折中派即第三派，认为新诗的韵律形式应在古典诗歌和民歌的基础之上发展。

从自由派和格律派的争论来看，实质是关于诗的本质问题的争论。即诗究竟是一种什么样性质的语言形式，也即诗歌语言和日常语言的差异究竟是什么？而从格律派内部主要争论来看，焦点是韵律如何产生的问题。如果说诗的本质是一种有韵律的语言形式，诗歌语言和日常语言之间的差异就在于韵律。那么韵律和语言之间究竟是一种什么样性质的关系，诗的韵律究竟是怎样产生的，以及造成这种诗歌语言与日常语言之间差异的原因何在，就成为探索诗本质，梳理新诗与旧诗，新诗与传统，新诗与西方外来文学影响关系的关键问题，进而成为解决新诗语言和形式问题的关键所在。本书正是针对这一问题试图给予一种尝试性的探讨和解答。

本书认为"五四"新诗革命的发生与西方文学的直接影响确实有关，但西方文学的影响只是外因。而它的内因是语言文字之间的矛盾运动导致传统诗歌语体形式发生变化，是诗歌语言文体按自身规律演变、发展、运动、变化的结果。因此新诗不应背离和抛弃传统，它必须从本身的母语诗歌传统中寻找语体形式演变发展规律，寻找形式发展建设的内在依据。为此，本书力图摆脱以往传统的从社会学、政治学的功利角度出发，进行文化思想意识形态分析的批评方法，更新思想，更新观念，转换视角，转换思维方式，而纯粹从语言学、心理学的角度，采用历史主义、文艺学、美学、精神分析的批评方法，对诗的本质、诗歌语言生成原理、诗歌语言和日常语言之间的差异及差异形成原因等问题进行重新的审美分析、观照和探索。

正是采用上述理论分析方法，尤其是拉康的无意识语言理论，推导出诗的本质特征是一种有韵律的语言形式，韵律是无意识重复性活动结构造成语言客观上必然出现的一种形式，是无意识在激情力量下进入一种幻想和想象状态，驱使能指为无限趋近所指而进行的从一个能指到另一个能指的重复性活动，造成语言客观上必然出现的一种形式。因此诗歌语言和日常语言的区别就在于诗歌语言是表达情感的无意识语言，因而是重复性质的韵律形式，是一种充满节奏感的呈开放性、动态性的语言；日常语言则是属于理性意识层面的语言，因而是线性的语法逻辑结构形式，是一种处于相对静止状态的符号。另外，从理论上揭示出正是由于诗歌语言是一种无意识性质的语言，因而具有区别于理性意识层面的语言即日常语言的艺术特性，即诗是无意识诉诸声音表现激情和想象的口语性艺术。也即诗是一种表达情感的艺术；诗是一种想象的艺术；诗是一种听觉的艺术；诗是一种口语性的艺术。而且进一步指出并论证了正是由于文字出现造成的言文分离及语言文字之间的矛盾运动，才造成诗歌语言和日常语言的分离与差异，导致口语型诗歌文学和文字型诗歌文学的分化及二者的轮回交替出现，从而推导出"五四"新诗、新文学的发生及其转型的历史必然性。

按照拉康的语言理论可以推导出，本来意义上的语言，即最初的语言是无意识感性思维的产物，是一种诗性的语言。它遵循的是一种类似环形具有重复性质的诗性韵律结构，这种诗性韵律结构就相当于一种情境，因而语言的本质就在于一种情境，是无意识得以存在的结构性情境（拉康语）。由于情感是无意识的核心内容，因而最初的语言是感性、情感的体现，而后起的文字则是理性思维意识的产物。这种理性思维意识主要体现为以线性为特征的语法逻辑思维结构，注重逻辑概念推理，所以文字的本质是一种理性的符号、工具和媒介，它的本质就在于符号性、工具性和媒介性，具体说体现为理智、智性。

这样，当文字产生并作为一种交流工具以书面语的形式大规模侵入最初无意识性质的日常语言领域并取而代之时，就在长期的交流使用过程中，通过以理性思维意识为代表的线性的语法逻辑思维结构的潜移默化作用，改变了语言最初所属那种无意识的类似环形的具有重复性质的诗性韵律结构，改变了语言最初富于直觉、情感、想象的诗性口语特质，使诗和语言相分离，使日常语言从最初的口语性质的诗性语言转变为有着线性语法逻辑结构的文字性质的语言，造成诗歌语言和日常语言的分化与差异，使诗歌分为口语型诗歌和文字型诗歌，文学相对应分为口语型文学和文字型文学。由此，文字就通过以理性思维意识为代表的线性语法逻辑思维结构的潜移默化作用，造成了对语言的压抑，铸就的是一种冰冷、刻板、僵化、机械、教条、模式化的工具理性主义思维结构方式，进而造成了理性对情感的压抑，使理性和情感处于永恒的压抑与反压抑的矛盾冲突运动之中。

文字对语言压抑的结果，就使正常的情感不能自然诉诸语言发声为诗，而是禁锢在文字理性僵化的线性语法逻辑结构内呻吟。于是为了作诗，只能音声外求，这就是文字型诗。但这种压抑只能在一段时期内维持，当这种压抑积郁已久，情感就会产生巨大的反抗力量，要求挣脱文字梦魇般的束缚，寻求新的口语性质的诗性语言，去舞蹈与歌唱那被压抑已久了的情感和个性。与理性对情感的压抑是通过文字对语言的压抑来实施相似，情感反抗理性的斗争也必然通过语言反抗文字的斗争来实现，因而情感和理性之间的压抑与反压抑的矛盾斗争必然导致语言文字之间的矛盾运动，进而导致口语型诗歌文学和文字型诗歌文学的轮回交替出现。在这样的意义上说，文字就是语言的梦魇，诗就是挣脱这文字梦魇的后的舞蹈与歌唱。

针对中国文学来说，汉字的出现及其所造成的言文分离，使西汉以前的文学，由于口语和书面语的差别不大而成为口语型文学；西汉以后到"五四"运动以前，由于口语和书面语的差别较大，因而这两千多年间的文学成为文字型文学。由于"五四"以前的文字型文学长期占据统治地位，就造成了文字对语言的压抑，进而造成了理性对情感的压抑。但这种压抑只能在一段时期内维持，当这种压抑积郁已久，情感就会产生巨大的反抗力量。而情感反抗理性的压抑必然通过语言反抗文字的斗争来实现，于是一场巨大的、轰轰烈烈的要求情感个性解放的斗争就必然率先在语言文字问题上找到突破口，它要挣脱文字的梦魇，借新的口语性质的诗性语言——白话，去舞蹈、去歌唱那被压抑了两千多年的情感和个性，这就是"五四"时期文言、白话之间的激烈斗争，也就是"五四"白话新诗革命、新文学革命。

这样就从语言文字之间的矛盾运动关系推导出了"五四"新诗、新文学发生及其转型的历史必然性，进而推导出白话作为新诗语言的历史必然性，推导出新诗的语言应该是白话而不是文言的。正是因为新诗的语言是白话的，所以，新诗的形式应该是有韵律的。而且它的韵律应该类似第一轮口语型诗歌文学时代《诗经》民歌的韵律风格，是一种活泼自然缘情而发的韵律，即在情感的自然起伏变化中有规律，在规律中见出韵律的节奏与和谐。在规律（韵律）中寻求变化，在变化中展示规律（韵律），正是它区别于古典定型化律诗的活力所在。因此，新诗的韵律形式应是大体须有，定体则无，是一种相对的不定型，而不是古典五七言诗歌即文字型诗歌那种相对定型化的格律模式。因为白话相对文言属于口语性质，而"五四"恰逢口语型诗歌文学时代，不是文字型诗歌文学时代。

为了更进一步证明这一点，本书又通过以新月派诗歌为代表的新诗与第一轮口语型诗歌文学时代《诗经》韵律情况的详细对照分析，证明新月派诗和《诗经》的韵律风格确实一致。因此，新诗应以第一轮口语型诗歌《诗经》的韵律情况为参照，而不应参照古典五七言文字型诗即律诗的那种定型化的模式。通过对韵律要素的重新界定和具体有代表性自由诗的韵律情况分析，本书重新解释论证了自由诗和韵律之间的关系，指出自由诗并非无韵律，韵律是自由的必然性结果。这样就从语言文字之间的矛盾运动关系、从诗歌语言文体自身演变规律的角度，重新梳理了新诗与旧诗、新诗与传统、新诗与西方外来文学影响之间的关系。这将有助于廓清、消除围绕新诗语言和形式问题而引起的诸多无谓争端与分歧，为新诗语言文体形式的发展建设，提供一种新的思考与见解。力图为新诗语言文体形式的健康发展寻找内在理论依据、指明出路，是本书的初衷。

第一章

对诗本质的探寻

> 诗的本质必须通过语言的本质来理解。
> ——海德格尔

第一节 诗：在韵律的节奏中舞蹈与歌唱

一、历史的考察："社会劳动说"与"歌舞乐同源的游戏说"辨析

考察一件事物的本质，最好从它的起源看起。关于诗的起源，历史上主要有两种比较有代表性、有影响的说法。一是诗起源于古代劳动人民在集体劳动中的口头创作——民歌，按照这种说法，诗起源于社会劳动。如我国最早的诗歌总集《诗经》中的大部分诗即是如此。二是"歌舞乐"同源的游戏说，即古代人民在劳动之余为了发泄过剩精力，庆祝自己劳动的收获，于是配合着乐器歌咏、舞蹈，从而形成口头歌唱的、富有韵律美的诗歌，这在古今中外的诗歌史上都可找到证明，毋庸赘言。

从这两种起源说中，我们可以看出一个共同点，即诗是一种具有

口语性质的、有韵律的语言形式,诗是在韵律的节奏中舞蹈与歌唱的语言艺术,这应当是诗的本质特征,并且诗和韵是同时产生的,诗、韵同源。

可是,如果说诗的本质特征在于韵律,上述两种起源说都不能解释韵律产生的直接原因;而如果说诗起源于社会劳动,但在非劳动过程中,也可产生富有韵律美的语言形式。这显然就不是劳动的本身能解释的。

按照"歌舞乐"同源的"游戏说",诗的韵律是因为与舞蹈、音乐同源,它们共同的命脉在节奏,因而诗特有的韵律形式是为了迁就舞乐的节奏而历史地形成的,诗的韵律是沿袭传统的,韵是歌、舞、乐同源的遗痕。这似乎是一种得到普遍认同的观点,这种观点分明把韵的产生,即诗韵律形式的产生,归结为一种外在人为的原因,归结为一种历史的原因。按照这种说法,韵于诗就是可有可无的,甚至可能成为一种外在的点缀和装饰,而不是诗的本质特征。那么,为什么诗歌语言在脱离了音乐、舞蹈以后,在强烈的情感的自然促动下,仍然呈现出迥异于日常语言的鲜明的韵律特征呢?显然这就不是外在人为的历史的原因所能解释的,而应该有其自身内在的必然性原因。

二、心理学的解释:诗缘情

韵律产生的内在必然性原因是什么呢?这就是心理的原因:出于表达感情的需要,即诗缘情。所谓"人禀七情,应物斯感,感物吟志,莫非自然"(刘勰《文心雕龙》)。所谓"情动于中,而形于言。言之不足,故嗟叹之,嗟叹之不足,故永歌之,永歌之不足,不知手之舞之,足之蹈之也。情发于声,声成文,谓之音"(《诗·大序》)。这里的"情发于声,声成文,谓之音"的"音"就是指诗的韵律。因为《乐记》中记载声、音、乐之间的关系即"感于物而动，故形于声。声相应，故生变；变成方，谓之音。比音而乐之，及干戚羽旄，谓之乐"。这里不仅指出声、音、乐的区别在于精粗的差异，而且指出声，只有其高下疾徐的变化形成和谐韵律或说旋律，才能叫"音"，而音，必须配合乐舞和舞蹈，才能叫作"乐"。由此，我们可以知道这里的"声"就是指韵律，并且可以看出歌、舞、乐虽然同源，但由诗到舞到乐的发展过程，却是由于感情不断强烈的结果，总之诗、舞、乐都和感情有关。只要是在强烈真诚情感的自然促发下，语言就会发而为声相应相变，形成一种类似自我言说、自我游戏、自我舞蹈、自我歌唱的韵律。所以袁枚说："须知有性情，便有格律；格律不在性情外"（袁枚《随园诗话》）。庞德也认为："情感是形式的组织者，不仅是视觉形式和色彩的组织者，而且也是听觉形式的组织者，情感能够产生音色的图式。"①

而古希腊的亚里士多德认为诗歌韵律方面的音调感、节奏感，这些艺术上的形式因素是出于人的天性本能表现，这种天性本能，其实就是指人的内在天生的情感。归根到底，也就是陆机所说的"诗缘情而绮靡"（陆机《文赋》）。由此可见，是情感的力量让诗的语言自然呈现出一种迥于日常语言的鲜明韵律特征，让语言踏上如诗如歌的类似自我游戏、自我舞蹈、自我歌唱的审美表现状态。

关于情感是让诗歌语言产生韵律的自然直接原因，这似乎是古今诗论一致公认的信条。可是情感或说激情是如何让语言呈现出那如诗如歌的韵律特征的呢？也就是说，这千百年来都被认为是"自然的过程"究竟是怎样发生的呢？人们一直无法做出科学的解释。虽然古今

---

① 黄晋凯等编：《象征主义·意象派：庞德书信选》，中国人民大学出版社1985年版，第15页。

中外的诗人凭直感敏锐地意识到，是情感让语言生花，产生那如歌的韵律，但却没有对这一现象，这一过程做出科学的解释，因此这一问题尚停留在一个感性认识的阶段。也正是由于人们没有对这一过程做出科学、合理、令人满意的解释，对诗究竟是应该有韵，还是无韵；以及如果有韵，应该是自然的，还是人为的；如果是自然的，这自然形成的韵律大体形式是什么样的，具体应以何为参照，这样的一系列问题，人们一直在争论不休。

第二节　韵律：无意识语言的特殊形式

一、诗歌创作是一种特殊的无意识活动状态

导致人们对韵律产生难以做出科学解释的原因，是艺术创作，尤其是诗歌创作是一个十分复杂的问题。因为艺术创作，尤其是诗歌创作不仅发生在意识活动层面，更主要的是发生在无意识层面。它不仅涉及意识问题，更主要的是涉及无意识问题。以弗洛伊德和荣格为代表的现代心理精神分析科学已深入无意识领域，并将无意识理论引入文学艺术创作领域，明确揭示出：艺术根源于无意识（见荣格《分析心理学与诗歌的关系》一书），而无意识过去一直被人们视为神秘莫测无法驾驭的东西。

先验主义者谢林曾说：

> 如果我们在有意识活动中一定会找到一种东西，这种东西虽然可以总称为艺术，但仅仅是艺术的一部分，它会经过深思熟虑

而自觉地完成，既能教，也能学，是能用别人传授和亲自实习的方法得到的。

那么，与此相反，我们在参与艺术创作的无意识活动中也一定会找到另一种东西，这种东西在艺术里是不能学的，也不能用实习的方法和其他方法得到，而只能是由那种天赋本质的自由恩赐先天地造成的，这就是我们在艺术中可以用诗意一词来称谓的那种东西。①

谢林认为，艺术创造活动或美感活动也和其他人类活动一样，都植根于矛盾，即自由与必然，有意识事物和无意识事物之间的矛盾，正是这个矛盾推动艺术家整个的人全力以赴地行动起来，因为它抓住了他的生命的矛盾，是他整个生存的根本。他认为，在艺术创作过程中，一方面艺术作品是人的自由的产品，是有意识产生的；另一方面，艺术作品又有如自然产品，是无意识地被产生的，无意识活动在创作中起决定作用。它通过有意识活动发挥作用，凌驾于有意识活动之上，最后就会形成表现无意识的无限性的自然与自由的综合。②

而无意识活动，正是心理精神分析学派研究的核心问题。在心理精神分析学领域中，无论是弗洛伊德，还是荣格，都将人的心理分为意识层面和无意识层面，因而人的心理活动是由意识活动和无意识活动共同组成。无意识受意识的压抑，隐伏在意识层面之下，时刻伺机在为自己寻找迂回曲折的表达途径，诸如梦幻和艺术创作等方式。如果说意识活动主要发生在社会生活的公共领域，那么无意识活动的空

---

① ［德］谢林：《先验唯心论体系》，梁志学、石泉译，商务印书馆1977年版，第269页。
② ［德］谢林：《先验唯心论体系》，梁志学、石泉译，商务印书馆1977年版，第269页。

间就主要是在私人个性化的生活、艺术创作等领域。在精神分析学派看来,无意识是文学艺术创作的根本动机,艺术根源于无意识。如弗洛伊德在《诗人与幻想》一文中强调艺术家创作动因是幻想,是受到压抑的愿望在无意识中的实现。

二、无意识语言的特殊结构形式

具体针对诗歌创作来说,也就是当诗人因激情冲动,陷入创作激情冲动的状态以后,就进入了一种无意识状态,这时候起主要作用的,就不再是被称为理智的理性逻辑思维,而是一种诉诸感性直觉体验的形象思维,这种形象思维也就是想象力。也就是说,想象力是以一种无意识的方式在起作用。想象力虽然人人都有,却因人而异,它具体能力的大小只能取决于天赋。所以黑格尔在《美学》中认为:最杰出的艺术本领就是想象。[①] 想象力只有当情感力量特别强大时,才能突破理性意识活动的束缚,活跃起来,以无意识的方式起作用,让语言摆脱代表理性思维的日常语言线性语法逻辑思维结构的束缚,进入一种无意识感性思维活动的状态,进入一种类似环形具有迂回往复性质的诗性思维结构活动状态,也即进入一种充满生命韵律感的类似自我言说、自我歌唱、自我游戏的审美表现的运动状态。也就是说,虽然代表意识活动和无意识活动的思维活动结构方式不同,但无论意识活动,还是无意识活动,最终都要通过一个共同的媒介——语言呈现出来,并且由于它们思维活动的结构规则不同,因而使语言呈现出不同的结构秩序或说形式。

这就是说,意识活动的结构规则是一种诉诸逻辑概念推理的理性

---

① [德] 黑格尔:《美学》第一卷,朱光潜译,商务印书馆 1979 年版,第 357 页。

思维结构原则，在这种结构原则支配下，语言呈现出日常语言符号的线性语法逻辑思维结构秩序。那么与此线性结构相对应的，无意识的活动结构就应当是一种非理性的，类似环形的具有迂回往复性质的诗性韵律结构。如果说意识和语言之间体现为一种日常语言线性的语法逻辑思维结构关系，那么无意识和语言之间就应当是一种非线性的，而是一种类似环形的具有重复性质的诗性韵律结构关系。如果这样的推理能够成立，就说明诗歌韵律形式的产生，应当归因于无意识诗性活动结构作用于语言而产生的一种特殊效果。那么这样一种推理能否获得科学的解释呢？语言和无意识之间又究竟是怎么样的一种关系呢？20世纪的语言心理分析哲学的发展为这一问题的解答，提供了令人鼓舞、充满希望的前景和可能。

第二章

韵律——无意识语言诗性结构的环形重复形式

> 语言完全具有一个深不可测的自身无意识。
>
> ——伽达默尔

第一节 语言和无意识：语言产生无意识

一、语言产生无意识

进入 20 世纪，语言问题不但成为语言学的中心，而且也成为心理学、美学、哲学、文学理论的中心。人们对语言问题倾注了前所未有的热情。尤其语言心理分析哲学学派将语言研究从意识的层面推进到无意识层面，也就是说，语言不仅是意识的体现，而且也是无意识的体现。一个似乎令人惊骇的论断被提出了：语言产生无意识，语言的本质就是无意识得以存在的结构性情境（拉康）。我们前面说过，无意识是精神分析学中一个重要的概念，无论是弗洛伊德、荣格，还是拉康，都对无意识理论进行过认真的分析。如果说弗洛伊德强调的是"个体无意识"；荣格强调的"集体无意识"；拉康则将语言导入无意识中,强调"无意识作为主体的语言生成和主体生成",包括镜像阶段、主体的想象、象征和现实的三个层次。拉康在《形成"我"的功能的镜像阶段》一文中,强调并不是无意识产生语言,而是语言产生无意识。这样就把语言放在一个更广阔的视野上进行研究,使围绕以语言为中心的诸多的艺术创作的问题豁然开朗,或至少提供了一种别致的解释,不同于传统的解释。语言走出了传统理性意识的禁区,而进入了无意识的开阔领域。

二、语言历史发展的线性描述:传统—现代—后现代

传统语言学一向认为语言是理性意识的产物,语言是人们交流思想的工具,思想决定语言,是一种工具理性主义语言论。以索绪尔为代表的现代语言学则开始把语言提升到一种非理性的主体地位,认为不是思想决定语言,而是语言决定思想。思想是语言的产物,是"言语的偶然行为中落下了成熟的语义果实"[①]。索绪尔认为,思想本身好像一团星云,在语言出现之前,一切都是模糊不清的。语言出现之前思想是一片混沌,语言是从混沌状态的声音中选择一部分,又从混沌状态的思想中选择一部分,然后把两个部分组合到一起,这就是语言符号的能指和所指,其关系犹如一张纸的两面,这是索绪尔对语言怎样使思想从混乱到清晰以及意义产生过程的说明。由此可见,是语言决定思想,而不是思想决定语言,而且语言是一种人为任意假定的概念,是一种假象,它只是一种形式,而不是实质。因此,由语言符号所定义和构筑的世界是与真实世界相脱节的,因为语言是不及物的。

[①] [法]罗兰·巴特:《符号学原理》,李幼蒸译,生活·读书·新知三联书店1988年版,第88页。

在这样的意义上说，语言只是梦幻空花，真实的意义永远不能被表达。在索绪尔看来，人类为了正常工作，只能暂时强行把词语牢牢钉紧在意义上，使能指和所指在混沌的状态中暂时结合成如一张纸的两面般牢靠的意义上，才能进行交流。索绪尔并进而提出词语的意义是靠它在语言符号系统中与其他词的差别来确立和产生的，语言正是利用能指和所指的双重差别对思想进行分节，才形成思想和意义，因此差别是产生意义的基础，意义是语言符号系统内部差别规则的产物。

到了后现代主义，索绪尔的语言观又被向前推进了一步，这就是拉康的语言观。拉康也提出"混沌"这一概念，但不是指思想的混沌，而是指经验的无序状态。但这混沌无序的经验世界并不能用索绪尔那种由差别而产生意义的语言来定义。一方面，一个能指可以有多个所指，一个所指也可以有多个能指，能指和所指都处在一个滑动的状态，用拉康的话来说，就是"滑动的所指"与"漂浮的能指"。另一方面，更为重要的是，由于能指与所指之间存在着一道天然屏障，能指与所指不能再像索绪尔认为的那种犹如一张纸的两面，那样幸福地结合在一起。那么这种天然的屏障是什么呢？在拉康看来，就是语言符号所构筑的先已存在的文化、文明。因而拉康提出语言（日常语言）是一种暴力，并进而提出语言产生无意识。

具体来说就是，当我们刚出生时，世界对我们来说是一片混沌，无所谓意识与无意识。可是一旦我们在幼儿阶段开始进入语言学习时，先于我们而生成的语言和文化系统，便将其秩序和结构加诸我们身上。因此我们进入的乃是一个先已存在的能指网，因而我们的世界是后天的语言塑造的世界，可以说是词语的世界确定了事物的世界，不是我们自己命名和认识的世界。我们一出生就生活在卡西尔所说的"符号化世界"里，必须经过"语言"这所学校的教育，才能进入这个文明的世界，社会化的世界。甚至可以说，不经由语言，我们就无法生存在这个文明世界，语言成了我们和他人和世界之间的"通行证"。

语言对我们来说就构成了一种异己的力量，一种强制和压迫。它强制和压迫我们必须按着约定俗成的语法逻辑去思维，也就是理性意识的思维方式。在长期潜移默化的使用中，这种思维方式逐渐形成了一种看不见的力量桎梏着我们，并且随着语法逻辑的日趋完善，语言将越来越缺少激情的活力，我们的思维也日趋刻板僵化，缺少创造力。

可见语言作为符号，一方面对塑造整个人类文明做出巨大贡献，另一方面也构成一种暴力，将我们禁锢在语言的牢笼中。这种语言暴力构成了一种压抑，当这种压抑积郁已久时，就产生了巨大的反抗力量。在情感力量特别强大时，语言就会突破理性意识的限制，进入一种特殊的状态，想象力相应活跃起来。这种特殊状态，就是指无意识状态，无意识就这样产生了。因而拉康说语言产生无意识，无意识是在语言和欲望脱节处浮现。如果没有语言暴力造成的压抑，就不会产生无意识，也就无所谓意识还是无意识。无意识必然带有审美解放的性质。

三、无意识的本质——另一个"我"的话语

无意识实际上就是那被压抑的欲望，它的核心就是那时刻在冲突涌动着的情感。如果说意识代表着理性、理智，那么无意识就对应感性方面的东西，即情感、直觉、个性、想象力等因素。"它是人类欲望之无言的，不可停止的和不可安抚的本质。并且只要无意识采取任何公开显现的形式，它都是语词。"[①] 所以，拉康说无意识具有语言的

---

① [英]波微：《拉康》，牛宏宝、陈喜贵译，昆仑出版社1999年，第55页。

结构，是"他者"的话语，并且是绕过"我思"功能来实现其操纵作用的。那么何谓"他者"呢？实际上"他者"是我自己的他者，或者换句话说无意识是我自己的他者。因而它虽绕过理智，绕过"意识"自我的"我思"来行动，但人仍然是无意识的主体。相反，自我只是主体的一种功能或效果。并且由于它是受以语言代表的意识主体的压抑而产生，所以无意识总是以意识主体自己的对立面出现，当代表语言的理性思维的停止处，无意识才会进行言说，也即另一个我，被拉康称为"他者"的我，才开始以同样的媒介——语言显现并言说。所以笛卡尔的"我思故我在"应该说成"我思处我不在，我不在处我思"。

至此，我们便可以说，无意识不是什么神秘的、外在的、不可知的力量，它就是潜伏在语言意识压抑下的另一个我，是我自己的他者。由于和代表意识的语言结构不同，因而当它通过同样的媒介——语言来言说，常被误认为是他者的话语，好似不是主体的自我在言说，好像不是人说语言，而是语言说人，实际上是误会。这实际上是无意识的"我"在言说，因而无意识是相对于意识而言。也就是说，作为主体的我可以分为意识的"我"和无意识的"我"。二者都诉诸一个共同的媒介——语言来表现。当无意识的"我"在言说时，意识的"我"就隐去了，这时语言就成为无意识的"我"的代言人，并且以与代表意识语言的不同结构进行言说。那么无意识的语言结构是什么样呢？在拉康看来，无意识的语言结构就是一种重复性的形式。他的能指相当于弗洛伊德的意识，所指相当于弗洛伊德的无意识。

四、无意识重复性活动形成富有情境性的语言

前面我们说过，由于能指和所指之间存在着那道天然的屏障，使所指受到了压抑，真实的意义永远不能被语言表达，能指和所指处在飘移滑动状态。为了正常工作，人类只能暂时强行把词语牢牢钉紧在意义上，使能指和所指暂时结合成索绪尔所说的一张纸的两面，人类才能进行交流，所以语言是一种假象，"语言是形式而不是实质"①。并且这假象的意义是来自语言自身符号系统中的差别，"差别是产生意义的基础"②，所以索绪尔说"语言中只有差别"③。于是为了突破由能指和所指之间那天然屏障给语言文字造成的差别相，突破由这差别相所造成的对世界本真意义的遮蔽和束缚，突破人为的"形式"的能指对真实的所指造成的压抑。无意识的意义就在于，在激情力量的作用下，促使能指进入一种幻想、想象的状态，在这种幻想和想象的状态里，企图通过能指天真的、不断的运行和活动，也即从一个能指到另一个能指的不断行动，去抵达所指（意义）。然而，所指（意义或世界的本真意义）是幻想，是终不能抵达的。于是无意识的意义就在于构成了能指追索所指即意义的去而复返，往复循环，永无休止的结构迂回。也就是说无意识造成了重复性的充满动态性和开放性的结构活动，它的活动结构是类似环形的重复结构。

所以，无意识的本质特征在于一种活动，一种重复性或说往复性的活动，它永远是动态性的，开放性的。那么当无意识在强烈情感，或说激情力量作用下，突破意识理性的束缚，以话语的形式显现时，它必然呈现一种不同于代表理性意识的日常语言的结构形式和状态。如果说代表意识理性的日常语言的结构形式是线性的语法逻辑结构形

---

① ［瑞士］费尔迪南·德·索绪尔：《普通语言学教程》，高名凯译，商务印书馆1980年版，第169页。
② ［法］格雷马斯：《结构语义学》，吴弘缈译，生活·读书·新知三联书店1999年版，第71页。
③ ［瑞士］费尔迪南·德·索绪尔：《普通语言学教程》，高名凯译，商务印书馆1980年版，第167页。

式，并且呈现的是一种相对静止的状态，那么无意识语言就是一种类似环形的重复形式的结构，而且呈现的是一种充满动态性和开放性的活动状态，也即运动状态。正是在这种意义上，也即无意识的层面上，拉康说"语言是无意识的情境"①，是无意识得以存在的结构性情境。情境即是活动着的结构，因而是动态性的，开放性的，是永远在流动着的，因而是可以超越时空的。而无意识恰是语言"情境"的构成者。

由此我们可以推出无意识语言是激情状态下幻想和想象的产物，主要是一种声音的幻象或说幻形，是能指在激情状态下为无限趋近于所指而进行的一场天真的游戏，一场迂回性质的、类似环形重复结构的游戏。所以无意识语言应该和充满情感、想象创造力，且是游戏性质的诗歌语言创作之间存在密切关系。弗洛伊德就认为语言游戏和诗歌创作之间存在密切关系，他在《作家与白日梦》中说："语言中保留了儿童游戏和诗歌创作之间的这种关系。语言给那些充满想象力的创作形式起了个德文名字叫'Spiel'（游戏），这种创作要求与可触摸到的物体产生联系，要表现它们。"②

这样，当我们把拉康的无意识语言理论再向前推进一步，把它运用到纯粹的语言艺术，也即诗歌创作时，我们就能相应地推导出韵及韵律的必然产生与形成，推导出正是韵律形成了诗歌特有的形式，使它形成区别于其他文体形式的本质特征。

---

① 转引自王一川：《通向本文之路》，四川人民出版社1997年版，第172页。
② 转引自张首映：《西方二十世纪文论史》，北京大学出版社1999年版，第101页。

第二节 韵律：无意识语言的环形重复结构形式

一、韵律的产生和形成

按照拉康的上述理论，当诗人在激情力量的作用下，陷入创作上的无意识状态以后，就进入一种想象阶段，也就是进入一种形象思维阶段，日常语法逻辑的理性思维失效了，代之而行的是想象力活跃起来，并以无意识的方式起作用，促使能指为了无限趋近于所指，疯狂地从一个能指到另一个能指进行去而复返的重复性运动。在激情力量的作用下，他（诗人）产生了一种幻觉，以为通过这种能指疯狂性的重复迂回运动，可以抵达那要表达幻想意义的彼岸。所以苏珊·朗格认为艺术的本质存在于一种幻觉。

在这种幻觉里，虽然真实的意义永远无法抵达，但诗人却可以通过代表情感意向的声音符号能指的重复迂回运动来象征和暗示情感所要表达的意义本身，并使情感和意义得到集中和强调。这就说明在诗中，意义是通过声音暗示出来的，以及诗为什么是一种听觉的艺术。而正是由这种表示声音符号能指的去而复返、类似环形结构的重复运动，客观上就形成了诗歌中同一声音的回环再现，同声相应，形成了诗歌的韵律形式。因为韵律的本质特征就是复沓，就是一种回环再现、去而复返的声音重现。

朱自清在《新诗杂话》中说："韵是一种复沓，可以帮助情感的强调和意义的集中。"① 程观林在《古今诗歌韵律》中说："诗的韵就好比音乐的旋律，乐理上叫'再现'。所谓押韵，就是指同一个韵在特定位同一位置上回环再现而相押。"② 而刘勰在《文心雕龙·声律篇》对韵的解释是：同声相应谓之韵。这可见韵的本质就是声音的复沓，就是声音的重现。

这种重现由于情感的强度不同，一方面体现在诗中整体章式、句式方面语音模式的重复；另一方面又体现为一句之中部分语词语音模式的重复，它体现为句首韵、句尾韵和句中相同音顿的重复。在这两种语音模式重复中，前者必然包括后者，但后者却不能涵盖前者。简单说，这种重现就体现在谐音、音顿、韵脚或者叠句中。因而一首韵律完美的诗歌，至少应该包括句首韵、句尾韵和句中相同音顿的反复三个要素。如《诗经》中"重章复沓""重章叠句"成为一种最为显著的用韵手法。有的整章重复，有的整句重复，有的个别语词字句音韵重复。如《诗经·国风》中有《桃夭》篇如下：

  桃之/夭夭，灼灼/其华。
  之子/于归，宜其/室家。

  桃之/夭夭，有蕡/其实。
  之子/于归，宜其/家室。

  桃之/夭夭，其叶/蓁蓁。
  之子/于归，宜其/家人。

---

① 朱自清：《新诗杂话》，生活·读书·新知三联书店1984年版，第106页。
② 程观林：《古今诗歌韵律》，现代汉语大辞典出版社2001年版，第1页。

还有《芣苢》篇如下:

采采/芣苢,薄言/采之。
采采/芣苢,薄言/有之。

采采/芣苢,薄言/掇之。
采采/芣苢,薄言/捋之。

采采/芣苢,薄言/袺之。
采采/芣苢,薄言/襭之。

再如《采葛》篇如下:

彼采/葛兮,一日/不见,如三月/兮!

彼采/萧兮,一日/不见,如三秋/兮!

彼采/艾兮,一日/不见,如三岁/兮!

其实这种重章复沓、重章叠句之特点在《诗经》第一篇《关雎》中就开门见山地表现出来:

关关/雎鸠,在河/之洲。
窈窕/淑女,君子/好逑。

参差/荇菜,左右/流之。

窈窕/淑女，寤寐/求之。

求之/不得，寤寐/思服。
悠哉/悠哉，辗转/反侧。

参差/荇菜，左右/采之。
窈窕/淑女，琴瑟/友之。

参差/荇菜，左右/芼之。
窈窕/淑女，钟鼓/乐之。

  我们可以说，整个《诗经》都在不同程度上显示了这种重章复沓、重章叠句之特点，翻开《诗经》几乎篇篇如此，绝非妄言。它不仅有典型的双声复沓性质的首韵、尾韵，而且句中既有叠韵又有整齐的二音顿有规律地反复出现，体现了完美的韵律特征。
  在上述三种韵律要素中尤以尾韵为最重要，如我国传统或通常意义上的押韵都是指押尾韵，而首韵次之，句中相同音顿的重复最次，因为句中相同音顿的重复产生的音韵效果最不明显。这也是新诗或说自由诗自出世以来，长期不被看好，甚至读诗不如写诗的多，而不能和古典诗歌相竞争媲美的一个重要原因。因为自由诗的节奏绝大部分维系在句中相同音顿的重复出现上，因而音乐性最差。而诗歌的首韵、尾韵、句中韵也即句中相同音顿的各自重要性程度不同的原因，可以用心理学上的首因效应和近因效应理论来解释。心理学上认为，人们在感知认识外界事物时，分首因效应和近因效应。首因效应是指人们总是倾向于注意事物第一次、最初或刚开头给人们留下的印象，即所谓首因效应会引起注意；近因效应则是指人们总是倾向于记住最近发生或最末尾的事情，即近因效应便于记忆；而人们对于中间的事情则既不会太注意，也不会留下深刻记忆。因此诗歌的首韵、尾韵、句中韵的各自重要性程度不同的原因，就恰好可以用心理学上的这种首因效应和近因效应理论来解释。

至于这种重复或说复沓是如何形成诗中具体的韵律形式即韵式，则是由情感的强度和性质决定的。但无论何种具体韵律形式都是遵循着无意识情感活动结构的总原则即"重复"，都是"重复"这个总的原则之下变现出的花样而已，诸如诗中的交韵、抱韵、排韵、随韵、遥韵、隔句韵等构成的各种重章复沓的韵式花样。并且这种自然产生的韵式又在大量反复的使用中，尤其经过文人的使用和加工，变得更加文雅化、精致化了，逐渐演变成了韵律上的种种技巧和模式而固定下来，形成了大体上诗歌韵律的模式。因而无论具体花样怎样繁多，诗的韵律形式一般不会超过上述的大体模式。也就是说诗歌韵律的形式是大体则有，定体则无。这大体就是《诗经》中所呈现的种种韵律模式。

虽然《诗经》中的诗已经过官方采诗机构为合乐目的而进行的删改、修饰，但《诗经》韵律的原貌基本得以保持，并且语词经过在合乐方面的修改以后，它韵律的基本特征更加突出、鲜明，而规范化了。事实上，《诗经》虽是乐歌，但它的音乐性却不同于古典律诗那纯然外在人为的格律所形成的音乐性。关于《诗经》的音乐性，朱谦之在《中国音乐文学史》中有如是说：

"被管弦协金石而谓为乐章，孔子自卫反鲁然后乐正，正此也。雅颂各得其所，而《关雎》之乱，洋洋盈耳于师挚之始，曾谓乐而不以声诗为之主乎？……乐以诗为本，诗以乐为用，凡金石丝竹匏土革木，节奏铿锵，克谐律吕不过用以依永和声焉耳。"

知道人声就是天籁，天籁就是音乐，那就《诗经》所录，当然可称他全是乐歌了。①

因而我们是可以以《诗经》的韵律情况为参照的。我们可以以上面《诗经》中具体诗为例来说明。如上面第一首《桃夭》是典型的隔句韵（abcb）；第二首《芣苢》是典型的交韵（abab）；第三首《采葛》是押语尾助词"兮"字的阴韵，也可算是排韵（aaaa）；第四首《关雎》则兼有排韵、抱韵、阴韵、随韵、隔句韵的特点。

当然在现代诗歌中，上述隔句韵、随韵、排韵、交韵、抱韵的情形也仍然是比较典型的存在。我们可以举具体实例来证明。

第一看隔句韵（abcb），就是通常据说的逢双句押韵。这种方式的优点是，韵的回环密度比较适中，如徐志摩的《再别康桥》中的第一节：

轻轻的我走了，
正如我轻轻的来；
我轻轻的招手，
作别西天的云彩……

第二看随韵（aabb），即第一行和第二行相同，第三行和第四行相同，如戴望舒的《有赠》第一节：

谁曾为我束起许多花枝？
灿烂过又憔悴了的花枝。

---

① 朱谦之：《中国音乐文学史》，北京大学出版社1989年版，第62页。

谁曾为我串起许多泪珠?
又倾落到梦里去的泪珠。

第三看排韵（aaaa），俗称打铁韵，即句句押韵，如朱湘的《采莲曲》：

小船呀轻飘，
杨柳呀风里颠摇；
荷叶呀翠盖，
荷花呀人样娇娆。
…………

第四看交韵（abab），即单句和单句相押，双句和双句相押，互相交替押韵，如臧克家的《老马》：

总得叫大车装个够，
它横竖不说一句话，
背上的压力往肉里扣，
它把头沉重的垂下！
…………

第五看抱韵（abba），即在一般四句一节的诗歌里，一、四两句的韵抱着二、三两句的韵。如鲁迅的《他》：

大雪下了，扫出路寻他；
这路连到山上，山上都是松柏，

他是花一般，这里如何住得！

　　不如回去寻他，——阿！回来还是我家。

　　综上所述，诗歌语言所呈现的流动的韵律形式结构，是无意识在激情力量作用下，进入一种幻想和想象的状态，促使能指为了追随所指而进行的从一个能指到另一个能指的迂回性质的重复运动，在客观上必然产生的一种重复性语言形式，是无意识重复运动的结果。因此，诗歌语言是一种感性的无意识性质的语言，因而有着类似环形具有重复性质的韵律结构形式；而日常语言则是理性意识层面的语言，因而有着线性的语法逻辑思维结构形式。如果说，日常语言的本质在于是一种理性意识层面的语言，是一种有着线性语法逻辑思维结构的符号、媒介和工具，处于一种相对静止的状态。那么，诗歌语言的本质特征就在于是一种感性无意识性质的语言，有着类似环形的迂回往复性质的诗性韵律结构形式，这种韵律结构形式，用拉康的话来说就是一种情境，一种具有迂回往复性质的，充满动态性、开放性的情境，因此诗歌语言是一种呈开放性、动态性的状态。在这种意义上，即无意识的意义上说，语言的本性就是诗，诗的本质就是一种有韵律的语言形式。如果更形象地说，诗就是在韵律的节奏中舞蹈与歌唱的语言艺术。

　　由于诗歌韵律是由无意识重复性质的活动结构造成，因此客观上就形成了诗歌外在形式上的趋向完形化的规范、统一和整齐，如上面《诗经》中的具体诗歌所示。其实诗歌韵律形式上的这种重章复沓、重章叠句以及由其导致外在形式上的规范、统一和整齐，也可以用现代完形心理学上的理论来解释。现代完形心理学认为，感觉自身有组织作用，完形化作用，它的组织不是由于过去经验的影响，而是由于一种先验性的结构性因素影响，即人们在感知事物时总会受到所谓"结构因素"（structural factors）的支配。这种结构因素，也即完形趋向，是指人们对事物的感知总是趋向于整齐、规范、统一完好，而力求避免残缺、凌乱、混杂、破损。它是指一种本能的心理反应，一种先验的感知框架形式，它先天性地存在于人的意识领域，并不因种族、民族、性别、年龄以及政治信仰伦理观念、生活经验的不同而受影响。它就像大脑中的一个磁场，虽然看不见、摸不着，但却无时无刻不在左右着感知生活的罗盘。所以诗歌韵律形式的形成也可以用现代完形心理学上的理论来解释，是完形心理学理论在实践中的一个最好证明。

二、"异音相从"构成的"和谐"

以上谈了关于韵、韵律的形成原因，但实际上这个问题，谈得有些含糊和粗糙，而不够细致和圆满，只谈了一半，或说只谈了主要的方面。刘勰在《文心雕龙·声律篇》中说，同声相应谓之韵，异音相从谓之和。上文只谈了关于"同声相应的韵"，以及这"同声相应的韵"所形成的重复性质的回环再现之美的韵律或称旋律，而没有谈"异音相从"的"和谐"。实际上，在诗中，只有既有"同声相应"的"韵"，又有"异音相从"的"和"，才会使诗形成优美和谐的韵律。否则，只有"同声相应"的"韵"，甚至一韵到底，未免单调、呆板、枯燥，虽有韵律，却失之和谐。语音中只有既有"同声相应"的"韵"所形成的重复闭合性周期因素，又有"异音相从"的和所形成的对立性因素，才会构成和谐优美的韵律节奏，而和谐正是构成艺术美的根本原因。

所谓和谐就是对立因素的统一。如古希腊毕达格拉斯学派认为"和谐是许多混杂要素的统一，是不同要素的相互一致"[①]。美在于

[①] 李醒尘：《西方美学史教程》，北京大学出版社1994年版，第19页。

"各部分之间的对称"和"适当的比例"①。而被列宁在《哲学笔记》中称为"辩证法的奠基之一"的古希腊的赫拉克利特也说:"对立产生和谐","互相排斥的东西结合在一起,不同的音调造成最美的和谐"②。自然"是用对立的东西制造出和谐,而不是相同的东西"。艺术是自然的模仿,也是"联合相反的东西造成协调,而不是联合一致的东西"③。这可见,和谐就是对立,对立因素的统一。这种由对立因素造成的统一的和谐,不仅是美的规律,也是宇宙自然的规律。老子在《道德经》中说:"万物负阴而抱阳,冲气以为和","有无相生,难易相成,长短相形,高下相盈,音声相和,前后相随,恒也"。而《易经·系辞》中有"一阴一阳谓之道"。

可见,和谐实为宇宙恒久相存之道。它演化为诗学上的规律即刘勰所说的"异音相从谓之和",就是诗歌声律学上的平仄相对、异音相从、奇偶相生,并从声音上的对仗,演化为意义上的对偶、对称,形成富有中国特色的对句艺术,如骈文和律诗。我国古代的"四声八病说""四声二元化"即是和谐作为美的自然规律在声音上的要求和体现,不仅是为了解决五音与四声的矛盾。所谓"四声八病",简单说就是,四声为平、上、去、入,指汉语中每个音节的声音。声调是汉语语音的特性之一,原本客观存在,人们对它也早就有所感知,但至南朝时方才特别提出,并加以精细分析。八病,即平头、上尾、蜂腰、鹤膝、大韵、小韵、正纽(又名小纽)、旁纽(又名大纽),指八种声音运用上的病犯。其中平头、上尾、蜂腰、鹤膝是声调方面的病,大韵、小

---

① 北京大学哲学系美学教研室:《西方美学家论美和美感》,商务印书馆1980年版,第13页。
② 北京大学哲学系美学教研室:《西方美学家论美和美感》,商务印书馆1980年版,第15页。
③ 李醒尘:《西方美学史教程》,北京大学出版社1994年版,第23页。

韵、正纽、旁纽是韵母、声母方面的病。所谓"四声二元化"即是指从四声律到平仄律的演进。可见古人为了造成声音上的和谐美，进行了怎样细致、烦琐的辨音研究。这具体可以沈约和刘勰为代表。

沈约在《宋书·谢灵运传论》中说："欲使宫羽相变，低昂互节，若前有浮声，则后须彻响。一简之内，音韵尽殊，两句之中，轻重悉异。"这是对声音和谐要求的具体体现。而刘勰在《文心雕龙·声律篇》中对此论述得更具体、切实，他说：

> 凡声有飞沉，响有双叠。双声隔字而每舛，叠韵杂句而必睽；沉则响发而断，飞则声飏不还，并辘轳交往，逆鳞相比，迕其际会，则往蹇来连，其为疢病，亦文家之吃也。夫吃文为患，生于好诡，逐新趣异，故喉唇纠纷；将欲解结，务在刚断。左碍而寻右，末滞而讨前，则声转于吻，玲玲如振玉；辞靡于耳，累累如贯珠矣。是以声画妍蚩，寄在吟咏，滋味流于下句，风力穷于和韵。异音相从谓之和，同声相应谓之韵。韵气一定，则馀声易遣；和体抑扬，故遗响难契。属笔易巧，选和至难，缀文难精，而作韵甚易。虽纤意曲变，非可缕言，然振其大纲，不出兹论。

对于把诗的韵律当作技巧的人来说，押"同声相应"的韵，是一件容易的事而求和谐的"异音相从"则相对困难。这正像朱光潜在《诗论》中所说："中国文字大半以母音收，所以同韵字特别多，押韵是最容易的事。"[①] 所以刘勰说："韵气一定，则馀声易遣；和体抑扬，故遗响难契。属笔易巧，选和至难，缀文难精，而作韵甚易。"

如果说"同声相应"的"韵"是指母音相同，即韵母相同，那么

---

① 朱光潜：《诗论》，生活·读书·新知三联书店1984年版，第13页。

"异音相从"的"异音"则主要指声调的不同、相异、相对。按照汉语音韵学，每个字都有声、韵、调，声是声母，韵是韵母，调是声调。声调是由元音的音高的升降和音长的总和形成，主要是指某些语言中每一个音节所固有的能区别意义的声音的高低和升降（见图1①）。

可见只要存在声调高低升降的不同，声调之间有落差，就会形成高音向低音的流动，譬如水，只要在水位有落差时就会流动，形成水流。又譬如空气，只要在有气压差时，空气就会由高气压区流向低气压区，形成气流，如风。所以像空气的流动形成风，形成气流；水的流动形成水流；音调的高低流动，则会自然形成音流，即旋律。这种声音的音调的流动就形成了诗的韵律，使平直枯燥的语言充满起伏的动感，仿佛跃动着生命的光辉。

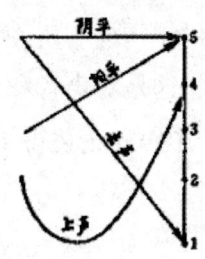

图1　声调图示

所以泰戈尔说："韵律，它是由和谐产生和规定节奏的起伏变化，是艺术家手中的创造力。只要语言保持平铺直叙的枯燥形式就不能给人以任何真实的感觉。语言只有具备韵律，进入起伏的节奏，它们才能活跃起来，放射出生命的光辉。"② 这样，同韵不同音，同中有异，异中有同，就形成了诗特有的和谐韵律节奏与诗中的音顿节奏一起构成区别于日常语言的音乐性、形式化节奏。

其实古人上述关于声韵和谐规律的论述，主要是从外在技巧上着眼，因此尚停留在技巧层面，而没有上升到学理探究的高度。实际上，和"同声相应"的"韵"及韵律是无意识重复活动结构自然形成的原因一样，"异音相从"的"和"即和谐性的形成，也同样是出于心理

---

① 王力：《汉语音韵》，中华书局1991年版，第25页。
② 唐绍邦：《一个艺术家的宗教观——泰戈尔演说集》，生活·读书·新知三联书店1989年版，第21页。

上的原因。

　　由于无意识在激情力量下，陷入幻想、想象状态，而想象力如我们所知，具有一种创造性的求同组合功能，因而会驱使能指进行不断的相同性的重复运动，这种重复运动就形成了韵律。所以"同声相应"的"韵"及韵律体现的是求同心理，那么"异音相从谓之和"的"异音"体现的则是另一种人类普遍存在的心理，即求异心理。正是在"求同心理"和"求异心理"的共同作用下，才产生了诗歌语言既回环往复，又和谐优美的韵律节奏。但是无论是求同心理还是求异心理，它们都是人的心理需要与自然规律相应合的一种体现。因为声音和大自然中所有事物一样，是有同有异，如钟嵘在《诗品》中所说："暨音声之迭代，若五色之相宜"。并且这种由求同心理形成的回环往复的韵律，和求异心理形成声韵语调的铿锵和谐优美，二者是同时发生的。因为汉语每个字的声、韵、调是同时存在的，不可能先由"同声相应"形成重复性的韵律，再由"异音相从谓之和"的"异音"相从、相对，形成声韵语调的铿锵和谐优美。尽管我们对诗歌韵律进行艺术审美分析时，可以分技巧上的先后步骤，但诗歌和谐优美韵律的形成，却是同时自然形成的。也就是说，"异音相从"的异化过程，是被包含在"同声相应"的同化过程中。

　　诗歌正是通过"同声相应"的"韵"和"异音相从"的"和"的共同作用才实现了和谐优美的韵律。托马舍夫斯基在《论诗句》中说："和谐追求两个目的。第一，和谐把话语分成节奏周期（异化），第二，和谐在这样勾画的各部分之间产生类似的印象（同化）。因此，谐音应以声音连续重复的闭合体系为依据。"[①] 可见，和谐是由声音的

---

① ［法］茨维坦·托多罗夫编选：《俄苏形式主义文论选》，蔡鸿滨译，中国社会科学出版社1989年版，第135页。

同化与异化相间重复出现造成的结果，缺少了哪一方面，都不能构成和谐优美的韵律。而这种声音的同化与异化的重复相间出现，就构成了诗的韵律节奏。叶公超在《我与〈学文〉》中说："我个人的看法是，发展中国语言的节奏，不需要走字数一样的道路，但语言的节奏（拍）却应当有一个重复的根据，因为节奏必须在重复中才能产生。"① 皮亚杰在《结构主义》中说："节奏是通过建立种种对称性和重复为基础的最初级的手段来保证它的自身调节作用的。"② 可见，人们对构成节奏的基本因素已达成共识。

三、韵律：诗歌语言与日常语言在外在形式上相区别的本质特征

正是无意识这种类似环形的重复活动结构造成的韵律形式，构成了诗歌语言和日常语言在外在形式上相区别的最本质的特征。所以诗歌语言与日常语言在外在形式上的区别就在于两者的语言结构形式不同。如果说日常语言体现的是语言符号的线性语法逻辑思维结构形式，那么诗歌语言体现的就是韵律的这种重复、迂回往复的类似环形的结构形式。除此之外，二者并没有什么其他区别。因为二者都是同以语言文字为材料和媒介。诗人使用的并不是什么神秘、异乎寻常的语言。诗的语言并没有超出日常语言的范围。关于这一点，华兹华斯在《抒情歌谣集》（1800年版序言）中说："不仅每首好诗的很大部分，甚至那种最高贵的诗的很大部分，除了韵律之外，它们与好散文的语言是没有什么区别的……诗人的眼泪，并不是天使的眼泪，而是人们自然的眼泪；诗并不拥有画龙点睛的流动于诸神血管中的灵液，

---

① 陈子善：《叶公超批评文集》，珠海出版社1998年版，第256页。
② ［瑞士］皮亚杰：《结构主义》，倪连生、王琳译，商务印书馆1984年版，第10页。

足以使自己的生命汁液与散文的判然不同。人们的同样的血液在两者的血管里循环着。"①

关于诗歌语言与日常语言的区别在于韵律这一点上，黑格尔也曾做过表述。黑格尔在其《美学》第三卷中说："至于诗则绝对要有音节或韵，因为音节和韵是诗的原始的唯一的愉悦感官的芬芳气息，甚至比所谓富于意象的富丽辞藻还更重要。"② 19 世纪英国文学家兼批评家柯勒律治则更直截了当地指出，诗歌天才的第一个特征就是韵律的无比完美，并声称：在灵魂中没有音乐的人绝不能成为真正的诗人。③ 而美国文学批评家爱伦·坡也对诗歌的韵律特征给予高度肯定。他指出："音乐通过它的格律、节奏和押韵的各种方式，而成为诗歌中如此重大的契机，以致拒绝它便绝不明智——音乐是如此重要的一个助手，以至谁谢绝它的帮助，谁就简直是愚蠢，因而我现在毫不犹豫地坚持它的绝对重要性。"④

苏珊·朗格关于诗的语言具有韵律节奏特点也做过类似的表述。她在《哲学新解》中说："尽管诗的材料是语言，但是最重要的不是词所表达的内容，而是这些内容的构成方式，它包括声音、快慢节奏、词的联系所产生的氛围，或长或短的意念序列。"现代诗人郭小川也说："我以为音乐性是诗的形式的主要特征。在语言艺术中，诗的音乐性应当是最强的……音乐性不仅限于押韵，也许可以说，更重要的是'旋律'……"⑤ 郭小川在这里所说的音乐性和旋律就是指诗的韵律。可见，韵律是诗歌语言与日常语言在外在形式上相区别的本质特

---

① 转引自伍蠡甫、胡经之主编：《西方文艺理论名著选编》，北京大学出版社 1986 年版，第 47 页。
② [德] 黑格尔：《美学》第三卷，朱光潜译，商务印书馆 1979 年版，第 68 页。
③ 转引自杨冬：《西方文学批评史》，吉林教育出版社 1998 年版，第 224—225 页。
④ 转引自杨冬：《西方文学批评史》，吉林教育出版社 1998 年版，第 341 页。
⑤ 郭小川：《谈诗》，载《诗刊》，1977 年第 12 期。

征,人们早已凭感性认识使之成为一种共识。

四、诗美来源于情境美即形式美

这种由无意识重复活动所造成的类似环形的韵律结构形式就相当于拉康所说的"情境",情境即形式。因此诗的美主要就来源于这种由韵律结构所创生的情境美,也即形式美。它使诗歌呈现一种永远开放、动态性的也即流动的结构形式,并因之成为真正的艺术。所以爱默生在《论艺术》中说:"真正的艺术从来不是固定着的,而是经常在流动着的。"① 正是这种流动性的艺术形式使诗可以超越时空得以永恒,产生一种永远言说不尽的美,也即谢林所说的"美的无限性"。雨果在《论莎士比亚》中说:"在诗人与艺术家身上,有着无限,正是这种成分赋予这些天才坚不可摧的伟大。这种成分蕴含在艺术之中,而与进步毫不相干。"② 因而诗的美就主要在于韵律形式所产生的一种无限性的情境美,诗的美就来源于它的形式,形式就是它的意义。因此对诗歌的艺术评价就不能采用传统侧重内容主题思想分析的社会学批评方法。

这也就是茅盾在评价徐志摩的《我不知道风是在哪一个方向吹》时为什么会感到困惑和惘然。徐志摩的《我不知道风是在哪一个方向吹》具体如下:

我不知道风

---

① 伍蠡甫、胡经之主编:《西方文艺理论名著选编》中编,北京大学出版社 1986 年版,第 91 页。
② 伍蠡甫、胡经之主编:《西方文艺理论名著选编》中编,北京大学出版社 1986 年版,第 91 页。

是在哪一个方向吹
我是在梦中
在梦的轻波里依洄

我不知道风
是在哪一个方向吹
我是在梦中
她的温存　我的迷醉

我不知道风
是在哪一个方向吹
我是在梦中
甜美是梦里的光辉

我不知道风
是在哪一个方向吹
我是在梦中
她的负心　我的伤悲

我不知道风
是在哪一个方向吹
我是在梦中
在梦的悲哀里心碎

我不知道风
是在哪一个方向吹

> 我是在梦中
> 黯淡是梦里的光辉

茅盾在《徐志摩论》中说：

> 这首诗共六章，每章四句，而每章首三句都是一样的"章法"，所以全诗实在只有六句……我们读一遍，再读一遍；我们仍能够指出这首诗形式上的美丽：章法很整饬，音调是铿锵的。但是这位诗人告诉了我们什么呢？这就只有很少很少一点儿。我们可以说，首章的末句：在梦的轻波里依洄，差不多就包括了说明了这首诗的全体。诗人所咏叹的，就只有那么一点微波似的轻烟式的情绪……①

很显然茅盾在这里采用的是传统的侧重内容层面，挖掘主题思想意义的社会学批评方法，没有认识到徐志摩的这首诗是典型的韵律诗，因而它的美就主要在于它的形式，在于韵律所产生的情境美，这种美具有一种无限性，是超乎语言文字表述的，形式就是意义。因而传统的概括主题，象义抽意上的批评理论方法必然在这里失效。正是因为这样的原因，王国维说："诗之有《三百篇》《十九首》，词之有五代、北宋，皆无题也。非无题也，诗词中之意，不能以题尽之也……诗有题而诗亡，词有题而词亡。"②

因而，古今中外一切韵律诗的美都只在于它特定的韵律形式，在于特定韵律形式所产生的一种无限性的情境美。而这种韵律形式的本

---

① 顾永棣：《徐志摩诗全编》，浙江文艺出版社1987年版，第525—526页。
② 周锡山编校：《王国维文学美学论著集》，北岳文艺出版社1988年版，第365页。

质特征就是重复,这种重复对于属于时间性艺术的诗来说,又尤为重要。在诗歌中,正是这种重复使诗成为莱辛《拉奥孔》中时间性的艺术。莱辛在《拉奥孔——论诗与画的界限》中把绘画划分为空间性的艺术,而把诗划分为时间性的艺术,正是因为重复对诗的艺术表现性起到了重大作用。

阿恩海姆在《艺术心理学新论》中说:"在时间性艺术中重复的大量运用有助于在时间中相继出现的部分之间建立起呼应,从而对表演的单程结构有所裨补。"①

> 对于诗的整体来说是正确的东西,对于诗的局部也是正确的。每一行诗句的视觉自主性似乎使它从总的序列的成分中分离出来,并使它表现为情境之内的一种情境。从日本的"俳句"这种极端的例子中,这一点可以看得很清楚。与词的散文一样的时间连续,从诗的开头直贯到结尾。但是这种时间连续,被同样重要的第二位的结构样式遮盖着——这种结构样式与其说是要素的顺序,不如说是要素的配合。细读一首诗正像细看一幅画,它要求大量地反复,因为诗歌中只是在它所有部分同时展现中才揭示自己。诗歌的各个部分之间的这种非时间上的联系通过重复和交错得到了加强。重复打破了古希腊哲学家赫拉克利特学派对时间之流的断言。人们可以再次踏进时间之流。而且,由于同一事物的关系之间没有先与后的限定,正如音乐的情况一样,诗的重复就在于半谐音、韵脚或者叠句中,在时间连续之外把事物紧密联结起来,强调了整部分作品的同时性,那种包含着重复的交错手

---

① [美]鲁·阿恩海姆:《艺术心理学新论》,郭小平、翟灿译,商务印书馆1994年版,第91页。

法，通过把同一段落的另一序列性表现为与原有序列性同样重要而从根本上切断了诗歌的总的顺序，某些具体诗人对诗句或词所做的系统性序列重整最彻底地实现了这样的目的。①

因而我们不可以忽视由这种重复造成的形式的作用。诗人梁宗岱说："形式是一切文艺品永生的原理，只有形式能够保存精神的经营，因为只有形式能够抵抗时间的侵蚀。"② 而艺术的本质在伽达默尔看来恰恰在于造成一种时间的停留。

第三节 韵律意义与作用：显在的形式、潜在的"场域"、诗美之来源

一、韵律即形式、形式即意义：诗美之来源

这种由无意识重复活动所造成的类似环形的韵律结构形式就相当于拉康所说的"情境"，情境即形式，它正是形成诗歌之美的来源。因此诗的美主要就来源于这种由韵律结构所创生的情境美，也即形式美。它使诗歌在外在形式上形成一种明显的富有韵律节奏美的形式，呈现一种永远开放、动态性的，也即流动着的结构形式，并因之成为真正的艺术。所以爱默生在《论艺术》中说："真正的艺术从来不是

---

① [美]鲁·阿恩海姆：《艺术心理学新论》，郭小平、翟灿译，商务印书馆1994年版，第125页。
② 常文昌：《中国现代诗论要略》，兰州大学出版社1991年版，第96页。

固定着的，而是经常在流动着的。"①

正是这种流动性的艺术形式赋予诗歌以生命，使诗歌仿佛可以截断时间之流，超越时空而获得永恒。产生一种永远言说不尽的美，也即谢林所说的"美的无限性"。雨果在《论莎士比亚》中说："在诗人与艺术家身上，有着无限，正是这种成份赋予这些天才坚不可摧的伟大。这种成份蕴含在艺术之中，而与进步毫不相干。"② 因而诗的美就主要在于韵律形式所产生的一种无限性的情境美，诗的美就来源于它的形式，形式就是它的意义。

二、韵律：显在的形式、潜在的"场域"

那么，为什么诗歌这种特有的韵律形式会使诗歌仿佛可以截断时间之流，产生一种似乎超越时空、言说不尽的永恒之美呢？这是因为由无意识语言重复活动所造成的是一种类似圆形的环环相抱的韵律结构形式，而我们日常理性逻辑思维所形成的却是一种遵守语法逻辑的类似直线型的线性语法逻辑结构形式。并且，无意识语言这种不断重复的类似圆形的环环相抱的韵律结构，不仅形成了诗歌外面显在的重复性的类似圆形的韵律形式，而且更重要的是它形成了诗歌所特有的内里潜在的"看不见的"的一种精神性的文学"场域"，简称为"文学场"。或者，借用现代物理学的术语来说，也即是相当于我们所说的精神性的"磁场"，以一种我们看不见的方式，在时刻，发出"声音""颜色""味道"与"光亮"的"电波"去"召唤"我们，期待

---

① 伍蠡甫、胡经之主编：《西方文艺理论名著选编》中编，北京大学出版社1986年版，第91页。
② 伍蠡甫、胡经之主编：《西方文艺理论名著选编》中编，北京大学出版社1986年版，第91页。

每个读者走进，对每个阅读者通过阅读而发生"波动"的作用，也即艺术的"熏陶"与"感染"。

　　由无意识语言重复活动所造成这种类似圆形、环环相抱的韵律结构形式，它形成了诗歌所特有的内里潜在的"看不见的"的精神性的文学"场域"，也就形成了诗歌所特有的"艺术时空"，这就是拉康所说的"情境"。在这种意义上说，情境即形式，即潜在的文学性"场域"，正是这种潜在的精神性的文学"场域"所形成的诗歌所特有的"艺术时空"，或说"艺术情境"，使诗歌可以超越或说截断日常语言思维的线性时间之流，从而超越世俗，超越时空，超越有限，而进入艺术的无限永恒无尽美之境地。在这种意义上说，由无意识语言重复活动所造成的是一种类似圆形的环环相抱的韵律结构，一方面形成了诗歌外面显在的"形式"；另一方面，更为重要的是，它形成了诗歌所特有的内里潜在的"看不见的"的精神性的文学"场域"，即潜在的文学性"场域"，形成了诗歌所特有的"艺术情境"，产生一种超越时空的艺术之美。它正是形成诗歌之美的来源。因此诗的美主要就来源于这种由韵律结构形成内在文学性"场域"所创生的内在情境美，外在形式美。所以，韵律诗歌的美就主要在其形式，形式就是它的意义。

　　进而言之，如果把我们日常语言的思维结构说成是一种"线性"之流，那么，由无意识语言重复活动所造成诗歌的这种韵律结构所形成的就是一种不断重复的类似圆圈的，一圈一圈的"圆形"或"环形"之流。

　　于是，当我们在赏读或反复吟咏充满韵律美的诗歌时，我们日常理性逻辑思维所形成的类似直线型的线性结构形式就会遭到由无意识语言重复活动所造成的类似圆形的环环相抱的诗歌韵律结构形式的"切割"或说"缠绕"与"包围"。这种线性之流被一圈一圈的"圆

第二章　韵律——无意识语言诗性结构的环形重复形式

形"或"环形"之流"切割"或说"缠绕"与"包围"的情形，就恰如下图线型的棍所串联起的一串糖葫芦（见图2）。

所以，如上图所示，当我们在反复吟咏赏读一首"低回往复"、充满韵律美的诗歌时，我们就会置身在由无意识语言重复活动所造成的类似圆形的环环相抱的诗歌韵律结构所形成的潜在的精神性的文学性"场域"中，接受由其特定情感调质所形成特定的"声音""颜色""味道"与"光亮"的韵律之波的"辐射"，进而在无形中，形成一种精神的"抚慰"与心灵的"按摩"，而且似乎"身陷其中"而"无力自拔"。进而在无形中完成了文学艺术化导性灵、熏陶思想、感染心灵，升华情感、提升精神道德的艺术美育功能。

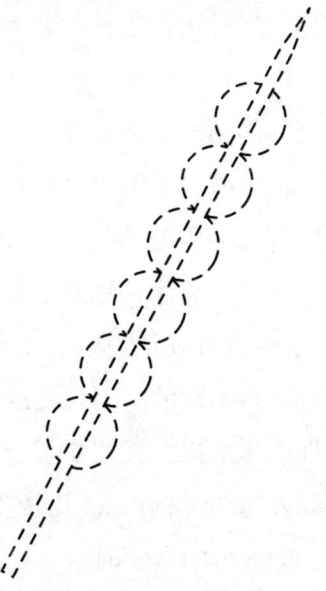

图2　日常思维与诗歌韵律

我们日常语言思维结构的"线性"之流，也就这样遭到诗歌韵律结构所形成的不断重复的"圆形"或"环形"之流的"切割""缠绕"与"包围"，在反复吟咏赏读中，潜移默化地接受它外在显在的韵律结构形式所形成的潜在文学"磁场"的艺术"熏陶"与"感染"。

诗歌也就就这样通过韵律结构所形成的不断重复的"圆形"或"环形"之流而形成了它类似圆形或环形的潜在的闭合性文学"场域"，并在这种韵律结构所形成的类似圆形或环形的潜在的闭合性文学"场域"中，进行它"随风潜入夜，润物细无声"的艺术"熏陶"与心灵"感染"，从而完成其化导性灵、熏陶思想、感染心灵，升华情感、提升精神道德的艺术美育功能。

在一首诗歌中，诗歌的情感强度越大，形式的重复性愈强，外在呈现的韵律形式愈繁复，感染力也愈深，恰如古典诗经与现代新月派诗人徐志摩、朱湘等人诗歌中的"缠绵悱恻""低回往复""一唱三叹"与"重章复沓"。

所以，韵律诗歌这种环形重复性结构所形成的潜在的文学"场域"，就在外在语言形式上形成了一种与日常语言线性逻辑思维相对的近乎封闭性的、闭合性的类似圆形的完美结构。这种闭合性的圆形诗性韵律结构，就切断了日常语言逻辑思维的线性时间之流，将诗歌所要表达的情感锁进、圈定在这个单一固定的闭合性的圆形结构模式里，即虚拟的文学时空里，而避免使情感随日常语言的线性思维时间之流而流失，并在其特有结构功能作用下，不断地重复迂回，这样就使诗歌所要表达的情感得到持续不断的"升温"、深化与强调。

具体而言，这种潜在的文学"场域"，在韵律结构不断重复功能的作用下，产生了强大的场的"势能"作用，犹如电波一样，产生强烈而集中情感线的持续波动，伴随着情感的波动，每一种情感所特有性质的声、香、光、色、热、味等精神性的质素就不断重复性地散发出去，形成一种看不见、潜在而稳定的场态势能，或说态势，这样就构成了与每一种情感相对应的，或说与每一种情感所特有的浓郁的文学氛围。这样，这种潜在的文学"场域"持续而稳定的势能，就通过韵律形式结构的重复作用，使诗歌所要表达的情感不断地得到强调和深化，造成了一种剪不掉，理还乱，言有尽而意无穷，语相断而情相连的缠绵悱恻之无尽的文学效果，使诗具有了一种日常语言所无法穷尽的艺术之美，即艺术特有的无限之境。这正是日常语言线性逻辑思维结构所不具备和无法比拟的，而它正是诗歌语言外在的类似环形圆形韵律结构，所形成的潜在的文学"场域"的特殊心理势能效果所致。

正是，在这个意义上，我们说诗歌语言所形成异于日常语言的特殊韵律形式，对于诗歌而言，就有着重要性的意义，它正是诗歌艺术美的来源。在这种意义上说，形式就是它的意义，就是它的生命。如果说，一首韵律诗，不能成功地创造它的韵律形式，在这个意义上说，它就是失败的，没有生命的，它的美和意义不会得到显现，保存乃至永久性的"保鲜"，自然也不会抵御住时间的侵袭。因为"皮之不存，毛将焉附"，没有美和意义生存依着附身的"时空""形式"，怎么会有作为"美和意义"的生命本体呢？这也就是诗歌语言韵律形式不同于日常语言线性语法逻辑结构形式的特殊意义。所以，在诗歌中，由声音不同调质所形成异于日常语言的外在韵律节奏形式，对诗歌而言，就显得特别重要，它就是诗歌的意义和生命，是诗歌意义、生命和一切美的来源。

故而，美学家朱光潜先生在《给一位写新诗的青年朋友》中说："我鉴别英文诗的好坏有一个很奇怪的标准，一首诗到了手，我不求甚解，先把它朗诵一遍，看它读起来是否有一种与众不同的声音节奏。如果音节很坚实饱满，我断定它后面一定有点有价值的东西；如果音节空洞零乱，我断定作者胸中原来也就很空洞零乱。"① 朱光潜在这里所说的声音节奏就是我们说的诗歌语言所形成异于日常语言的特殊韵律形式。

所以，在诗歌中，语言形式就显得尤为重要，它是形成诗歌美感和意义的一切来源，诗歌也正是凭借这种特殊的韵律形式将转瞬即逝的美妙延续，并转化为对无限的美妙时光的把握，并让艺术在这种特有的形式之中抵御时间的侵袭，让艺术之树因此获得而常青、保鲜与

---

① 朱光潜：《诗论》，生活·读书·新知三联书店1984年版，第282页。

永恒。这正如瓦莱里在《谈诗》中所表述的：

> 一切艺术的建立，根据各自的本质，都是为了将转瞬即逝的美妙延续和转化为对无限的美妙时光的把握。一件作品只是这种增殖或可能的再生的工具而已。音乐、绘画、建筑，都是对应于不同感官的不同模式。然而，在所有这些制造或再现一个诗意世界的方式中，用审慎的工作来组织它以使其延续和扩张的方式中，最古老，也许也是最即时，但却是最复杂的方式——是语言。

行走如同散文，总是有一个明确的目标。它是朝向某个目标的行为，我们的目的就是达到这个目标。一些现实条件，如目标的性质、我对它的需求、我的愿望的动力、我的身体以及地面的状况制约着行走步伐，为它规定方向、速度和终点。行走的所有特点都取决于这些同时发生而又每次都特别地结合在一起的条件，因此这类位移没有两次是完全相同的，每一次都是特殊的创造，但每一次都在完成的行为中被取消或者吞并了。

舞蹈则完全是另外一回事。也许，它也是一种行为体系，但其目的在于自身。它不朝向任何地方。如果说它追求某种东西，那也只是一个想象中的目标，一种状态，一种快感，想象中的鲜花，或者某种心醉神迷，一种生活的极端，一个顶峰，一种巅峰状态……然而，无论舞蹈与实用性动作之间有多么大区别，请注意一个极其简单却至关重要的事实，它使用与行走同样的四肢，同样的器官、骨骼、肌肉和神经。

因此，运用于相同的因素和机制上的关于运动和动作的某些暂时的规则或协定的不同造成了散文和诗的区别。这就是为何我们不能将诗和散文一视同仁。在很多情况下，对前者来说是正确的东西，当我们想在后者那里找到时却失去了意义。通过这个例子（为了举例），很容易立刻证明使用倒装句的正确性。改变习惯可以说是法语词汇的基本特性之一，但这种改变却在不同时代都遭受过批评。据笔者看来，在批评者的理由中，有一些不妨归纳为这样一句无法接受的话：诗是散文。

我们的比喻是经得起深入分析的，不妨将它进一步引申开。一个人行走，他从一个地点移动到另一个，他走的线路一定是最不费力的线路。请注意这一点，如果诗总是遵循走直线的策略，就不会有诗。有人对你说，如果你想说下雨的话，就说下雨了！但诗人的目的永远不是也不能是告诉我们下雨了。我们不需要一位诗人来说服我们带上伞。如果我们将诗置于说下雨了这个体系，看看龙沙、雨果会变成什么，节奏、形象、音韵以及世上最美的诗句会变成什么！只有分不清不同体裁和时刻的人才会责备诗人使用了间接的表达法和复杂的形式。他不懂得诗意味着决定改变语言的功能。

我回到行走着的人上来。当这个人完成他的动作时，当他到达他所渴望的地点，得到书籍、结果和物品时，对这些事物的拥有立刻解除了他的全部行动。结果吞噬了原因，目的掩盖了方式，无论其行为和步骤的模式曾经是怎样的，剩下的唯有结果。马莱伯提到的瘸子和痛风病患者，无论他们如何艰难才走到椅子跟前，然而一旦他们坐上去后，就与能够轻快地达到下一步目的的最灵巧的人一样稳稳当当。

这与使用散文上情况是完全一致的。我们刚刚用来表达我的意图、愿望、命令、意见、要求或者回答的语言，完成任务之后的语言，一俟达到目的就消散了。我发送它的目的就是让它消亡，让它在你们的头脑中彻底转化为别的东西，当我注意到我的话语不再存在这个事实时，我知道我被理解了。它被其意思或者说至少被某种意思所完全彻底地取代了，换言之，被属于听话者的形象、冲动、反应或行为所取代了,总之,被听话者内心的一种变化或再组织所取代了。但如果一个人没有明白,他就会保留和重复词语。这样的体验并不鲜见……

可见,这类语言以被理解为唯一目的,显而易见,其完美体现在它容易转化为任何其他东西,转化为非语言。如果你们明白了我的话,我的话本身对你们就不再有任何意义;它从你们的脑海里消失了,然而你们拥有了其对等物,你们拥有了以思想和关系的形式来恢复这些话语意义的东西,这些话语可以表现为完全不同的形式。

换言之,在散文所特有的对语言实际而抽象的运用中,形式被保存,在被理解之后不再继续存在,它在意思明了之后解体,它行动过,它让人理解过,它存在过。

但相反的是,诗不会因为使用过而死亡;它生就是专门为了从它的灰烬中复活并且无限地成为它从前的样子。

诗有这样一个值得注意的效果,我们可以通过这一点来定义它,那就是它试图以自己的形式再现——它刺激我们的头脑照原样复制它。如果借用一个工业技术上的词语,我就会说诗的形式会自动地回收。

这是所有性质中最奇妙和最能说明问题的一个。请设想一个在两个对称点之间晃动的钟摆,我们假设其中的一点代表诗的形式、节奏的力量、音节的音色、朗诵的身体行动以及词语异乎寻常的组合带给人的最简单的心理惊诧。其与另一点,即与前一点相对称的那个点联系起来的是作用于智力的效果,对你而言构成某首诗的"内容"和"意义"的观点和感情,这时请观察一下你的心灵或者注意力的活动,当它服从于诗时,当它顺从而驯服地承受天神的语言的不断冲击时,看看它从声音到意义、从形式到内容之间的活动。开始时一切就像平常使用语言时那样进行,但随后你会发现,就每一行诗而言,活动钟摆会回到其起始点,即词语和音乐的那个点上。产生的意义在它来自其中的形式本身找到了唯一的出路和唯一的形式。这样，在形式与内容、声音与意义、诗与诗的状态之间，显露出了一种摆动，一种对称，一种权利和价值的平等。

在笔者看来，印象与表达之间这种和谐的交换是诗的机制，即用话语产生诗的状态最重要的原则。诗人的使命就是靠技巧去寻找并靠运气去找到我向你们分析过其运转活动的语言的这些特殊形式。

这个意义上的诗与任何散文有着根本上的区别。

> 如果诗真正对某人产生影响……诗会扩展到整个身心，它用节奏来刺激其肌肉组织，解放或者激发其语言能力，鼓励他充分发挥这些能力，它对人的影响是深层的，因为诗的目的是引发或者再造活生生的人的整体性与和谐，当人被某种激烈的感情所占据时，他的任何力量也不能闲置一旁，这时就表现了这种非凡的整体性。

艺术的目的本身及其技巧的原则正是传达对一种状态的印象，在这样的状态下，获得这一状态的人将能够自发地、轻松自如地、有力地创造一种卓越而又完全符合其天性和我们命运的表达方式。①

在这里，瓦莱里强调了诗歌与散文相区别即在于它特殊的形式，也即韵律，并且强调了诗歌韵律形式对作为特殊文体的诗歌的重要而特殊的意义。简言之，诗歌的韵律形式即是其本体，也即形式本体论：形式即内容，形式即本体、即意义，形式即诗之生命。诗歌正是在其特殊的诗性韵律艺术形式中才创造了一种超越世俗的虚拟心理艺术

---

① 朱立元、李钧主编：《二十世纪西方文论选》上卷，高等教育出版社2002年版，第97—102页。

"时空",进而发挥了它特殊的艺术功能,"将转瞬即逝的美妙延续和转化为对无限的美妙时光的把握","引发或者再造活生生的人的整体性与和谐",从而使美得以超越时空,使艺术得以永恒。所以,在诗歌中,由无意识语言重复活动所造成的类似圆形的环环相抱的诗歌韵律结构形式,对于诗歌的表达就有着至关重要的作用与意义。在某种意义上说,诗歌也正是仰仗着由无意识语言不断迂回往复的重复活动所造成的类似圆形的环环相抱的诗歌韵律结构形式,才卓有成效地完成了它作为诗歌文体的特殊艺术使命。

这正如上面瓦莱里所言:"诗人的使命就是靠技巧去寻找并靠运气去找到我向你们分析过其运转活动的语言的这些特殊形式。"这个意义上的诗与任何散文有着根本上的区别。诗,它用节奏来刺激其肌肉组织,解放或者激发其语言能力,鼓励他充分发挥这些能力,它对人的影响是深层的,因为诗的目的是引发或者再造活生生的人的整体性与和谐,当人被某种激烈的感情所占据时,他的任何力量也不能闲置一旁,这时就表现了这种非凡的整体性,即"和谐"。

三、徐志摩《我不知道风是在哪一个方向吹》韵律形式示析举例

那么,由无意识语言不断迂回往复的重复活动所造成的类似圆形的环环相抱的诗歌韵律结构形式,在一首具体的诗歌中,是怎样通过它特殊韵律形式所营造的文学"场域"(以下简称"文学场")构造一个虚拟的心理艺术时空,来进行它艺术"熏陶"与心灵"感染"的作用,从而完成其化导性灵、熏陶思想、感染心灵,升华情感、提升精神道德的艺术美育功能,并进而完成了它作为诗歌文体的特殊艺术使命呢?

下面,就让我们以徐志摩《我不知道风是在哪一个方向吹》这首

诗为例,来进行具体的展示与分析。徐志摩的《我不知道风是在哪一个方向吹》具体如下:

我不知道风
是在哪一个方向吹
我是在梦中
在梦的轻波里依洄

我不知道风
是在哪一个方向吹
我是在梦中
她的温存　我的迷醉

我不知道风
是在哪一个方向吹
我是在梦中
甜美是梦里的光辉

我不知道风
是在哪一个方向吹
我是在梦中
她的负心　我的伤悲

我不知道风
是在哪一个方向吹
我是在梦中

在梦的悲哀里心碎

我不知道风
是在哪一个方向吹
我是在梦中
黯淡是梦里的光辉

无疑,徐志摩《我不知道风是在哪一个方向吹》这首诗,可能是现代诗歌史上形式最单纯、意味却最浓重的,因而也是最难分析的一首诗。因为它的形式太单纯以至于单调,简单到简白,一清如许,以至于让人无话可说。茅盾曾在《徐志摩论》中评价这首诗时说:

> 这首诗共六章,每章四句,而每章首三句都是一样的"章法",所以全诗实在只有六句……我们读一遍,再读一遍;我们仍能够指出这首诗形式上的美丽:章法很整饰,音调是铿锵的。但是这位诗人告诉了我们什么呢?这就只有很少很少一点儿。我们可以说,首章的末句:在梦的轻波里依洄,差不多就包括了说明了这首诗的全体。诗人所咏叹的,就只有那么一点微波似的轻烟式的情结……"①

很显然,茅盾在这里采用的是传统的侧重内容层面,挖掘主题思想意义的社会学批评方法,没有认识到徐志摩的这首诗是典型的韵律诗,因而它的美就主要在于它的形式,在于韵律所产生的情境美,这种美具有一种无限性,是超乎语言文字表述的,形式就是意义。因而

---

① 顾永棣编:《徐志摩诗全编》,浙江文艺出版社1987年版,第525—526页。

第二章　韵律——无意识语言诗性结构的环形重复形式 | 55

传统社会学的概括主题，抽象意义上的批评理论方法必然在这里因错位而失效。

那么，我们面对现代诗歌史上徐志摩《我不知道风是在哪一个方向吹》这种特殊类型的纯形式的文本，究竟应该以何种批评尺度与方法，来进行恰当的审美鉴赏与评价，才更加符合文本本身艺术特性类型，做出正确而切中肯綮的艺术评价呢？也就是说，徐志摩《我不知道风是在哪一个方向吹》这首诗，它的诗美究竟体现在何处呢？

简单说，徐志摩《我不知道风是在哪一个方向吹》这首诗，是一种纯形式主义的文本，它的诗美就在于它外在反复迂回、回环复沓的声音韵律形式。这种外在声音韵律形式，形成了一种潜在隐形的，而与日常语言线性逻辑思维结构相对的，类似圆形的文学心理结构场域，即"文学场"。这样就建构了一种特殊的文学心理时空，时刻散发着浓郁芬芳的诗性文学气息，形成一种特殊的诗性氛围，造成了一种言有尽而意无穷，语相断而情相连的缠绵悱恻之效果，使读者在阅读诗歌时，可以通过声音韵律的去而复返、回环复沓，打破日常语言思维所造成的线性时间之流，使情感升华到一种艺术上的无限之境，创造了一种客观上无限性的情境美。

我们还是采取解剖"麻雀"的方法来具体"解构"《我不知道风是在哪一个方向吹》的"形式"，以"演示"它是如何通过建构一种特殊的外在声音韵律形式而建构起它的内在隐形潜在的文学场域，进而形成其诗歌言有尽而意无穷的艺术之美。

首先，它是一种典型的韵律诗歌，因为它具有传统韵律诗歌最典型的韵律形式特征。即"重章复沓""重章叠句"。这一点可以说它承袭了自《诗经》以来的传统韵律模式。如《诗经·国风》中《桃夭》篇就有"桃之夭夭，灼灼其华。之子于归，宜其室家。桃之夭夭，有蕡其实。之子于归，宜其家室。桃之夭夭，其叶蓁蓁。之子于归，宜其家人"的典型的"重章复沓""重章叠句",也即整章整节的重复。这样的例子在《诗经》中可以说屡见不鲜。

其次,具体到诗歌中内部小节的韵律模式分析,我们会发现它诗句内小节的韵律模式基本是隔句韵(abcb),也就是通常所说的逢双句押韵。这种押韵方式的优点是,韵的回环密度比较适中,和他的《再别康桥》的韵律模式基本相同,但无论哪一种韵律模式,其实质都是一种变相的重复。

让我们具体看一下"重章复沓""重章叠句"的韵律模式在《我不知道风是在哪一个方向吹》中是如何体现,并是如何建构起它潜在的"文学场",来体现其诗歌之美的。正如茅盾上面所说:"这首诗共六章,每章四句,而每章首三句都是一样的'章法'。"而他这里所说的"每章首三句都是一样的'章法'",也就是诗歌每节的前三句都以重复"我不知道风/是在哪一个方向吹/我是在梦中"而开启,即是上面所说的"重章复沓""重章叠句"。同时通过它诗中每小节内(六个小节)诗句隔句韵(abcb)的韵律模式,形成了六个闭合性的类似圆形的圆周句。全诗也正是通过这种"重章复沓""重章叠句",而形成它外在形式上茅盾所说的"铿锵的音调"与"整饬的章法"的完美闭合的类似环形、圆形的诗性韵律形式结构。

这里所谓的类似环形圆形的韵律形式结构也就是通过"我不知道风/是在哪一个方向吹/我是在梦中"的六次重复,以及诗中节内隔句韵模式所建立起来的六个类似环形、圆形的重复性结构。这六个类似环形、圆形的重复性结构,就形成了诗歌内部六个小的"文学场",而六个小的"文学场"又综合作用形成了整首诗歌的大的"文学场"。因为它们六个小的"文学场"场能在情感性质上是一致的,具体说,就是美丽忧伤缠绵徘徊的。所以全诗就是通过这种"重章复沓""重章叠句"的传统圆形韵律模式所建立起来的层层相环、环环相扣的潜在"文学场"的作用,将诗歌所要表达的感情,一唱三叹的、一圈一圈、层层不断地叠加、缠缚起来,并通过读者不断地走进这个"文学场",即反复阅读时,使这种感情变得愈加浓重与深化,以至于"浓得化不开"。

由于这种由环形韵律模式所建立起来的层层相环的圆形"文学场",与日常语言线性逻辑思维结构模式相对,所以它发出的思想情感波形成的场态势能,也呈现为一圈一圈潜在的圆圈形,这样,这种潜在的圆圈形的场态,就对每一个前来阅读它的读者,即持有日常语言线性思维结构模式的读者,在无形中,形成了一种潜在的缠缚性,切断了其日常语言思维的线性之流,使其不自觉地"堕入"这种潜在的层层相环、环环相扣的圆形"文学场"的"深渊"中,而似乎"不能自拔",难以出离。这就是这种环形韵律模式所建立起来的"文学场"所建构的潜在艺术魅力,也即其深刻文学感染力的艺术来源。

所以这种由"重章复沓""重章叠句"所建立起来的环形诗歌韵律模式的"重复性结构",对这种"单义"的韵律诗歌而言,非常重要。第一方面,它在客观上形成了这首诗作为韵律诗的本质特征,因为韵律的本质特征就是要通过声音的重现而造成一种外在语音模式的"重复"。第二方面,它通过"我不知道风/是在哪一个方向吹/我是在梦中"的不断"重复",使该诗所要表达的迷茫黯淡情感、落寞徘徊的悲伤彷徨情绪得到层层递进、圈圈环绕的强化与集中。第三方面,这种"重复性形式"在诗歌结构上,在这首诗中,最为重要的功能作用是,就是这种纯形式的"单义"型的韵律诗歌可以通过这种语音韵律模式的"重复",而建立起一种封闭性的类似圆形的韵律结构,从而形成了一种类似圆形的文学心理场域,即"文学场"。这种圆形的文学心理结构场域,就与日常语言线性思维逻辑模式结构相对立,它可以切断、截住日常语言所形成的线性时间之流,而将这首诗特定的情感锁定、圈进一个特殊的圆形封闭性的场域,并通过圆形韵律形式结构的多次不断重复,而使所要表达和强调的情感层层环绕、环环相抱,得到愈加浓重的强调和深化,形成一种日常线性思维模式所不具备的特殊的文学性诗意情境美,并使这首诗歌所要强调的特殊情感得到强化和永久性的保留,而超脱于世俗之外,不受世俗时空限制,不随时间流逝而进入无限,进入艺术的永恒之境。这正是其他类型诗歌所不具备的,这就是这种重复性韵律结构形式在这首诗中的具体特殊保鲜作用与如何发挥其特殊艺术感染熏陶美育功能的阐释与说明。

正是在这样的意义上,这首诗通过经营这种艺术形式,创造了一种特殊的艺术心理时空,即"文学场",使文学性的诗意情境得以保鲜,使美在其中因韵律形式的存在而获得永恒。也就是说,无论什么时候,也无论在什么地点,只要我们阅读徐志摩这首诗,我们就会因为它特殊韵律形式结构的作用,而随时随地进入一种特殊的文学性的、圆形的诗性心理时空场域,从而与徐志摩发生心灵交感,体会到他当时创作这首诗时的那种迷茫黯淡、悲伤不已、落寞徘徊的缠绵悱恻彷徨心绪。所以这首诗的美主要在于它的形式,它的成功也依赖于它的形式,因为它显在的外在形式内隐含了一个潜在的"文学场域",所以它因形式而进入了艺术的无限之境,获得了一种永远在流动着的情境美。因此,它的形式就是它的意义,就是它的生命,就是它的一切,就是它的美之所在,它并不需要在语言内容层面表达更多,它因形式而获得了永生,获得了艺术的无限之美。

所以,相对于这首诗而言,只有抓住外在声音韵律形式这个层面,才能真正走进这首诗歌,洞悉它诗美之所在。因为它的诗歌之美不在传统诗歌的"内容"层面,而在"形式"层面,只有把握了它的艺术形式,才能正确破解与阐释它的诗美之主要所在。这正是分析鉴赏评价这类纯形式性文本即"单义"型诗歌的要点所在。当然这首诗在艺术上的美还体现在它具体采用的意象和象征手法的运用等方面,但这些在和它的特殊艺术形式所起的作用相比,都显得微不足道。

通过以徐志摩的这首诗的具体解读,我们会发现,这种由无意识语言不断迂回往复的重复活动所造成的类似圆形的环环相抱的诗歌韵律结构形式,即韵律的重复性艺术形式,在这种纯形式性文本类型诗歌中所起的重要作用。正是由于这种韵律的重复性艺术形式所形成的内里潜在的"文学场域",建立起来一种特殊的虚拟隐形的文学艺术心理时空,与人类内在心理情感同构,而使其艺术性的情感,使美在其中获得永恒,使艺术成其为艺术而超越于世俗获得永生。

因此,我们对现代诗歌史上以徐志摩《我不知道风是在哪一个方向吹》为代表的这种特殊类型的纯形式性的文本,进行诗歌艺术评价时,就不能采用传统社会学侧重内容主题思想分析的评价标准与批评方法,而应采取与其相对应的形式主义文本的分析方法与标准尺度,进行形式分析与评价。这也就是茅盾在评价徐志摩的《我不知道风是在哪一个方向吹》时,为什么会感到困惑和惘然的原因。因为他所使用的批评方法与文本类型发生话语错位,即批评话语错位。传统的概括主题,抽象意义上的批评理论方法必然在这里失效,故无法得出恰当契合文本类型、切中肯綮的批评结论。因为诗歌不是小说,形式即本体,即内容,即意义,即美,即无尽,即永恒。

正是因为这样的原因,王国维说:"诗之有《三百篇》《十九首》,词之有五代、北宋,皆无题也。非无题也,诗词中之意,不能以题尽之也……诗有题而诗亡,词有题而词亡。"①

也正是在这种意义上,我们可以说,古今中外一切韵律诗的美都只在于它特定的韵律形式,在于特定韵律形式所产生的一种无限性的

---

① 周锡山编校:《王国维文学美学论著集》,北岳文艺出版社1988年版,第365页。

情境美。而这种韵律形式的本质特征就是重复,这种重复对于属于时间性艺术的诗来说,又尤为重要。在诗歌中,正是这种重复使诗成为莱辛《拉奥孔》中时间性的艺术。莱辛在《拉奥孔——论诗与画的界限》中把绘画划分为空间性的艺术,而把诗划分为时间性的艺术,因为重复对诗的艺术表现性起到了重大作用。

阿恩海姆在《艺术心理学新论》中说:"在时间性艺术中重复的大量运用有助于在时间中相继出现的部分之间建立起呼应,从而对表演的单程结构有所裨补。"①"对于诗的整体来说是正确的东西,对于诗的局部也是正确的。每一行诗句的视觉自主性似乎使它从总的序列的成分中分离出来,并使它表现为情境之内的一种情境。从日本的'俳句'这种极端的例子中,这一点可以看得很清楚。与词的散文一样的时间连续,从诗的开头直贯到结尾。但是这种时间连续,被同样重要的第二位的结构样式遮盖着——这种结构样式与其说是要素的顺序,不如说是要素的配合。细读一首诗正像细看一幅画,它要求大量地反复,因为诗歌中只是在它所有部分同时展现中才揭示自己。诗歌的各个部分之间的这种非时间上的联系通过重复和交错得到了加强。重复打破了古希腊哲学家赫拉克利特学派对时间之流的断言。人们可以再次踏进时间之流。而且,由于同一事物的关系之间没有先与后的限定,正如音乐的情况一样,诗的重复就在于半谐音、韵脚或者叠句中,在时间连续之外把事物紧密联结起来,强调了整部分作品的同时性,那种包含着重复的交错手法,通过把同一段落的另一序列性表现为与原有序列性同样重要而从根本上切断了诗歌的总的顺序,某些具体诗人对诗

---

① [美]鲁·阿恩海姆:《艺术心理学新论》,郭小平、翟灿译,商务印书馆1994年版,第91页。

句或词所作的系统性序列重整最彻底地实现了这样的目的。"①

因而我们不可以忽视由这种重复造成的形式的作用。诗人梁宗岱说:"形式是一切文艺品永生的原理,只有形式能够保存精神的经营,因为只有形式能够抵抗时间的侵蚀。"② 而艺术的本质在伽达默尔看来恰恰在于造成一种时间的停留。

第四节　节奏：诗歌语言审美解放后的游戏运动状态

一、诗歌语言是一种充满生命节奏韵律感的审美动态性语言

由于诗歌语言是一种无意识性质的语言,就使它突破了日常语言线性语法逻辑思维结构的束缚,而呈现出类似环形重复形式的韵律结构,进而使语言从日常功利层面,即从日常作为交际使用符号的被奴役、被压抑的相对静止状态而进入一种充满生命节奏韵律感的呈开放性、动态性的审美解放运动状态,使语言从一种日常作为符号、媒介、工具性质的枯燥文字,变为富有生命情境的诗性语言。于是语言就在这种富有生命情境的韵律结构形式中,亦歌亦舞的纵情游戏,充分展示它被压抑的另一面,而进行一种与日常功利性完全相反的审美性的表现,也即是获得解放后的快乐和轻松。

---

① [美] 鲁·阿恩海姆:《艺术心理学新论》,郭小平、翟灿译,商务印书馆1994年版,第125页。
② 常文昌:《中国现代诗论要略》,兰州大学出版社1991年版,第96页。

二、诗是语言的一种审美自娱性游戏

这样,由于突破了日常语言线性语法逻辑思维结构的束缚,就使诗歌语言摆脱了日常实用交际功利的被压抑状态,而进入一种充满节奏感的类似自我游戏、自我舞蹈、自我歌唱的审美解放运动状态。于是语言不再受制于日常语法逻辑的约束,不再承担日常交际的表意功能,语词因获得解放,在诗中的含义变得陌生、犹疑、不可思议而无法预知,仿佛具有永远无法穷尽、无法确定的含义,而逼出了语言潜在的一切可能性,充满了语义的张力,因而构成了我们所谓的诗意。这样就与日常语言的理智表义社会功能相对立,纯粹是为了一种自我表现的快乐,而没有任何目的和功利性,是一种自我舞蹈、自我歌唱的审美自娱性的游戏。

罗兰·巴特在《符号学原理》中说:诗的每一个字词因此就是一个无法预期的客体,一个潘多拉的魔箱,从中可以飞出语言潜在的一切可能性。于是人们以一种特殊的好奇心,一种神圣的趣味来生产和消费诗的字词。现代诗共同具有的这种对字词的渴望,把诗的语言变成一种可怕的非人性的言语。这种渴望建立了一种充满了间隙和光亮的话语,充满了不在因素和蕴含过多的记号的话语,即无意图的预期,也无意图的永久性,因此就与一种语言的社会功能相对立了,它仅指诉诸一种非连续性的话语,这种话语敞向一切超自然的通道。①

波特莱尔在《论泰奥菲尔·戈蒂耶》中说:"诗除了自身之外没有其他目的;它不可能有其他的目的,唯有那种单纯是为了写诗的快

---

① [法]罗兰·巴特:《符号学原理》,李幼燕译,生活·读书·新知三联书店1988年版,第88—89页。

乐而写出来的诗才会这样伟大，这样高贵，这样真正地无愧于诗这种名称……诗不能等同于科学和道德，否则诗就会衰退和死亡，它不以真实为对象，它只以自身为目的。表现真实的方式是另外的方式，在别的地方。真实与诗了无干系。造成一首诗的魅力、优雅和不可抗拒性的一切东西将会剥夺真实的权威和力量。显示的情绪是冷静的平和的，无动于衷的，会弄掉诗神的宝石和花朵，因此它是与诗的情绪对立的……纯粹的智力对准的是真实，趣味向我们指出美，道德教育我们明确责任。"①

罗兰·巴特和波特莱尔的话是对诗歌语言具有不同于日常语言的性质，诗歌语言主要是一种审美自娱游戏性语言观点的最好证明。

三、韵律：生命运动的节奏

由于突破了日常语言线性语法逻辑思维结构的束缚，诗歌语言就进入一种充满节奏韵律感的类似自我游戏、自我舞蹈、自我歌唱的审美解放运动状态。那么韵律和节奏到底是什么关系呢？韵律和节奏其实就是相和体的关系，韵律是节奏的外在形相，它是对节奏的一种描述，二者如影随形，二者都是动态性质的。在某种意义上，我们可以说韵律就是节奏。而其实节奏本来是动词，所以节奏首先是一种运动。只是由于文化的发展，它在后来的使用中逐渐变得概念化了，变成了名词。诗人林庚在《新诗格律与语言的诗化》中说："节是制约，奏是进行"②。林庚以诗人对词语、语言特有的敏感，还原了"节奏"一词的本来面目。而这敏感正是艺术的素质，它可以打开概念僵化的

---

① 转引自黄晋凯、张秉真、杨恒达主编：《象征意义·意象派》，中国人民大学出版社1989年版，第4—5页。
② 林庚：《新诗格律与语言的诗化》，经济日报出版社2000年版，第111页。

外壳，寻回生命感性的真实。朱光潜关于节奏也说：诸音调配合、对比、反衬、连续继承而波动，乃生节奏。节奏是音调的动态（参见朱光潜《诗论》）。

俄国形式主义文论者奥勃里克也认为节奏应该是一种运动，是动态的，而不是静态的，可是人们却把它理解为静态的。他曾经在《节奏与句法》中说："到目前为止……一切想要找到节奏的规律的尝试，都没有探讨以节奏形式表现的运动，而论述的只是这种运动留下的痕迹的组合。"而实际上"节奏是以特殊的形式表现的运动"，并且"节奏运动是等于诗句的。不能根据诗行来理解节奏，相反，应该根据节奏运动来理解诗句"①。这实在是一种真知灼见，他指出了我们分析诗句时，经常犯的一种倒果为因的错误。这种错误即使在今天的诗歌分析中，也并不少见，依然存在和发生，正是这种对节奏的错误观念，使我们在诗歌语言与日常语言之间徘徊，认不清诗歌语言的本质。

正是由于韵律节奏是一种运动，我们说诗是一种语言的运动，由于这种运动，诗的语言充满生命，获得解放，从静止的状态走向运动的状态，闪烁着生命的光辉。所以泰戈尔说："语言只有具备韵律，进入起伏的节奏，它们才能活跃起来，放射出生命的光辉。"②

由此可以看出，诗歌语言是不同于日常语言的第二语言系统。因为日常语言的存在，才出现了意识对无意识的压抑，才有反束缚反压抑的诗歌艺术语言的天真的自我歌唱、自我游戏、自我审美表现，才有艺术思维即诗性思维与理性思维的对抗。艺术语言或说诗的语言，正是在这种自我审美表现中才获得一种解放的愉悦和快感，因为它在

---

① ［法］茨维坦·托多罗夫编选：《俄苏形式主义文论选》，蔡鸿滨译，中国社会科学出版社1989年版，第122页。
② 唐绍邦：《一个艺术家的宗教观——泰戈尔演说集》，生活·读书·新知三联书店1989年版，第21页。

这个艺术思维世界里彻底摆脱了日常语言的语法逻辑思维的束缚和压抑，完全进入了无意识思维的审美解放的自为、自在状态、游戏状态。因而任何艺术都必然带有审美解放的性质，都是纯粹的自我表现，作为语言艺术的诗歌更是尤为典型。

由于是语言产生无意识，我们可以推断出这样一种对应关系。日常语言对应着意识，对应着语法逻辑的理性思维，或说理智世界，也就是我们所说的现实世界；而艺术语言，尤其是诗歌语言则对应着无意识、非理性思维即诗性思维，对应着一个感性、情感的艺术世界。简单说，意识就是理智，无意识就是情感。那么属于无意识活动、遵守语法逻辑规则的日常语言就是理智的表现，属于无意识活动的遵守诗性思维即艺术思维的艺术尤其诗歌就是情感的表现。

实际上，当我们把拉康的无意识语言理论运用到诗歌创作上时，我们不仅会推导出正是那无意识状态下自然产生与形成的韵律构成了诗歌语言和日常语言在外在形式上最突出的区别，并且还会发现，由于二者所属的语言层面性质不同，诗歌语言必然还具有区别于日常语言的一些其他艺术特性。即诗是一种表达情感的艺术，诗是一种想象的艺术，诗是一种诉诸声音表现情感的听觉艺术，诗是一种口语性的艺术。由此我们就可以进一步得出这样一个结论：诗是无意识诉诸声音表现激情和想象的口语性艺术。

第三章

诗歌语言的艺术特性：诗歌是无意识诉诸声音表现激情和想象的口语性艺术

> 语言的本性是诗。
> ——海德格尔

第一节 情感：诗歌的灵魂和生命

一、激情催生出语言的韵律形式

由韵律产生的过程可知，是强烈的情感使语言直接呈现出诗性的特征——重复性的韵律节奏形式，所以情感是诗歌的灵魂和生命。感情愈强烈，诗的音节愈加绵密，低回往复，诗的重复形式越高，也即语音的复沓复现性愈加明显强烈，愈来愈倾向于歌的性质。这表现在我们日常生活中，当我们情绪特别激动、特别高兴或特别愤怒时，我们的语言便愈加倾向于重复。所以卢梭说："正是激情产生了最初如歌的语言。"① 古希腊的德谟克利特认为:"不为激情所燃烧,不为一种疯狂一样的东西赋予灵感的人,就不可能成为一个优秀的诗人。"② 可见,激情对诗来说多么重要。正是在激情的力量下,泰戈尔写下了 *Aprayer for India*(《为印度祈祷》):

Where the mind is without fear and the head is held high;

Where knowledge is free;

Where the world has not been broken up into fragments by narrow domestic walls;

Where words come out from the depths of truth;

Where tireless striving stretches its arms towards perfection;

Where the clear stream of reason has not lost its way into the drary desert sand of dead habit;

Where the mind is led forward by thee into ever – widening thought and action –

Into that heaver of freedom, my Father , let my country awake.

同样也是在激情的力量下,苏格兰诗人彭斯也写下了流传世界的 *Auld Lang Syn*(《昔日的好时光》):

Auld Lang Syn

By eRobert Burns

---

① [法]让-雅克·卢梭:《论语言的起源》,洪涛译,上海人民文学出版社2003年版,第34页。
② [波]塔塔科维兹:《古代美学》,杨力等译,中国社会科学出版社1990年版,第123页。

Should auld acquaintance be forgot,
And never brought to mind?
Should auld acquaintance be forgot,
and auld lang syne!

For auld lang syne, my dear,
For auld lang syne,
We'll tak a cup o'kindness yet,
For auld lang syne!

And surely ye'll be your pint – stowp,
And surely I'llbe mine,
And we'll tak a cup o'kindness yet,
For auld lang syne!

We twa hae run about the braes,
And pou'd the gowans fine,
But we've wander'd monie a weary fitt,
Sin'auld lang syne.

We twa hae paidl'd in the burn,
Frae morning sun till dine,
But seas between us braid hae roar'd
Sin'auld lang syne.

And there's a hand, my trusty fiere,

And gie's hand o'thine,
And we'll tak a right guid – willie waught,
For auld lang syne.

而奥地利诗人里尔克则在激情力量的作用下,写出了下面这些美丽的诗行:

在春天或者在梦里,
我曾经遇见过你,
而今我们一起走过秋日,
你按着我的手哭泣。

你是哭急逝的云彩,
还是血红的花瓣?都未必。
我觉得:你曾经是幸福的
在春天或者在梦里……①

所以诗人郭沫若说:"抒情诗是情绪的直写。情绪的进行自有它的一种波状的形式,或者先抑而后扬,或者先扬而后抑,或者抑扬相间,这发现出来便成了诗的节奏。"② 可见诗的韵律节奏是由激情自然催生而出来的,情感就是诗歌的灵魂和生命。所以苏珊·朗格在《艺术问题》中说:所谓艺术品,说到底,也就是情感的表现。③ 华兹华

---

① [奥地利] 里尔克:《里尔克诗选》,绿原译,人民文学出版社1996年版,第44页。
② 郭沫若:《郭沫若文艺论集·论节奏》,人民文学出版社1979年版,第229页。
③ [美] 苏珊·朗格:《艺术问题》,滕守尧译,中国社会科学出版社1983年版,第105页。

斯说：诗是强烈情感的自然流露①，这也是我们为什么强调激情在诗歌艺术创作中的重要性。

二、情感是诗人的天赋

正因为情感是诗歌的灵魂和生命，情感对诗人而言就有着特别重要的意义，在某种意义上说，它就是诗人的天赋。诗人臧克家说："血脉怎样支持了人的生命，情感就怎样支持了诗。古今中外的诗篇，就连哲理诗算在内，也不能放逐了情感。作为诗人最重要的一个特征就是热情。"② 然而情感的资质又只能禀承天赋，因而诗人就常被称为天才，并且大诗人只能天生不能力致。莱辛在《汉堡剧评》第34篇中说："天才可以不了解连小学生都懂得的千百种事物。他的财富不是由经过勤勉获得的贮藏在他的记忆里的东西构成的，而是由自本身从他自己的感情中产生出来的东西构成的。"③

这种天赋的情感，最经常体现在爱情方面，因为爱是激情的主要成分，因此爱情的力量常会使人语不自抑，脱口成章，笔下生花。会把一个人顷刻间莫名其妙地变成诗人，这最典型的例子莫过于徐志摩。徐志摩在《猛虎集·序》中说：

> 说到我自己的写诗，那是再没有更意外的事了。我查过家谱，从永乐以来我们家里没有写过一行可供传诵的诗句。在二十四岁

---

① 转引自伍蠡甫、胡经之主编：《西方文艺理论名著选编》，北京大学出版社1986年版，第54页。
② 转引自《诗探索》，1982年第3期，第28页。
③ 伍蠡甫、胡经之主编：《西方文艺理论名著选编》，北京大学出版社1984年版，第333页。

的以前我对于诗的兴味不如对于相对论或民约论的兴味。我父亲送我出洋留学是要我将来进"金融界"的,我自己最高的野心是想做一个中国的 Hamilton！在三十四岁以前,诗,无论新旧,于我是完全没有相干。我这样一个人如果真会成为一个诗人哪还有什么话说？

　　但生命的把戏是不可思议的！我们都是受支配的善良的生灵,那件事我们做得了主？整十年前我吹着了一阵奇异的风,也许照着了什么奇异的月色,从此起我的思想倾向于分行的抒写。一份深刻的忧郁占定了我；这忧郁,我信,竟于渐渐的潜化了我的气质……

　　只有一个时期我的诗情真有些像是山洪暴发,不分方向的乱冲,那就是我最早写诗那半年,生命受了一种伟大力量的震撼,什么半成熟的,未成熟的意念都在指间散作缤纷的花雨。我那时是绝无依傍,也不知顾虑,心头有什么郁积,就会托腕底的胡乱给爬梳了去,救命似的迫切,哪还顾得了什么美丑！

众所周知,徐志摩所说的奇异的风和生命伟大的力量,就是他突然遭遇到爱情的袭击,是爱情的旋风,是爱情的力量让他的语言生花,踏上那如诗如歌般美丽的诗行。所以罗曼·罗兰在《约翰·克利斯朵夫》发出呼唤："让我们相爱吧,那是人生唯一的真理。"因为相爱,我们的语言就会如诗如歌般美丽动听。

明代的汤显祖在《玉名堂文之四·耳伯麻姑游诗序》中说："世总为情,情生诗歌,而行于神。天下之声音,笑貌,大小生死,不出乎是。因以憺荡人意,欢乐、舞蹈、悲壮,哀感鬼神,风雨鸟兽,动摇草木,洞裂金石。其诗之传者,神情合至,或一至焉；一无所至，而必曰传者，亦世所不许也。"白居易在《与元九书》中说："感人心者，莫先乎情，莫始乎言，莫切乎声，莫深乎义。诗者，根情，苗言、华声、实义。"可见情感对诗人来讲是多么的重要，它就是诗歌的灵魂和生命。然而，这被称为灵魂和生命的情感却只能来源于诗人的天赋。

而情感之所以被称为诗人的天赋，就是因为诗人具备了天生不俗的心性，才会摆脱凡尘世界里名缰利锁的束缚，而让心灵处在一种纯净、澄明、空灵、自由无缚的状态。于是宇宙万有的智慧就会在激情的感召下，化为灵感，化为语言，在他的心灵中歌唱，成为诗，成为歌。所以黎巴嫩诗人纪伯伦说："诗是迷醉的心怀的智慧，智慧是心灵里歌唱着的诗。"（纪伯伦《先知·沙与沫》）这也就是禅宗讲的"空故纳万境"。心灵若不虚空，而是执着于世间种种的色相，如金钱、名利，那么智慧和灵感就因激情被遮蔽，而不会光临，语言就不会启程，飞跃为诗歌，升华为艺术，进入自我运动、自我言说、自我歌唱，自我表现的审美自娱状态。所以丰子恺在《艺术鉴赏态度》中说："艺术不是技巧的事业，而是心灵的事业。故青年欲研究事业，必先培养其艺术的心。"这都是强调不俗心灵的重要，正是因为有着天生不俗的心性、情感，诗人们才会时刻激情涌溢，妙笔生花，诗歌史上才会出现李白、杜甫、李贺这些领一代风骚的"诗仙""诗圣"和"诗鬼"，而形成诗歌史上群星荟萃的灿烂局面。

第二节 想象：诗歌的艺术质素

一、诗是一种想象的艺术

由拉康的无意识语言生成原理，由诗歌韵律产生过程可知，诗歌语言的生成是无意识在激情力量下进入一种幻想和想象的状态下，促使能指为追随所指进行迂回往复性的运动即重复性运动而形成，由此可知，诗注定是一种幻想和想象的艺术。

二、想象对于诗歌创作的重要性

正是想象让诗歌语言具有区别于日常语言的重要艺术特质，也是想象使语言成为诗性的艺术，使诗脱离普通日常滞重、庸常、琐屑的尘俗世界而成为某种会飞的、带翅膀的东西，具有空灵、澄明、透彻、超脱的艺术质素。使诗的世界成为有别于日常凡俗世界的另一世界，即艺术世界。在这种意义上说，想象就是诗的翅膀，正是它使诗和诗人从庸常、凡俗、沉闷、琐屑的现实桎梏中超拔出来，进入如诗如梦的艺术幻美空间，体味那超凡脱俗、不思人间烟火的离尘境界。所以，古今中外的诗人、哲人都毫无例外地称扬、赞颂幻想和想象对于诗歌创作的重要性。

英国诗人雪莱在《为诗辩护》中说："一般说来，诗可以解作'想象的表现'；自有人类便有诗。人是一个工具，一连串外来的和内在的印象掠过它，有如一阵阵不断变化的风，掠过埃奥利亚的竖琴，吹动琴弦，奏出不断变化的曲调。"① 另一位重要诗人华兹华斯也同样十分重视幻想和想象在诗歌创作中的重要作用，他在《抒情歌谣集》（1885年版序言）中把想象和幻想列为写诗所需要的五种能力之一种，并认为幻想是在于激发和诱导我们天性的暂时部分，想象是在于激发和支持我们天性的永久部分，二者都是诗人的一种重要创造能力。培根也曾对诗和想象之间的关系做出过重要论述，他说："历史涉及记忆，诗涉及想象，哲学涉及理智"，并说"想象既不受物质规律的拘束，可以把自然已分开的东西合在一起，也可以把自然已结合在一起的东西分开，这样就在许多自然事物中造成不和谐的解婚和离婚"②。而现代诗人无论是郭沫若、朱湘、穆木天，还是穆旦、袁可嘉、艾青都无一例外地强调想象对于诗歌创作的重要性。这也就是为什么黑格尔会认为想象是艺术的一个杰出的本领。

三、想象力决定诗歌艺术水平

虽然想象于诗歌创作非常重要，并且想象力是人人都具备的一种能力，但它的具体能力大小，却只能取决于天赋。因而诗人想象能力的大小，将最终决定诗人诗歌创作水平的高低，决定诗人在诗歌史上的地位是杰出的，还是平庸的。正是杰出的想象力使华兹华斯"在一朵平凡的花朵上看出深刻的忧伤，深藏在连眼泪都到达不了的地方"（华兹华斯《不朽的兆象》），使布莱克在"一粒沙中见世界，一朵花里见天国"，在"手掌里撑住无限"生怕那"一刹那变成永劫"（布莱克《天真的预示》），使李白对镜悲叹"君不见高

---

① 转引自伍蠡甫、胡经之主编：《西方文艺理论名著选编》，北京大学出版社1986年版，第67页。
② 转引自李醒尘：《西方美学史教程》，北京大学出版社1994年版，第168页。

堂明镜悲白发，朝如青丝暮成雪"（李白《将进酒》），在《望庐山瀑布》中惊叹那飞流直下的瀑布好似有三千尺，而"疑似银河落九天"。从而奠定了他们世界级的大诗人的地位而垂名诗史，流芳千古。

相反，一些想象力平庸的诗人，却只能靠后天技艺的学习与艺术的熏陶，因为缺少想象力而成为仅有诗艺技巧却缺少内在心灵精神贯注生气的匠人。这样的例子在诗歌史上并不少见，这样的诗作让人读起来味同嚼蜡，会觉得只有形式，而没有内容，缺少了内在实质的精神性、灵魂性的东西，成为艺术的赝品和伪作。因为"艺术美是由心灵产生和再生的美"①。"所谓'灵感'不是什么别的，就是想象的活动和完成作品中技巧的运用。"②

康德在《判断力批判》中说："有些艺术品，它们没有精神，尽管人们就鉴赏来说，在它们上面指不出毛病来……精神（灵魂）在审美的意义里就是那心意的付与对象以生命的原理。"③ 而在康德看来，"那心意的付与对象以生命的原理"就是想象力的创造性组合的机能原理。他说："想象力是强有力地从真的自然所提供给它的素材里创造一个像是另一个自然来。"④ 又说：

> 在一切艺术之中占首位的是诗（诗的根源几乎完全在于天才，它最不愿意陈规和范例的指导），诗开拓人的心胸，因为它让想象力获得自由，在一个既定的概念范围中，在可能表达这个

---

① ［德］黑格尔：《美学》第一卷，朱光潜译，商务印书馆1979年版，第4页。
② ［德］黑格尔：《美学》第一卷，朱光潜译，商务印书馆1979年版，第378页。
③ 转引自伍蠡甫、胡经之主编：《西方文艺理论名著选编》，北京大学出版社1986年版，第371页。
④ 转引自伍蠡甫、胡经之主编：《西方文艺理论名著选编》，北京大学出版社1986年版，第371页。

概念的无穷无尽的杂多形式之中，只选出一个形式，因为这个形式才能把这个概念的形象显现联系到许多不能完全用语言来表达的深广思致。因而把自己提升到审美意象。诗也振奋人的心胸，因为它让心灵感觉到自己的功能是自由的，独立自在的，不取决于自然的，在观照和评判自然（作为现象）中所凭的观点不是自然本身在经验中所能供给我们的感官或知解力的，而是把自然运用来仿佛作为一种暗示超感性境界的示意图。①

可见，正是无意识性质的想象力使诗歌不仅具有区别于其他文体的艺术形式美而且更进一步地成为具有精神意蕴的艺术美。这种精神意蕴的艺术美，其实也就是被我们称为"诗意"的那种艺术特质，它将最终决定诗歌艺术水平的高低。

第三节　声音：诗歌的物质外壳

一、三种节奏的统一：情感节奏、意义节奏统一于声音节奏

由韵律的产生过程我们可知，韵律就是激情诉诸声音表现的一种语言形式。因而诗是一种表现强烈情感的语言形式，确切说，诗是用声音来表现强烈情感的语言形式。在这样的意义上我们可以说，诗是一种听觉的艺术，声音就是诗歌的物质外壳。由拉康的无意识语言理论可知，在诗中情感会象征、暗示它所要表达的意义，意义也就是诗

---

① ［德］康德：《批判力批判》，宗白华译，商务印书馆1964年版，第173—174页。

第三章 诗歌语言的艺术特性：诗歌是无意识诉诸声音表现激情和想象的口语性艺术

反复咏叹的情感。因此，在诗中，情感的节奏、意义的节奏和声音的节奏应该是三位一体的，也就是无论是情感节奏，还是意义节奏都统一于由声音节奏所形成的诗的所有的韵律节奏里。因此严格说来，在诗中就只有一种节奏，即由声音节奏所形成的韵律节奏。所以朱光潜在《论新诗格律》中说："不抓住声音节奏，就不能彻底欣赏诗；要抓住声音节奏，就必须凭口传，凭耳听。"

关于这一点，诗人徐志摩也有非常深刻的认识，他在《诗刊放假》中说："一首诗的秘密也就是它的内含的音节的匀整与流动……明白了诗的生命是他的内在的音节（Internal rhythm）的道理，我们才能领会到诗的真的趣味；不论思想怎样高尚，情绪怎样热烈，你得拿来彻底的'音节化'了（那就是诗化）才可以取得诗的认识，要不然思想自思想，情绪自情绪，却不能说是诗。"[1] 诗人梁宗岱更直接地说："一首诗的进行大部分靠声音地相唤。"[2] 古罗马的西塞罗也认为："艺术需要理性的指引，但具体创作要靠无意识，例如声音和节奏的选择要靠耳朵，耳朵是声音和节奏的法官。"[3]

可是在很多情况下，我们却常将诗的外在声音韵律节奏与诗的内在情感节奏割裂开来。不是片面地强调诗的外在声音节奏，就是片面地强调诗的内在情感节奏，结果是公说公理，婆说婆理，实际上它们是一体两面的东西。正是特定的声音暗示特定的情感，特定的情感又暗示了特定的意义，进而形成了种种别致不同的声音韵律节奏。

割裂诗的内外节奏的说法主要表现在新诗发展的 20 世纪二三十年

---

[1] 见《晨报副刊·诗镌》，1926 年 6 月 10 日第 11 号。
[2] 转引自潘颂德：《中国现代新诗理论批评史》，学林出版社 2002 年版，第 284 页。
[3] ［波］塔塔科维兹：《古代美学》，杨力等译，中国社会科学出版社 1990 年版，第 275 页。

代,自由派、现代派与格律派的论争中,如以郭沫若为代表的自由派、以戴望舒为代表的现代派,强调诗的内在情感节奏,与以格律派强调诗的外在声音节奏相对。后来诗人艾青等人将此认识向前推进了一步,艾青在其诗论中强调感情的节奏必须化为语言的外节奏,诗才可能出现。即强调了诗的内在情感节奏应与外在声音节奏统一,但这仍是出于诗人、诗论家富于直觉、感性的认识,不能从理论上解释两种节奏统一的内在原因。因此近年来割裂诗的内在情感节奏与外在声音节奏的观点又呈抬头趋势,时有出现。如《诗探索》2002 年第 3—4 辑上吴晓、曹苇航的《诗与歌的分离》一文中强调诗的语言节奏不等同于情感节奏,语音本身并无表情功能,批判了诗的外在语言声音节奏是内在情感节奏的外化,即两种节奏统一的观点。其实,拉康的无意识诗学语言理论恰好可以从理论上解释平息这场纷争,为此做出最好的理论阐释。

二、声音和情感的关系

关于声音和情感的关系,人们早已凭直觉形成了一种感性的认识。在我国《乐记》中已做了最好的表述:"其哀心感者,其声焦以杀;其乐心感者,其声啴以缓;其喜心感者,其声发以散;其怒心感者,其声粗以厉;其敬心感者,其声直以廉;其爱心感者,其声和以柔。"

明人谢榛在《元和韵谱》中说:"平声者哀而安,上声者厉而举,去声者清而远,入声者直而促。"流行的"四声歌诀"说:"平声平道莫低昂,上声高呼猛烈强,去声分明哀远道,入声短促急收藏。"这些说法,显然都不是单纯从声音的物理层面着眼而是从声音可能"暗示"或传达某种情感、情绪的角度着眼的。在诗中情感、意义都由声音来统领，来暗示，来象征。无论怎样生花的情感，别致不凡的诗意，若不能通过其特有的声音、调质、韵律节奏传达暗示出来，都终归是失败。

韦勒克在其《文学理论》中说，每一件文学作品首先是一个声音系列，从这个声音系列再生出意义。法国文学家兼批评家丹纳也说："人的喜怒哀乐，一切骚扰不宁，起伏不定的情绪，连最微妙的波动，最隐蔽的心情，都能由声音直接表达出来，而表达的有力细致、正确都无与伦比。在这方面，声音与诗歌的朗诵相近。"① 叶芝在《诗中的象征主义》一文中指出，一切声音，一切颜色，一切形式，或是因为它们注定的力量，抑或是因为漫长的联想，皆唤起一些难以解释而又十分确切的情绪。因此我们可以说，在纯粹文学作品的诗中，声音就是情感，就是意义，就是一切。只要有强烈真挚的情感，自然会化为种种不同调质的声音，并随着情感的起伏运动而自然形成韵律。当我们对诗语言外在的声韵，进行艺术上的加工打磨锤炼，即所谓修辞时，我们实际上锤炼的不是带有声响的语词，而是锤炼我们的情感，使它更趋于本性的自然从而外化为自然和谐的声音。所以诗歌艺术的创作从本质上讲应该是一个返璞归真的过程，要尽量使声音与所暗示的情感意义如水乳交融般地自然地结合在一起。

三、声音和意义的关系

从上述分析可知，声音的讲究在诗歌当中有着特别重要的意义。如果说在日常语言中，声音可以从属于意义，随着意义表达交流的结束，声音可以很快随之消失在意义的光亮里，成为灰烬。但在诗歌语

---

① ［法］丹纳：《艺术哲学》，傅雷译，人民文学出版社1963年版，第30页。

言中，声音却注定要从这灰烬里重生，并使意义思想服从它的召唤，与其和谐一致不可分。所以在诗歌中声音的讲究，就有特别重要的意义。

朱光潜在《诗论》中说：诗讲究声音，一方面在节奏，在长短、高低、轻重的起伏；一方面也在调质，在字音本身的和谐以及音、义的调协。在诗中调质最普通的应用在双声叠韵……双声叠韵都是要在文字本身见出和谐。诗人用这些技巧，有时不仅要求声音和谐，还要它与意义调协。在诗中每个字的音和义如果都互相调协，那是最高的理想。音律的研究就是对于这最高理想的追求，至于能做到什么地步，则全凭作者的天资高低和修养深浅。每国文字中都有些谐声字。谐声字在音中见义，是音义调协的极端例子……音义调协不必尽在谐声字上见出。有时一个字音与它的意义是虽无直接关系，也可因调质暗示意义……音律的技巧就在选择富于暗示性或象征性的调质。[①] 朱光潜的这段话是对声音和意义在诗的语言中是协和、紧密的一种最好的说明。

瓦雷里在《诗与抽象思维》中说："一个单词的声音与意义之间并没有关系。同一样东西，在英语中称为 horse，在希腊语中称为 Hippos，在拉丁语中称为 equus，在法语中称为 cheval；但是这些词语中的任何一个，不管你怎样巧妙地使用，都不能给我那个所讲到的动物的概念；这个概念，不管你怎样巧妙地处理，都不能产生这些词语中的任何一个——不然的话，我们就很容易学会从我们的本国语开始的一切语言了。然而诗人的任务，是使我们感觉到单词与心灵之间的一种密切的结合。严格地说，我们必须认为这是奇迹般的

---

① 朱光潜：《诗论》，生活·读书·新知三联书店 1984 年版，第 170—172 页。

结果。我说'奇迹的般',但是这种情况却并不罕见"。① 瓦雷里在这里从正反两方面论述了声音和意义在日常语言和诗歌语言中关系的不同。

英国诗人雪莱在《为诗辩护》中关于声音和意义也即声音和思想在诗的语言中的这种关系做过如下论述:"声音和思想不但彼此之间有关系,而且对于它们所表现的对象也有关系;能理解这些关系的规律,也就能理解思想本身的关系的规律,这两者往往有联系。因此,诗人的语言总是含有某种划一而和谐的声音之重现,没有这重现,就不成其为诗,而且,姑不论它的特殊格调如,这重现对于传达诗的感染力,正如诗中的文字一样,是绝不可缺少的。所以,译诗是徒劳无功的,要把一个诗人的创作从一种语言译作另一种语言,其为不智,无异于把一朵紫罗兰投入熔炉中,以为就可以发现它的色和香的构造原理。"② 可见声音和思想即声音和意义在诗的语言中是有紧密联系的。理想诗歌中的语言的声音和意义之间的关系,应如盐溶于水,无痕有味,相中有色,相融相合,似天衣无缝般浑然一体。

法国文学家萨特也曾对诗的声音与意义的协和有过表述,他说:

> 即便诗流连于词,犹如画家之于色彩,音乐家之于音符,这并不意味着词对于诗人而言失去了任何意义;事实上只有意义才能赋予词以语言一致性;没有了意义,词就会变成声音或笔划,四处飘散。只不过意义也变成自然而然的东西了,它不再是人类的超越性始终瞄准但永远达不到的目的;它成了每个词的属性,

---

① 伍蠡甫:《现代西方文论选》,上海译文出版社1983年版,第36—37页。
② 伍蠡甫、胡经之主编:《西方文艺理论名著选编》中卷,北京大学出版社1985年版,第70页。

类似脸部的表情，声音和色彩的或喜或忧的微小意图。意义浇铸在词里，被词的音响或外观吸收了，变厚、变质，它也成为物，与物一样不是被创造出来，与物同寿；对于诗人来说，语言是外部世界的一种结构。说话的人位于语言内部，他受到词语的包围；词语是他的感官的延长，是他的螯，他的触角，他的眼镜；他从内部操纵词语，他像感知自己的身体一样感知它们，他被语言的实体包围，但他几乎意识不到这一影响遍及世界的语言实体的存在。诗人处在语词外部，他从反面看词语，好像他不是人类一分子，而是他向人类走去，首先遇到语言犹如路障挡在他面前似的。他不是首先通过事物的名称来认事物，而是首先与物有一种沉默的接触，然后转向对他来说本是另一种物的词语，触摸它们，试探它们，他在它们身上发现一种洁净的，小小的亮光，以及与大地、天空、水域和所有造物的特殊亲和力，他不屑把词语当作指示世界某一面貌的符号来使用，而是在词里头看到世界某一面貌的形象。……于是在词与所指的物之间建立起一种双重的相互郑敏，彼此既神奇地相似，又是能指和所指关系。由于诗人不是利用词语，他不在同一词的各种含义之间进行选择，每一含义对他来说不具备独立的功能，而是好像一项物质属性委身于他，在他眼皮底下与其他含义融为一体。于是，只因为他采取了诗意的态度，他就在每个词向上实现了毕加索梦想的变化；毕加索曾想造出这样一种火柴盒，它整个几乎就是一只蝙蝠，却又始终是火柴盒。佛罗伦萨是城市、花和女人，它同时是城市——花，城市——女人和少女——花，于是乎出现这个奇怪的客体，它兼河流的液态与黄金的浅黄褐色接近词，结果却卓有成效。

  词——客体通过神奇的相亲或相斥关系组合起来，与色彩和声音一样，它们相互吸引，相互排斥，它们燃烧起来，于是它们的集合就组成真正的诗的单位,即句子——客体。

  对于诗人,词是自然物,它们像树林和青草一样在大地上自然地生长。①

萨特以此来说明音义协和应该是融洽而自然的。

其实关于意义、情感和声音在诗中密不可分,也即诗是一种属于听觉声音的艺术,我国古人也早有认识。刘濂在《乐经元义》中说:"六经缺乐经,古今有是论矣,愚谓乐经不缺,三百篇者乐经也,世儒未之深考耳。夫诗者声音之道也,若夫子删诗,取风雅颂一一弦歌之,得诗得声者三百篇,余皆放逸,可见诗在圣门辞与音并存矣。仲尼没而微言绝,谈经者知有辞不复知有音,如以辞焉凡书皆可,何必诗也?"②

四、诗歌之不可翻译、难于翻译

由于诗是一种听觉的艺术,声音是诗歌的物质外壳,声音与意义和情感在诗歌语言中存在着这样密不可分的关系,以及诗歌语言呈现出迥异于日常语言的韵律特征,就使诗歌的翻译成为不可能,即使勉强为之,也是一种艰难而卓绝的工作。在这种意义上说,成功的诗歌翻译都是一种创造,尤其是抒情诗。

关于这一点,俄国的形式主义文论家什克洛夫斯基曾做过表述。什克洛夫斯基认为:"由于诗的语音中和日常语言的语音之间存在着一种差异印象,那就是在选择用语、词的组合,句子的搭配措置和

---

① [法]让-保罗·萨特:《萨特文论选》,施康强译,人民文学出版社1991年版,第95—98页。
② 转引自朱谦之:《中国音乐文学史》,北京大学出版社1989年版,第57页。

曲折宛转中的微乎其微的不同寻常性（这实际即是指诗的韵律或说格律——作者注），由一定音响组合的一吟三叹。这一切的差异印象只有生活在语言的天籁中，只有那些对此语言像对亲人一样亲近的人才能深有其感，才能完完全全体会到。因此抒情诗的翻译是极为困难，简直是不可能翻译的，因为这种不同于日常语言语音的诗的特性化的语音韵律所造成的差异印象和反常化效果是可意会而不可言传的。"①

朱光潜在《诗论》中也表述过同样的观点。他说："凡诗都不可译为散文，也不可译为外国文，因为诗中音义俱重，义可译而音不可译。成功的译品都是创造而不是翻译……记得郭沫若先生曾选《诗经》若干首译为白话文，成《卷可集》，手头现无此书可考，想来一定是一场大失败，诗不但不能译为外国文，而且不能译为本国文中的另一体裁或是另一时代的语言，因为语言的音和义是随时变迁的，现代文的音节不能代替古代文所需的音节，现代文的字义的联想不能代替古文的字义的联想。"②

关于这一点，即由于韵律的存在而使的诗的语言难于翻译，不能翻译，拒绝翻译，我们可以以个体的诗歌为例来说明。以爱尔兰著名诗人叶芝的《当你老了》为例：

---

① 伍蠡甫、胡经之主编：《西方文艺理论名著教程》下卷，北京大学出版社2003年版，第177—178页。
② 朱光潜：《诗论》，生活·读书·新知三联书店1984年版，第242页。

第三章　诗歌语言的艺术特性：诗歌是无意识诉诸声音表现激情和想象的口语性艺术

When you are old W. B. Yeats	当你老了 W. B. 叶芝　袁可嘉译
When you are old and gray and full of sleep	当你老了，头白了，睡思昏沉，
And nodding by the fire, take down this book,	炉火旁打盹，请取下这部诗歌，
And slowly read, and dream of the soft look	慢慢读，回想你过去眼神的柔和，
Your eyes had once, and of their shadows deep;	回想它们过去的浓重的阴影；
How many loved your moments of glad grace,	多少人爱你年轻欢畅的时辰，
And loved your beauty with love false or true;	爱慕你的美丽、假意或真心，
But one man loved the pilgrim soul in you,	只有一个人爱你那朝圣者的灵魂，
And loved the sorrows of your changing face;	爱你衰老了的脸上的痛苦的皱纹；
And bending down beside the glowing bars,	垂下头来，在红光闪耀的炉子旁，
Murmur, a little sadly, how love fled	凄然地轻轻诉说那爱情的消逝，
And paced upon the mountains overhead,	在头顶的山上它缓缓踱着步子，
And hid his face amid a crowd of stars.	在一群星星中间隐藏着脸庞。

以上是作为诗人袁可嘉的翻译，再让我们来看看诗歌翻译工作者

浦江的译文：

　　当你年迈头白，睡思昏沉，
　　坐在炉边打盹，请取下这部诗集，
　　慢慢吟读，你会梦见你昔日
　　曾经柔和的眼神，
　　一度被笼罩上了深深的忧伤。

　　多少人曾爱你欢乐时分散发的魅力，
　　爱上你的美貌，无论他们是怀着假意还是真诚，
　　有一个人却爱你那朝圣者的灵魂，
　　爱你衰老了的脸上所含的悲凉。

　　你垂下头，在那明亮的炉火旁，
　　带着淡淡的忧愁诉说爱情是怎样悄然而逝，
　　又怎样在空中的山顶缓缓踱步，
　　在星群中间将脸庞隐藏。①

　　从上面所引的原文和两篇不同译文看，我们一定会感到在原文和译文之间，以及在两篇不同译文之间，在诗歌意境、风格、韵律上都存在着显在的和潜在的差异，并且这种差异有时甚至是可意会而不可言传的。我们不能说浦江的翻译水平低。因为翻译的难度是客观存在的，每个人的翻译都不可能完全一致。从翻译的要求讲究信、达、雅看，浦江的翻译做到了"信、达"，但尚不能称上"雅"；而诗人袁可

---

① 顾飞荣主编：《浪漫英语诗歌》，安徽科学技术出版社2002年版。

嘉的翻译是"雅、达",尤其是"雅",但和原文对照,却称不上"信"。所以确切地说,袁可嘉的翻译是一种朱光潜所说的"创造"。这实际上体现了诗人和英语工作者即非诗人之间的差异。这种差异给阅读者带来一种比较的乐趣和对差异的思考,也即造成这种差异的原因何在?

造成这种差异的主要原因在于两者间,一者的翻译是有韵律的,一者的翻译是无韵律的。也就是说袁可嘉的翻译是讲究最通俗的韵律规则的,以他翻译的诗文的第二节为例,他的译文尾韵是句句相押的。按"旧韵十三辙",他押的是"人辰"辙;按北京韵系,他押的是"en(in,uen,ún)"韵;按《中华新韵》他押的是第十五韵,即"痕"韵。而浦江作为英语翻译工作者,更加注重"信、达",他采用的是自由诗的无韵体来翻译的,因而缺少一种韵律特有的美感。除英语和汉语两种语音本身存在的客观差异之外,这是造成浦江的译诗和叶芝原诗在阅读美感上产生差异的重要原因。因为显而易见的是,叶芝的原诗是用韵体写就的,因而富有韵律上的美感。而浦江则用的是无韵自由体,所以阅读美感效果当然不同。另外,除了译词音韵的选择差异外,在作为诗的美感的富有意象的语词的选择上,浦江和袁可嘉之间也存在着细微的差别。如前者将"beauty, true"译为"美貌,真诚",后者译为"美丽,真心"。后者袁可嘉的译法,尤其是不取"真诚"而取"真心",主要是为了和前后尾的"辰""魂"做到尾韵相押。如果抛开押韵这个因素,应当说"真诚"较"真心"更为文雅一些,因而更适合于诗的语词的选择。但鉴于大的押韵方面要求,因为"真心"处在句尾,即韵的最重要体现处,所以舍小求大,选"真心"而不取"真诚"。另外,由于"beauty"处在句中,于韵律无关大碍,所以将其译为"美丽"而不是"美貌"。作为一个有良好的文学素养的汉语诗歌读者,自然能体悟"美丽"与"美貌"之间的微妙差异在于：一者重"雅"，一者较"俗"。而诗可以说是"雅"的别名，因而取"美丽"而舍"美貌"。这样雅俗之间，孰优孰劣自然分明。因而除了语音上的差异之外，这种语义上的美感不同，也是造成两个译者的译诗之间差异的重要原因。

由上面对叶芝这首诗的两篇不同译文来看，我们可以看出诗的难译和不可译。下面再让我们以《诗经·邶风》中的"燕燕"篇的翻译为例，我们选其全诗的前二节如下：

燕燕于飞，差池其羽。
之子于归，远送于野。
瞻望弗及，泣涕如雨。

燕燕于飞，颉之颃之。
之子于归，远于将之。
瞻望弗及，伫立以泣。
燕燕于飞，下上其音。
之子于归，远送于南。
瞻望弗及，实劳我心。

仲氏任只，其心塞渊。
终温且惠，淑慎其身。
先君之思，以勖寡人。

译文如下：

燕子飞翔，

忽张弛地扇动翅膀，
这个姑娘出嫁，
远远地相送到郊外，
目送她到望不见，
泪珠儿像雨一样！

燕子飞翔，
忽上忽下。
这个姑娘出家，
远远地送她。
目送她到望不见，
站在那儿泪汪汪。

(吴兆基译)①

  我们说《诗经·邶风》中的"燕燕"篇，它表达的是一种庄重、肃穆、悲伤不舍、沉痛无奈的惜别之情，这是它全诗，也是这两节的情感基调。从它押韵的几种方式来看，它基本上押的是"交韵"，并且章节整齐匀称，章节间相互重复，形成我们前文据说的"重章复沓""低回往复"特点以暗示那种庄严肃穆、沉痛悲伤，欲舍难分的缠绵情调。可是我们看它的译文虽然也大致符合原文"重章复沓"，章节整齐匀称的特点，并且注意尾韵相押，大致形成韵律，但是却没有原文的韵味，无法产生原文的情境风格。甚至我们可以说译文的情感基调和原文的情感基调恰好相反，产生了一种非常滑稽可笑的效果。我们发现译文的情调是滑稽、戏谑，有失庄重，有些轻慢、玩笑，

---

① 吴兆基编译：《诗经》，长城出版社 2002 年版，第 41—42 页。

甚至有一种游戏的、不痛不痒的情绪成分，完全失去原文的风味。

这一方面是由原文和诗文采用人称角度不同造成的，原文采用的是第一人称角度，译文却是第三人称他者的角度，所以表达暗示出的情感特点自然不同。另一方面，更重要的是原文和译文所押韵不同，这种不同主要体现在调质上或说声调上。按十三辙韵，原文押的是"衣期"韵，译文押的是"江阳"韵。"衣期"韵的调质暗示的是一种悲伤、缠绵、低回的情绪，如李清照《如梦令》中"凄凄惨惨戚戚"是典型的体现。而译文押的"江阳"韵的调质暗示的是一种轻快、飞扬，向上、温暖、明朗的情绪，如徐志摩写给陆小曼的那首《雪花的快乐》：

假如我是一朵雪花，
翩翩的在半空里潇洒，
我一定认清我的方向——
飞扬，飞扬，飞扬——
这地面上有我的方向。

不去那冷漠的幽谷，
不去那凄清的山麓，
也不上荒街去惆怅——
飞扬，飞扬，飞扬——
你看，我有我的方向！

在半空里娟娟的飞舞，
认明了那清幽的住处，
等着她来花园里探望——

飞扬,飞扬,飞扬——
啊,她身上有朱砂梅的清香!

那时我凭借我的身轻,
盈盈的,沾住了她的衣襟,
贴近她柔波似的心胸——
消溶,消溶,消溶——
溶入了她柔波似的心胸!

这首诗是徐志摩与陆小曼在热恋中写的,目的是在劝陆小曼从迷茫、灰暗、消极、盲目、找不到方向的晦涩的人生情绪心态中走出,把握好方向,希望她拥有一种温暖、明朗、轻松,如雪花般飞扬向上的快乐心情。因此徐志摩巧妙地选取了富有暗示性、象征性的与之相应的"江阳"韵。

由徐志摩这首诗韵的调质,我们可以更好地理解"江阳"韵暗示的是一种轻松、快乐、飞扬、向上,充满光明温暖和希望的情调。因此我们说《诗经·邶风》中的"燕燕"篇的译文的情调是与原文恰好甚至是完全相反的。另外,原诗的首韵双声即"燕燕"和"之子"在译文中,也没有得到体现。因而我们可以说译文是失败的,虽大致注重了形式上的章节整齐、匀称、重章复沓,并富有韵律,但就原文看,它的形式与实质,是貌合神离、内外不一的。

综上所述,由于诗是一种听觉的艺术,声音是诗歌的物质外壳,声音与意义和情感在诗歌语言中存在着这样密不可分的关系,以及诗歌语言呈现出迥异于日常语言的韵律特征,就使诗的语言不同于日常语言,是难于翻译,不可翻译,甚至是拒绝翻译的。这可以说是诗歌语言不同于日常语言的一个独特性。

第四节 口语性：诗歌的本质属性

一、语言的本性是诗：诗是人口开出的花朵

由诗的韵律是激情状态下无意识重复活动所造成的语言客观上必然出现的一种特殊形式，我们可以推知诗、语言、韵律是同时产生的，它们是三位一体的，它们都是语言本身，都是激情力量下幻想的产物。正是激情的力量使语言成为可以脱口而出的口语性艺术，成为诗，因此口语性是诗歌的本质属性。正是在这样的意义上，海德格尔说，语言是人口开出的花朵。同样，也是在这种意义上，我们可以说语言的本性就是诗，诗的本性就是韵，就是韵律。如果韵律是使语言成为诗成为美的艺术的一个明显标志，那么同样我们也就可以说语言的本性就是艺术。克罗齐曾说："语言的哲学就是艺术的哲学。"[①] 他在《美学或艺术和语言哲学》中说：

> 语言活动并不是思维和逻辑的表现，而是幻想，亦即体现为形象的高度激情的表现，因此，它同诗的活动融为一体，彼此互为同义语。这里所指的就是真正、纯朴的语言，就是语言的本性。即使在把语言作为思维和逻辑的工具，准确用它作为某种观念的符号时，语言也是保持它的本性。人类所孜孜寻找的语言的科学，

---

① [意] 贝内代托·克罗齐：《美学或艺术和语言哲学》，黄文捷译，中国社会科学出版社 1992 年版，第 41 页。

普通语言学，就它的内容可化为哲学而言，其实就是美学。①

克罗齐在这里批评了把语言视为理性逻辑思维工具论的观点，但又过分强调了语言的非理性特征，即语言的诗性特征，从而走向了另一个极端。实际上语言既是理性意识活动的体现，又是非理性无意识活动的体现，因而语言既是逻辑思维的产物，又是无意识幻想和激情的表现。所以克罗齐的"语言活动并不是思维和逻辑的表现，而是幻想"的说法应改为："语言活动不仅仅是理性思维和逻辑的表现，而且还是无意识激情状态下幻想的表现。"正是站在无意识的层面上，我们可以说语言的历史，就是诗的历史，就是艺术的历史。在语言的起源，我们必会找到诗的起源，艺术的起源，诗、语言、韵，它们都是一回事，都是激情力量的产物。只要在激情力量的作用下，语言就会自然呈现出外在和谐的声音与韵律，诗就会自然脱口而出。因而，韵是语言的一种自然属性，韵律是语言最自然的一种形式。诗是一种口语性的艺术，口语性是诗歌的本质属性。

语言天然就是富有韵律美的。诗的韵律的产生和形成并没有，也不可能有另外单独、主观外在人为的原因。朱光潜在其《诗论》中认为中国语言的自然倾向是朝韵走的。其实，不单是中国语言的自然倾向是朝韵走的，所有语言的自然倾向也都是朝韵走的，要不然韵律也不可能是古今中外诗歌的一个共同美学特征，诗歌也不能成为人类共同的艺术。

拉康的无意识语言理论在诗学上的运用恰好说明了诗、语言、韵律及情感之间的关系。这正是拉康无意识语言理论在语言学、诗学上

---

① ［意］贝内代托·克罗齐：《美学或艺术和语言哲学》，黄文捷译，中国社会科学出版社 1992 年版，第 41 页。

的重大意义。它在理论上解释说明了诗、语言、情感、韵律之间的关系，为"诗缘情"的诗论做了最好的理论注脚，为韵律是缘情而生的自然语言形式，即诗语言韵律形成的自然性，做出了令人信服、合乎科学的解释。由于拉康无意识语言理论具体落实到了能指和所指的关系上，这样就把人们对诗、语言、韵律的产生形成的认识，从感性层面提升到理性高度。

二、对以往诗韵起源观的述评

长期以来，人们一直把诗、韵律和语言割裂开来。人们虽然承认诗是语言的艺术，是语言的一种审美表现，却一直搞不清韵律产生的真正原因，搞不清韵律、诗、语言之间的关系，即使出于感性直觉的认识，像亚里士多德一派把诗韵律的产生形成归结为自然的原因，即人类天性情感本能的自然表现，也即诗缘情说。却不能在理论上说出其所以然。因而长期以来，占优势的观点是人们把诗、韵律的产生归结为一种外在人为技巧的原因。认为诗韵律是可以随心所欲，用人为技巧加诸语言的一种外在形式，是技巧的产物，是对语言形式的一种特殊加工和化妆，而不是语言本身的一种必然形式。这样的结果，诗人就变成了匠人。

由于把韵及韵律的产生归结为外在于语言的人为技巧的原因，韵于诗于语言就成了可有可无的东西，没有其本身存在的必然理由。与这种观点形成有密切关系的，就是诗的两种起源说，即"社会劳动说"和"歌、舞、乐"同源的"游戏说"。这两种观点的形成都是历史考证的结果，都来源于历史，没有错误，但却不能从根本上、理论上科学地解释诗、韵律产生的直接原因。因而就不能科学地说明诗、语言、韵律之间的关系，这仍然是站在语言工具论的角度，从语言功利论派生出的观点。诗固然可在劳动实践中产生，也可在歌、舞、乐的游戏中产生，但无论是劳动实践，还是歌、舞、乐，都是语言和诗产生的前提条件。直接的原因应该是在劳动中或游戏中，促动了情感表达的需要，于是发而为言、为诗、为歌，并配之以舞、乐。

至于诗可歌、可唱、可合乐，也只是因为语言本身具有可歌的性质，如歌词。具有可以合乐的前提条件——声音形式化的节奏——韵律，才能成为可以合乐的歌、诗，也即最初的诗歌。所以诗的韵律并不是为着合乐的目的才出现的，而是因为语言天然具有一种可歌的属性——韵和韵律，也即韵是语言的一种自然属性，韵律是语言的一种自然形式，它们是使语言成为歌词、歌、诗的本质性因素，或说前提性条件，也是诗可以合乐的真正性原因。奈特氏在《美之心理学》中说："诗歌、音乐、舞蹈三者，无论其于个人的或民族的幼稚时代，均相结合而同其根元。言语韵律反复时而诗歌以起。言语反复时，音有节奏，调有变化而音乐以起。身体运动与诗歌音乐相随相伴时而舞蹈以起。"[1] 可见诗与歌、舞、乐同源，是因为自身具有韵律节奏这个先天性条件决定的。

导致把韵律视为语言的外在人为技巧的一个重要原因，是因为我国古典诗歌的韵律大多是音声外求，确实是人为技巧的产物，但古典诗歌却不是我们所说的本真意义上的诗歌，不是无意识语言的产物，而是意识语言的产物，是以文字为诗，是第二意义上的诗歌，是典型的文字型诗歌文学时代的产物。这一点我们将在后文论述。

导致把韵律视为语言的外在人为技巧原因，还因为我国最早的诗歌总集《诗经》中绝大部分诗是可以合乐的。由于今天距离原始《诗经》时代相隔遥远，无法弄清当时诗产生的真正的原因，只好遵循历

---

[1] 转引自刘福春、杨匡汉编：《中国现代诗论》，花城文艺出版社1985年版，第50页。

史考古的办法。于是无奈的人们只好到历史中寻找根据，误以为诗的韵律是为合乐，迁就舞、乐的节奏才出现的，是歌、舞、乐同源的一种历史遗痕，是历史遗留的原因。这样的观点以朱光潜先生为典型代表。

朱光潜在其《诗论》中认为，韵是歌、舞、乐同源的遗痕。认为韵是为点明一个乐调或是一段舞步的停顿所必需的，同时，韵也把几段音节维系成整体，免致涣散。这样说并没有错误，但是这并没有说明韵发生的根本原因。如果要继续进一步追问：韵为什么会是诗、舞、乐同源的遗痕？难道仅是因为诗、舞、乐同源，迁就乐、舞的节奏而形成，像朱光潜所说"诗歌所保留的诗、舞、乐同源的痕迹后来变成它的传统的固定的形式"①，而没有韵自身上形成的原因吗？朱光潜的观点实际上是把韵的产生归结为历史原因，这实际上是倒果为因，犯了他所批评探究诗起源的学者，用历史及考古学的方法，把诗的产生归结为一种历史的原因而不是心理原因的同样错误，这是一个非常有意思的现象。如果说韵是歌、舞、乐同源的遗痕，为什么诗在脱离了乐、舞以后，仍然自然地倾向于朝韵走呢？这一方面固然是韵的美感原因，更重要的是韵的产生在于人的心理情感的自然原因。

实际上，韵的起源就是诗的起源。所以自有诗，就有韵。朱光潜先生说"诗的起源实在不是一个历史的问题，而是一个心理学的问题"，那么我们可以说，韵的起源同样实在也不是一个历史的问题，而是一个心理学的问题。那么朱光潜先生何以会把诗的起源问题归结为心理原因，而把韵的起源归结为历史原因呢？即实际上把诗和韵分家分开了呢？这实际上是因为他还没有从根本上、理性上认识到诗的本质就在于韵。诗和韵实际上是一回事，诗的语言不同于日常语言的

---

① 朱光潜：《诗论》，生活·读书·新知三联书店1984年版，第13页。

地方就在于它的韵律的和谐优美。虽然朱光潜以一个批评家的直觉和敏感使他敏锐地认识到了韵、韵律对于诗歌的重要性，使他花了很大的篇幅在其《诗论》中来研究、探讨、论证韵、韵律对于中文诗歌，主要是在节奏、美感上的重要，及至不可或缺的作用，进而得出"诗是有音律的纯文学"这个难得的定义，并指出"诗的生命，在于音乐"。但是他没有从心理学上对韵、韵律和诗、诗歌之间的关系做出最根本性、最彻底的说明。实际上，朱光潜先生在这个问题上的态度是十分犹豫，有些徘徊不定，欲罢不能，欲舍难弃的。细读他的《诗论》，会明显地发现他的这个态度（当然这个问题本身的难度是很大，以至令人望而生畏，避之不及的）。这一方面体现了他作为学者的稳重审慎的态度，另一方面也不得不遗憾地指出，作为一个具有深厚文艺理论功底的批评家，他在这个问题上缺少一种彻悟性的洞见和明断。他已指出诗是起源于属于心理问题的感情的表现，却遗憾地没有指出韵、韵律其实同样起源于心理原因。

认为韵律的产生是历史的原因，是从诗产生以来就有的，因而似乎就是天经地义的，这样的观点是显然经不起推敲的。难道从来就有的，就一定是正确的吗？就可以成为它以后作为一种特定形式仍然继续存在的必然性理由吗？事实上，一种艺术形式既然能抵得住时间的侵袭，在历史的长河中站住脚，产生经久不衰魅力，就一定有它自身内在必然性的原因，否则将会被历史淘汰，更不会在不同的历史时期，在各种语言中重新复现。

三、诗歌史的证明：诗是一种口语性的艺术

作为中国诗歌之源的《诗经》，它的语言是天然富有韵律美，具有双声叠韵、重章复沓、音节低回往复、回环再现之特点，可以说，

后世一切诗体的韵律节奏艺术形式技巧方面的特点都是从它演变发展而来的。但《诗经》作为最早的诗歌，是没有先在的关于双声叠韵、奇偶相对、重章复沓等诗学韵律技巧可依傍的。《诗经》中的诗多采自民间，难道原始初民，在文化蒙昧时期，就已懂得音韵学的有关知识去做成那所谓的"诗三百"吗？显然不是。由此也可推出，韵是语言在激情作用下的一种自然倾向，韵是语言的一种自然属性，韵律是语言的一种自然形式，诗是一种口语性的艺术，口语性是诗歌的本质属性。在自然的无目的的状态里，在激情力量的作用下，语言会天真的进行一种自我表演性质的游戏，这种游戏就是诗。因此，我们也可以说，诗的语言是最自然的语言，最天真的语言，最原始的语言。诗是语言的本性，或说语言的本性是诗，而日常语言是扭曲了的语言，异化了的语言。语言在最自然的状态里，是天然就具备韵律的。所谓语言在最自然的状态里，也就是在情感或说激情的诱发促动下，语言在自我运动中会天然、自然出现韵律，因为诗本是缘情而生。正所谓"诗缘情而绮靡"（陆机《文赋》）。明代徐师曾在《文体明辨》中也说：因情以发气，因气以成声，因声而绘词，因词而定韵，此诗之源也。《淮南子·齐俗训》中说：

> 且夫喜怒哀乐，有感而自然者也。故哭之发于口，涕之出于目，此皆愤于中而形于外者也。譬若水之下流，烟之上寻也。夫有孰推之者！故强哭者虽病不哀。强亲者虽笑不和。情发于中而声应于外……

因此正是激情使诗与语言合一并出现韵律，成为一种脱口而出的口语性艺术。只要有激情充溢在诗人的心中，诗就会不分时间、空间，不分种族和时代而存在，因为激情是一切人类的天性。正如华兹华斯

第三章 诗歌语言的艺术特性：诗歌是无意识诉诸声音表现激情和想象的口语性艺术

在《抒情歌谣集》（1800年版序言）中说："诗人是捍卫人类天性的磐石，是随处都带着友谊和爱情的支持者和保护者。不管地域和气候的差别，不管语言和习俗的不同，不管法律和习惯的各异，不管事物会从人心里悄悄消逝，不管事物会遭到强暴的破坏，诗人总以热情和知识团结着布满全球和古今的人类社会的伟大王国。诗人的思想对象随处都是，虽然他也喜用眼睛和感官做向导，然而他不论什么地方，只要发现动人视听的气氛可以展开他的翅膀，跟踪前去。诗是一切知识的起源的终结——它像人的心灵一样不朽。"① 因此，只要人类不绝灭，诗就永远不会绝灭，真正的诗永远都因激情的存在而具有口语性质。诗、歌它们在最初都应该同时是语言本身，语言的本性就是诗。

这不但从中国诗歌的起源可以得到证明，如前述原始初民的《诗经》时代，口语和书面语的差别不大，语言与文学基本上是一致的。作为最早文学样式的诗歌，自然是流传在口头上的。世界诗歌史也早已证明，最早的诗都是流传在口头上，是属于口语性质的，这已毋庸论证。所以朱光潜先生说："歌谣都活在口头上，它的生命就在流动生展中。"② 可以说，在原始初民时代，诗像语言一样自然。人们说的话就是诗，真可谓说话如作诗。同时人们说的话不仅是诗，还是歌，是音乐。诗、语言、歌、音乐是同时产生的，它们都源于最初的激情，它们同时都是语言本身。

卢梭在《音乐的起源》中说：

> 无论是第一次的吐字，还是第一次的声音，都是与第一次的发声一同形成的，它们的基础就是支配着它们的激情。发怒使我

---

① 伍蠡甫、胡经之主编：《西方文艺理论名著选编》中卷，北京大学出版社1986年版，第51—52页。
② 朱光潜：《诗论》，生活·读书·新知三联书店1984年版，第20页。

们从舌腭之间挤出了威胁性的呼喊；亲切的声音则是温和的，来自于声门的调节。然而，以伴随着的情感为基础，重音时而出现，音调也在剧烈变化。节奏和声音从一开始就与音节结合在一起。激情激发了所有的发声器官，使之竭尽全力修饰声音，令语音炫绚多彩；于是，诗、歌曲、说话有关同一个源头。……第一句话也是第一首歌。节奏间歇性的有规律的重复出现，重音悦耳而婉转的变化，诗、音乐、语言同时诞生了。……诗、歌曲、语言不过是语言本身而已。

人类说的第一个故事，第一次的演说，第一部法律，都是诗，诗早于散文，这没有疑义，因为激情先于理智。①

这可见，诗、歌、语言在最初都结合在一起，都因激情而生。最初的语言就是诗，诗源于口语，口语性是诗的本质属性。或者说在言文合一时代，诗都带有口语性质，注重音声的自然属性，并没有诗歌语言与日常语言的区别。诗本身就具有口语性质，所以俞平伯先生说："以口语入诗，上承三百篇，下启词曲，新诗早已有之，只是不曾有意识地提倡罢了。"②

---

① ［法］让－雅克·卢梭：《论语言的起源》，洪涛译，上海人民出版社2003年版，第85—86页。
② 荒芜：《〈纸壁斋集〉评识》，载《读书》，1982年第1期。

第四章

文字的产生：口语型诗歌和文字型诗歌的分化

> 文字：语言的梦魇。
> ——笔者

第一节　语言和文字的分离：诗歌语言与日常语言分离的肇始

一、文字对语言的异化

诗、歌、语言在最初都结合在一起，都因激情产生而具有口语性，并没有诗歌语言和日常语言的区别。可是后来何以就出现了诗歌语言与日常语言的区别，出现了诗与散文的区别呢？这都源于文字的出现。文字是造成诗与散文也即诗歌语言与日常语言，同时也是口语和书面语相分离的肇始。如果更彻底地说，它就是造成诗歌和语言相分离的始作俑者。

文字本来是记录口语即最初语言的符号，是第二性的。可是它后来却反客为主，占据了语言的上风，凌驾于口语之上，导致口语与书面语的分离，造成了诗与语言，即诗与口语的分裂，形成了诗与散文，诗歌语言与日常语言的差异。那么文字何以有这样大的作用，有凌驾于口语之上的威望呢？索绪尔在其《普通语言学教程》里这样解释说：

> 语言和文字是两种不同的符号系统，后者唯一的存在理由是在于表现前者。语言学的对象不是书写的词和口说的词的结合，而是由后者单独构成的；但是书写的词常距它所表现的口说的词紧密地混在一起，结果篡夺了主要的作用；人们终于把声音符号的代表看得和这符号本身一样重要或比它更加重要。这好像人们相信，要认识一个人，与其看他的面貌，不如看他的照片。……但是文字何以会有这种威望呢？
>
> （1）首先，词的书写形象使人突出地感到它是永恒的和稳固的，比语音更适宜于经久地构成语言的统一性。书写的纽带尽管是表面的，而且造成了一种完全虚假的统一性．但是起自然的唯一真正的纽带，即声音的纽带来，更易于为人所掌握。
>
> （2）在大多数人的脑子里，视觉印象比音响印象更为明晰和持久，因此他们更重视前者。结果，书写形象就专横起来，贬低了语音的价值。
>
> （3）文学语言更增强了文字不应该有的重要性。它有自己的词典，自己的语法。人们在学校里是按照书本和通过书本来进行教学的。语言显然要受法规的支配，而这法规本身就是一种要人严格遵守的成文的规则：正字法。因此，文字就成了头等重要的。到头来，人们终于忘记了一个人学习说话是在学习书写之前的，而它们之间的自然关系就被颠倒过来了。

(4) 最后，当语言和正字法发生粗龉的时候，除语言学家以外，任何人都很难解决争端。但是因为语言学家对这一点没有发言权，结果差不多总是书写形式占了上风，因为由它提出的任何办法都比较容易解决。于是文字就从这位元首那里僭夺了它无权取得的重要地位。①

索绪尔在这里对文字是如何占据语言上风，凌驾语言之上，做了最好的说明。正是因为文字凌驾于语言之上，从而就导致了语言和文字的分离，也即言、文的分离。而书面语又是用文字记录下来的口头语言，这样就造成了口语和书面语的分离。当文字以书面语的形式出现的时候，它已经不是原来意义上的语言，已经形成了一整套代表理性思维的人为的线性的语法逻辑结构，使原本有着类似环形重复形式，属于诗性韵律结构的口语性质的无意识语言约定俗成为有着线性语法逻辑结构的书面语，而不是原来意义上的文字。因为最初的文字与语言是合一的，没有统一、固定的语法逻辑结构。于是这种变相的文字以书面语的形式开始大规模侵入日常生活，它就代替语言统治日常生活领域，通过约定俗成的线性的语法逻辑结构的潜移默化作用，改变语言的原貌，改变日常语言最初所属的无意识性质，改变它类似环形的重复性质的诗性韵律结构，将充满激情和活力四溢的口语性质的诗性日常语言，变成呆板、单调、枯燥的，有着线性语法逻辑结构的意识层面的语言即文字，也即我们今天所说的日常语言。

因此日常语言是属于理性意识层面的文字性质的语言，它是对本真语言的异化。它是人为的语言，不是自然的语言。因为它要受

---

① [瑞士] 费尔迪南·德·索绪尔：《普通语言学教程》，高名凯译，商务印书馆1980年版，第47—50页。

人为约定俗成的线性的语法逻辑结构秩序的规约。站在这样的角度看，日常语言是起源于诗歌语言，是对诗歌语言的陌生化，而不是相反。因为语言先于文字，而不是文字先于语言，我们今天的思维已经被文字所代表的理性意识思维严重的异化了，以至于我们难以看清那最初的本源，难以甚至是无法返回那最初的无意识非理性的语言，难以返回情感那最初的本源，而迷惘的在文字造就的理性观念的世界里打转，无法返回到那最初充满活力、激情四溢的从前——那最初充满生命韵律感的，在韵律的节奏中舞蹈与歌唱的无意识性质的诗性语言世界。这就是文字产生的后果，它阉割了语言，将日常语言异化为文字。

卢梭在《论文字》中说：

> 人们指望文字使语言固定（具有稳定性），但文字恰恰阉割了语言。文字不仅改变了语言的语词，而且改变了语言的灵魂。文字以精确性取代了表现力。言语传达情意，文字传达观念。在文字中，每一个词必须合乎最普通的用法，但是，一个言说者可以通过音质的变化，随心所欲地赋予言辞以丰富的含义。因为受清晰性的限制愈少，表达则愈有说服力；一种书写的语言无法像那种仅仅用来言说的语言那样，始终保持活力。写下来的是语词（void），不是声音；而在一种抑扬顿挫的语言中，是声音、重音及其丰富的变化，构成了语言之灵气（the vigor of the language）中的核心部分，正是由于这些东西，在别的情形下亦可使用的通行的表述，成为此处惟一恰当的一句。为了对[口语的这种特质]进行补偿，各种方式大大扩大了书面语言，[并]使其泛滥，当它们从书本再度进入口语时，口语则被削弱了。当说就像写一

样时，说就是读。①

卢梭在这里具体、形象、深刻地揭示了文字对语言造成的戕害。语言随着文明、文化的进展，在向精确化的发展过程中逐渐丧失了最初音声、调质所表达的激情、活力和丰富的含义，慢慢地，无法预知地将自己异化为观念化的文字。这主要是通过文字以书面的形式大规模的侵入日常语言，将日常语言在不知不觉的潜移默化的使用中，通过约定俗成的线性语法逻辑结构来将其人为的扭曲、异化为日常文字。而这时人们却不知此时的日常语言已变为日常文字，即已从有着类似环形重复形式即韵律结构的、无意识性质的诗性语言，变成线性的语法逻辑结构的、理性意识层面的文字。

可见书面语的文字是隐形的杀手，它麻痹了我们的感觉，使我们将日常的文字误认为语言，混淆了日常语言与诗歌语言的差别，混淆了书面语与口语的差别。这主要是因为文字对语言的异化（主要通过书面语的形式侵入日常语言）要经历相当漫长的时间。且看历史上从"言文合一"到"言文分离"即"口语型文学"到"文字型文学"的发展过程就可知道，而文字对语言的异化正是通过体现理性意识的人为线性的语法逻辑结构的日益完善及其长期潜移默化的作用实现的。卢梭曾说："要很快使一门语言变得索然无味、单调贫乏，只需在讲这种语言的民族中设立学术机构便可。"② 卢梭所说的学术机构就是指使语法逻辑日益完善的学术机构。在这种意义上可以说，文字就是语言的梦魇。

---

① ［法］让–雅克·卢梭：《论语言的起源》，洪涛译，上海人民出版社2003年版，第32页。
② ［法］让–雅克·卢梭：《论语言的起源》，洪涛译，上海人民出版社2003年版，第44页。

二、诗歌语言与日常语言相区别的始因

由上述分析可知，日常语言与诗歌语言的差别起源于文字与语言的差别，起源于言、文分离造成的两种思维性质、状态及其结构方式的不同。日常语言是理性思维意识层面的语言，是属于文字性质的，它遵循的是人为线性的语法逻辑结构，处于相对静止的状态；诗歌语言是无意识感性思维性质的语言，是最原初意义上的语言，它遵循的是类似环形具有重复性质的诗性韵律结构，因而呈现一种开放性、动态性，充满生命节奏韵律感的运动状态。而我们之所以搞不清语言文字之间的这种差别，原因只在于将文字混淆于语言。日常语言的世界，确切说由书面形式的文字组成，当我们在所谓的日常语言世界里，用文字记录下我们诗的语言时，这时的文字便不再是文字，而是富有生命情境的语言——诗，因此日常语言的世界是一个文字的世界。我们最好将日常语言称为日常文字，这样就不会与真正的语言——诗歌语言相混淆。可是我们却由于日常书面文字的语法逻辑，也即我们所说的"日常语言"的语法逻辑，已经形成一种习惯的看不见的力量（因为习惯成自然），使我们很不容易将这富有生命情境的活文字看成语言。我们知道那是诗（因为它突破了日常语言的语法逻辑束缚），却不易察觉那是语言，而不是文字，或者说它是活字，而不是死文字（活文字即语言），因为二者都使用文字做材料，这样我们就将日常语言混同于诗歌语言。

其实，我们可以说日常语言的文字是死的（因为遵守人为固定的线性语法逻辑，是书面语的），诗歌语言的文字是活的（因为摆脱约定线性语法逻辑的束缚，是口语的，因而是语言的），所以二者的差别就在于文字的"死活"。正是文字的"死活"决定了它是文字的，

还是语言的；是诗歌语言，还是日常语言。可是我们普通人由于久困于日常语言语法逻辑的束缚而习惯成自然，又缺少诗人艺术家天才的慧眼，因而走不出由语法逻辑筑成的日常语言的"围城"。无法看出文字的"死活"，而迷惘地将诗歌语言混同于日常语言，更看不出是诗的文字，还是文字的诗。

由于文字的出现，文字凌驾于语言之上的霸主地位，使人们常将语言与文字混淆。我们通常所说的日常语言是既包括文字又包括语言的，这是广义的语言，而狭义的语言是只应当属于诗歌语言。我们在日常生活中，在无意识状态下，在情感特别激动而脱口成章时，我们却误以为我们只是在进行日常说话表达，是运用理性的文字而不是在使用诗的语言，所以拉康认为无意识是语言的一个特殊效果。可以说，从文字诞生那天起，语言和文字之间就一直在纠缠不清，始终争斗不休。

第二节 言文分离的结果：口语型诗歌和文字型诗歌的分化

一、言文分离的结果：口语型诗和文字型诗的分化

如果说最初的语言，即本来意义上的语言，是口语的形式，是侧重音声的自然属性，是一种无意识性质的语言，它遵循的是类似环形的重复性质的诗性韵律结构，它的本质是一种情境，是无意识得以存在的结构性情境（拉康语），是情感个性的体现；而文字则是书面语的形式，侧重概念、逻辑推理的社会属性，它重在语言的所指意义层

面，它遵循的是线性的语法逻辑结构，它的本质就是一种符号、媒介和工具，是理性思维意识的产物，是理智、理性的体现。当文字产生以后，由于文字和语言的思维性质、状态及其结构方式不同所造成的语言和文字的分离即口语和书面语的分离，就会使得诗和语言相分离，使诗歌分为口语型诗歌和文字型诗歌，文学相对应分为口语型文学和文字型文学。这样文字就通过以理性思维意识为代表的线性语法逻辑思维结构的潜移默化作用，造成了对语言的压抑，铸就的是一种冰冷、刻板、僵化、机械、教条、模式化的工具理性主义思维结构方式，进而导致了理性对情感的压抑，使理性、理智与感性、情感之间处于永无休止的、轮回性质的压抑与反压抑的矛盾冲突运动之中。

文字对语言的压抑的结果，就使正常的情感不能自然诉诸语言发声为诗，而禁锢在文字理性僵化的线性语法逻辑结构形式内呻吟。于是为了作诗，只好音声外求，这就是文字型的诗。但这种压抑只能在一段时期内维持，当这种压抑积郁已久，情感就会产生巨大的反抗力量，要求挣脱文字梦魇般的束缚，寻求新的口语性质的诗性语言，去舞蹈与歌唱那被压抑已久了的情感和个性。与理性对情感的压抑是通过文字对语言的压抑来实施相似，情感反抗理性的斗争也必然通过语言反抗文字的斗争来实现，因而情感和理性之间的压抑与反压抑的矛盾斗争必然导致语言文字之间的矛盾运动，进而导致口语型诗歌文学和文字型诗歌文学的轮回交替出现。在这样的意义上说，文字就是语言的梦魇，诗就是挣脱这文字梦魇后的舞蹈与歌唱。

可以说，从言文分离即语言和文字分离以后，就存在两种类型的诗。一种是以口语性质的语言为诗，它源于内在真实的个性情感，是无意识感性思维的产物，这就是口语型诗或称语言型诗，它就是最初的民间诗；一种是以文字为诗，它源于一种智性，侧重于理性内容意义层面，是理性思维意识的产物，这就是文字型诗，它逐渐演化为后来的文人诗。这是言文分离的结果,也是口语型文学和文字型文学的代表。考察世界各国诗歌文学史就可以知道,诗歌和文学都因文字的出现而分为口语型诗歌和文字型诗歌;文学相应分为口语型文学和文字型文学。然而诗的本意是以语言为诗,因为诗是缘情而发,语言本是表情的。由于文字型文学时代言、文的分离,于是只好音声外求,从诗最显在的外在特征即押韵、用典上去模拟效仿诗的文字,却因内在情感的亏空欠缺,而使诗堕落为文字,徒有诗之外在形相而无内在诗之质实,这就是文字型的诗。

现代诗人郭沫若在《论诗三札》中曾说:"诗歌之发生在于未有文字以前,未有文字以前的诗歌,其所倚以为表现的工具是言语,所以说:"'诗言志,歌永言'……自从文字发明以后,诗歌表示的工具由言语而进化为文字。诗歌遂复化而为两种形式。诗自诗,歌自歌。歌如歌谣,乐府,词曲,或为有史以来的言语之复写或不能离乐谱而独立,都是可以唱的。而诗则不必然。"[①] 郭沫若在这里说的这两类诗,就属于上述情况。

然而,诗的文字是富有情思的,是属于真正的语言,是带有情境性的,是缘于激情性情的,是富于情趣的、注重音声的,是口语性质的。而文字型的诗是偏于理趣、意趣的,因为文字是理智的产物,是理性思维意识的体现。它是重意境的,偏向含蓄,倾向通过文字意义本身去领悟的。即使有音声,音声也是外来的。诗的文字却因激情之缘故,偏向音声表现,直抒胸臆,乃至一泻千里。即使缠绵悱恻之情,也要通过声音去体味那一唱三叹之情。

因此,语言型诗或称口语型诗与文字型诗的差别实际上就是诗人之诗与学人之诗的差别。诗人之诗以情为本,学人之诗以意为工,二

[①] 转引自杨匡汉、刘福春:《中国现代诗论》,花城出版社1985年版,第50页。

者虽各有千秋，却终有所别。清人陈衍在《石遗室诗话》中说："不先为诗人之诗，而径为学人之诗，往往终于学人，不到真诗人的境界。盖学有馀，性情不足也。"① 刘勰在《文心雕龙·情采》中也说："昔诗人什篇，为情选文；辞人赋颂，为文而选情。以明其然？盖《风》《雅》之兴，志思蓄愤，而吟咏情性，以讽其上，此为而选文也；诸子之徒，心非郁陶，苟驰夸饰，此为文而选情也。故为情者要约而写真，为文者淫丽而泛滥。"

严羽在其《沧浪诗话》中说：

> 诗者，吟咏情性也。盛唐诸人惟在兴趣，羚羊挂角无迹可求。故其妙处透彻玲珑不可凑泊，如空中之音、相中之色、水中之月、镜中之象，言有尽而意无穷。近代诸公乃作奇特解，遂以文字为诗，以才学为诗，以议论为诗，夫岂不工？终非古人之诗也。盖于一唱三叹之音有所歉焉。且其作多务使事不问兴致，用字必有来历，押韵必有出处，读之反复终篇，不知着到何在。

这里严羽实际倡导的是，诗是真情性灵的自然涌现，倡导的是以语言为诗，要的是诗的文字，而反对以文字为诗。

二、言文分离对汉语诗歌的影响

在我国，从文字即汉字出现以后，文字型文学长期占统治地位。这样的结果就导致出现了严羽所说的"近代诸公乃作奇特解会，遂以文字为诗，以才学为诗，以议论为诗"的现象，并成为诗的一种传

---

① 王英志：《清人诗论研究》，江苏古籍出版社1986年版，第342页。

统,一种规则。从历史上看,即从中国诗歌史上看,由于文字型文学长期占统治地位,因而是以文字为诗者居多。我们只要看看唐诗、宋诗即可知道。严羽认为,这是因为"近代诸公乃作奇特解会"的缘故,其实并非如此。他没有看到宋人以文字为诗、以才学为诗、以议论为诗的根本原因在于文字。对我们而言,也就是汉字。

我们前面说过,语言本是注重音声、表情的,而文字则是理智的产物,是理性思维的结果和体现,也就是说文字是由理智产生。当文字大规模以书面语的形式侵入最初日常语言的领域,将其逐渐异化为文字时,文字就造成了对语言的压抑。它不仅改变的是语言充满活力、激情四溢的诗性原貌,更重要的是通过模式化的人为线性语法逻辑结构改变了我们最初注重情感、直觉想象的,类似环形结构具有重复性质的无意识诗性韵律思维结构方式或称感性形象思维方式。我们不断地使用这种文字性质的语言即所谓的日常语言(因为它已经成为我们日常交流的工具),我们就越来越习惯适应它的线性语法逻辑结构模式,在长期的耳濡目染口头运用的过程中,它终于变成一种看不见的力量,以至于我们习惯成自然,在不知不觉中异化了我们原本的注重情感想象的,具有类似环形结构重复性质的无意识诗性韵律结构思维方式,而接受了它的以人为线性的语法逻辑为代表的理性意识思维方式。于是我们在不知不觉中抛弃了注重直觉、情感、想象的无意识诗性韵律结构思维方式,而变得越来越理性,越来越冷漠,越来越刻板、机械、僵化,缺少人情味,缺少情感和想象。

这就是文字对语言造成压抑的后果,它使"语言的特性亦在变化:它更精确,更少激情;更观念化,而不是情感化;它诉诸人的理智,而不再诉诸人的心。于是重音逐渐消失,音节愈来愈多;语言愈加精确清晰；但也更迟滞、更低沉、更冷漠"①。它直接导致了理性对情感的压抑。随着书面语的不断运用、完善，尤其是代表文字型文学的文学语言的运用，就导致了人们思维模式的僵化、情感的窒息。情感窒息的后果，情感不能自然诉诸语言发声为诗。于是只能"遂以文字为诗，以才学为诗，以议论为诗"。虽有少数才高情深者，可让外在人为的诗的形式适应其内容情绪，然而绝大部分人却只能注重音声外求的形式以文字为诗，而真正的诗是永远属于口语的，是激情的产物。即使才高情深的天才诗人，也会时时感到文字型诗刻板格律的束缚。

关于这点，我们可以以唐代大诗人李白为例。李白生逢唐代律诗即文字型诗的鼎盛时代，写过许多脍炙人口的律诗，如《望庐山瀑布》《静夜思》《赠汪伦》等。李白性情豪放、率真、旷达，严谨的格律形式自然会妨碍束缚那时刻在奔涌着的如"黄河之水天上来，奔流到海不复回"（《将进酒》）的浪漫诗情的表达。因此李白反对诗体律化，一生以诗的复古自任。他说："梁陈以来，艳薄斯极，沈休文尚以声律，将复古道，非我而谁？"（孟棨《本事诗》）又说："自从建安来，绮丽不足珍。"（李白《古风五十九首》）以他现存一千多首诗篇来看，古诗占十分之九以上，律诗不到十分之一，五律尚有七十余首，七律只有十首，而内中一首只有六句。由此可见文字对语言的压抑束缚，文字型诗束缚了诗人内在真实性情的表达。

从我国历代格律诗形式的演变进展中，也可看出。如我国古代格律诗在形式的发展上大体经历了四言、骚体、五七言、绝律、词（即长短句）、散曲等几个阶段，而每种形式的格律诗都属于文字型诗，

---

① ［法］让－雅克·卢梭：《论语言的起源》，洪涛译，上海人民出版社2003年版，第25页。

其中每一形式都曾成为某一时期诗歌的主要形式，并沿用了较长的时间。这些格律形式的产生与彼此的取代自然有其外在原因，但最根本的内在原因在于文字对语言的束缚压抑，束缚真情实感的表达。这些律诗的外在格律形式都是一种人为的束缚与锁链，不符合诗歌是表达内在思想感情的本质要求。这些古代格律诗的形式，都是在语言向前发展的过程中，从口语化而逐渐文字化的结果。

一般说来，诗最初起源于民间口语，而在文字化阶段经过文人的加工改造并最终达到艺术上的巅峰阶段而固定下来，成为各个时代种种格律形式的文人诗。但艺术到了极点，也就到达了止境。随着格律形式、技巧不断趋向精严，逐渐失去了艺术本质的自由与自然，而成为一种病态美的形式。那千篇一律的格律形式终于成为一种束缚，于是格律诗便开始由艺术形式的巅峰状态走向了艺术终极之境的末路。张世禄在《中国文艺变迁论》中说："一种文艺由生长而成熟而衰退，其形式必趋于扩大而渐形固定，其格律必日趋于细密，其功能日趋技巧。生物之生长成熟之后，生长力衰退，其体格遂成为僵化。文艺亦然，当其生长力衰退时，形式必已固定。一般从事于斯者，既无超越前人，惟向形迹中求之。于是格律就细密，工力日趋技巧；而其文艺之气运，至是遂告终极。"[①]

因此诗歌要充分表达内在真实的思想情感，就必须采用最自然，最逼近口语的自由形式，于是由于这种内在自然洒脱不拘的情感和外在人为的固定格律形式之间的矛盾冲突就推动了诗歌形式从四言到五言、七言，从五言、七言到绝律又到词、散曲等种种形式的演化进展。从每一次诗歌形式的演化进展情况看，都是向着口语化、自由化、民歌化的方向发展进步。降大任先生对这一情况做了比较好的概括性的

---

① 张世禄：《中国文艺变迁论》，商务印书馆1933年版，第11页。

梳理和说明，借鉴如下：

最早的四言体本来是起于民间，后来逐渐经过文人的加工润饰固定下来，成为套路；适及先秦，四言大盛，复以铺张扬厉出现了荀况等人的赋，汉代词章家竞相效仿，赋终于成为情感的束缚，于是屈原重开新路，俯首向民歌学习，别出心裁，熔铸已作，创造了骚体，使楚辞光照千古，如屈原的《九歌》便是直接从民间巫歌如《沧浪歌》《越人歌》取材、改制，融入自己的风格创作而成，字句长短不一，灵活自由，富于变化的形式。

五七言体则兴于汉代，再远似可追溯到荀况的《成相篇》。其兴起的直接原因是：一方面在骚体形式基础上，去掉句中"兮"字等虚词，并加以截长补短；另一方面，是受当时乐府民歌的影响。保存在乐府中的民歌为《孤儿行》《上邪》《妇病行》《东门行》等，字句长短不一，相当自由。文人以五七言为准，将其规范化，便逐渐形成了较稳定的形式，流行于一时。总之，五七言体是在楚辞与汉代民歌对四言体突破的前提下，由文人创造的。在五七言体基础上，限定了句数和声韵，要求字面对仗，就形成了典型的格律即近体诗的绝律。近体诗在唐代成绩卓著、造诣精深。但其严格的格律又终于形成了一种束缚。于是一种源于民间、字句长短不齐的民歌《敦煌曲子词》出现了，尽管它已带上了文人润色的痕迹。

《敦煌曲子词》开了词即长短句的先河，词后来也变成典型的格律诗。这是近体诗的绝律走到末路，文人从《敦煌曲子词》一类民歌中吸取养料和形式，对近体诗改造的结果。词风行于五代与两宋，渐居诗坛的统治地位，由于文人精心措意、惨淡经营，词律转严、争奇斗巧，虽说词用韵较宽但声调却细密，词家遂不免削足适履,连苏、辛这样的名家尚不肯俯就,何况不识字的农夫村妇。他们随口吟唱,在长短不齐的句中还要加上衬字、衬句。文人听到民间谣曲,又如尘土中发现了珍宝,用以改造词,称之为散曲。这样,到元代,词又被曲取代,成为诗坛的主流。有人说:"词之限于调也,即不尽于吻,欲为一语之盖,不可得也。若曲,则调可累用,字可衬增。诗与词不得以谐语方言入,而曲则惟吾意之欲至,口之欲宣,纵横出入无之而无不可也。故吾谓快人情者,要毋过于曲也。"(转引自刘永济《元人散曲选》)然而,曲的命运也同于词,一被文人抬高、专用,就不免走入死胡同。散曲写到后来,也出现了格律极严的作品,与人民隔膜起来。故曲亦盛至而衰,趋于末路。倘论及明清两代的诗歌,就剩下纯然自由体的民间谣曲最有新意、最有价值。明清的民间谣曲,最接近现代新诗,可以看作是新诗的直接渊源之一。

纵看我国古代种种格律诗形式的产生、更代、兴衰的历史,知其无不与自由体口语性质的民歌的冲击相始终。尽管每一种格律产生后都曾有相对的稳定性,被沿用了相当长的时期,但终于逐个被自由体的民歌冲垮了。古代格律诗形式发展的历史过程,是一个被民歌冲击而不断突破束缚,趋于解放并愈益逼近口语的过程。关于这一点,鲁迅先生曾有透群的见解。他说:"歌、诗、词、曲,我以为原是民间物。"(《鲁迅书信集》第六卷76页)[①]

而各种格律诗形式的演进兴衰,不断地向口语化、自由化的民歌方向发展过程,归根到底是由于言文分离导致理性和情感处于永恒的

[①] 降大任:《诗歌形式的历史趋向:自由体与逼近口语》,载《诗探索》,1982年第3期。

压抑与反压抑的矛盾冲突运动的结果,是文字对语言压抑造成的结果,使诗出现了口语型诗歌和文字型诗歌的分化、矛盾斗争,并永无休止的周而复始的轮回进行。

口语型诗歌和文字型诗歌虽然在外在形式上都富有韵律特征,但却有内在质的区别。口语型诗歌的韵律是在内在真情的促动下自然形成的,文字型诗歌的韵律却是外在人为技巧的产物。因此有无内在真实情感,有无强烈的感染力,就成了鉴别两种诗歌,鉴别真诗与伪诗、艺术与非艺术的唯一标准。正如列夫托尔斯泰在《艺术论》中说:"区分真正的艺术与虚假的艺术的肯定无疑的标志,是艺术的感染力。……不但感染性是艺术的一个肯定无疑的标志,而且感染的程度也是衡量艺术价值的唯一标准。"[①] 而这种内在真实的情感,也就是海德格尔所说的一切艺术作品的本源,也即真理和意义发生的方式,正是它产生和创造了种种形式的艺术作品。同时也正是在这种意义上,苏珊·朗格会认为:所谓艺术品,说到底,就是情感的形式(苏珊·朗格《艺术问题》)。

[①] 转自伍蠡甫、胡经之主编:《西方文艺理论名著选编》,北京大学出版社1984年版,第411—423页。

第五章

白话作为新诗语言的历史必然性:"五四"口语型诗歌时代的回归

> 当我们谈到人时,我们就要谈到语言;
> 当我们谈到语言时,我们就要谈到社会。
> ——列维·斯特劳斯

第一节 "五四"白话新诗革命、新文学革命爆发的历史必然性:语言与文字之间的矛盾斗争

一、汉字的产生:口语型文学和文字型文学的交替与轮回

汉字作为记录汉语的符号,同样导致了言文分离,造成了对语言的压抑,使理性与情感处于永恒的压抑与反压抑的矛盾冲突运动之中,进而导致语言文字之间的矛盾运动,使中国文学分为口语型文学和文字型文学,并导致了二者的轮回交替出现。

这样汉字的产生就对中国文学的发展产生了深刻的影响,它使中国文学经历了一个从口语型文学到文字型文学再到口语型文学的轮回

性质的发展、演变过程。具体地说，西汉以前语言与文字基本一致，口头语与书面语差距不大，文学基本上是口语型的。西汉以后，作为文学正宗的诗文，就基本上是文字型的了。而口语型文学之重新确立其统治地位，则是由于"五四"掀起的白话文运动，才得以完成。

这样由于汉字产生造成的言文分离及其对语言的压抑，就使理性与情感处于永恒的压抑与反压抑的矛盾冲突运动之中，进而导致语言文字之间的矛盾运动，使中国文学分为口语型文学和文字型文学，并且必然导致口语型文学和文字型文学的轮回交替出现。

二、"五四"白话新诗革命、新文学革命爆发的历史必然性

具体针对"五四"新文学革命来说，由于它以前的文字型文学长期占统治地位（即西汉以后，"五四"以前，这期间的文学），就造成了理性对情感的压抑，束缚了情感的发展。但这种压抑只能在一定时期内维持，当这种压抑积郁已久，就会形成巨大的反作用力，于是情感开始走上反抗压抑的道路。与理智通过文字对语言造成压抑来实施对情感的压抑相似，情感反抗理性的压抑，也是通过语言反抗文字的压抑来实施对理性的反抗。于是一场巨大的轰轰烈烈的要求个性自由，情感解放的"五四"新文学革命就必然率先在语言文字问题上找到突破口，它要挣脱文字的梦魇，借新的口语性质的诗性语言——白话，去舞蹈、去歌唱那被压抑了两千多年的情感和个性，这就是"五四"时期白话与文言之间的激烈矛盾斗争，同时也是"五四"白话新诗革命、新文学革命爆发的历史必然性。只是这时的"语言"是以一种新的口语即白话的形式出现。所以"五四"文学是和第一轮口语型诗歌文学时代文学的性质一样，是属于口语性质的文学，也即口语型诗歌文学，"五四"文学所处的时代，相应的也就是口语型诗歌文学

第五章 白话作为新诗语言的历史必然性:"五四"口语型诗歌时代的回归

的时代。在这样的意义上,可以说"五四"文学是又一轮口语型诗歌文学时代的回归。同时也正是在这样的意义上,胡适所说的"一时代有一代的文学"(胡适《文学改良刍议》)的进化论文学观,在理论上讲是正确的。它正体现了胡适作为一个历史主义者的远见卓识,同时他所倡导并发动的"五四"新文学革命也是顺应历史趋势、迎合时尚的高明之举。

这样,当白话作为一种新的口语取得统治地位以后,这种新的口语又形成新的书面语,新的书面语言又形成了新的文学语言。由于这种新的书面语与口语差距不大,因此又形成一种新一轮的"言文合一"。这时口语型文学再度占据统治地位。这在我国即体现为白话文学地位的确立,也即"五四"新文学主流地位的确立。所以正像雨果所说:"艺术不可能有本质的进步"① 其实历史和艺术一样都不可能有什么本质的进步,只是因果间的一种轮回。宇宙中没有什么东西只出现过一次。

当这种新的"口语型"文学即白话文学取得统治地位以后,文学体裁演进的历史又要重新上演一遍。于是像第一轮口语型诗歌文学时代,《诗经》是最早出世的文学体裁一样,当"五四"新一轮口语型诗歌文学时代又重新回归的时候,诗歌,作为口语型文学的代表,又率先出世。这就是为什么在"五四"新文学革命中,诗歌会首当其冲。这主要缘于受到两千年文字型文学压抑的情感产生了巨大的反抗性的爆发力,它要借新的口语性质的诗性语言即白话歌唱、呐喊以抒发两千年文字型文学压抑下造成的郁积、愤懑之情。同时这也就是为什么在"五四"时期出现了时代歌者、时代骄子的郭沫若以《诗的宣

---

① 转自伍蠡甫、胡经之主编:《西方文艺理论名著选编》,北京大学出版社1984年版,第145页。

言》去《立在地球边上放号》,以《女神》的身份去进行《太阳礼赞》;鲁迅为什么会在"铁屋"中《呐喊》,在《爱神》里抒写《桃花》《梦》;闻一多为什么会在《春光》中《心跳》,要《你指着太阳起誓》,在《红烛》下《忆菊》作《太阳吟》,为那"如花的祖国"去歌唱,为《发现》《一个观念》去《祈祷》,在《口供》中《收回》《那一句话》;徐志摩《为要寻一颗明星》在《那山道旁》发现了《雪花的快乐》,《难得》听到了《天国的消息》,说《我有一个恋爱》……在这种意义上,他们都是荣格所说的"赋有特殊使命的"艺术家和诗人。他们或者选择爱国之情作为突破口,或者选择个性爱情作为突破口。

但是,由于文字型文学长期占统治地位,它所演化形成的封建思想意识仍然在人们头脑中余燃未尽,余殃未断,甚至形成一种鲁迅所说的"无主名、无意识的杀手团",反过来以"道统""形式主义""宗经""宗圣"等化了妆的形式来压迫人们新的思想情感。于是郭沫若在《太阳礼赞》之后有《霁月》下《黄海的哀歌》,在《天上的街市》中《怀亡友》;鲁迅《呐喊》之后有《彷徨》,《爱之神》在《桃花》《梦》之后有《我的失恋》,以《无题》去《吊离骚》;闻一多《红烛》《春光》《太阳吟》之后有《死水》《末日》《泪雨》《忘掉她》;徐志摩在《我有一个恋爱》《雪花的快乐》之后去《云游》而《再别康桥》《我不知道风是在哪一个方向吹》,好似"在梦的轻波里依洄";李金发有《不幸》的《弃妇》在《夜之歌》中倾诉《琴的哀》;戴望舒在走出《雨巷》之后,依然化为《乐园鸟》去作《寻梦者》;卞之琳在《寂寞》中《记录》《断章》,在《雕虫经历》里诉说"小处敏感,大处茫然";何其芳在《雨天》害了《季候病》,以《花环》去《送葬》。所以历史的前进,无论文学史还是其他历史就是呈现这样曲折中的迂回,它是完全符合辩证法的。且看我国新诗发展过程就可知道。无论是在上述情感思想的内容层面，还是在艺术形式上的自由、格律再自由都可得到明证。

三、"西方影响说"辨析

由上述分析可知，"五四"新文学之发生，新诗革命、新文学革命之爆发实属必然。语言与文字的统一、对立再统一，即言文合一、分离再合一，导致情感与理性的矛盾运动是它的内因。在这个意义上说，"五四"新文学的发生只是时间上的迟早而已。说"五四"新文学的发生是由于受西方文学的影响固然不错，但西方文学的影响只是外在原因。西方文学的影响只是加速了它的发生。"五四"新文学的发生实有其内在不得不发，不能不发之必然原因，即是上文所说的文字与语言之间的矛盾运动关系导致情感与理性的永恒的矛盾运动。所以西方文学对"五四"新文学的发生是起了一个"催化剂"的作用，而不是主要原因。

"五四"时期西风东渐，学人远赴重洋，寻"医"学道以救国，结果学医未成，弃医从文如鲁迅、郭沫若，学理工金融不成而成就新诗之发蒙文学革命之大业如胡适、徐志摩等（虽然鲁迅、郭沫若是留学日本，但日本此时正西风劲吹，因而他们间接地也是接受了西方文化、文学思想的影响）。这样，这些本无心于文学的"少年才俊"就成了时代的幸运儿、时代的骄子，成为"赋有特殊使命"的艺术家诗人，扛起文学革命的大旗，创刊立说，批旧立新，发动了划时代的"五四"新文学革命。这可谓应运而生，生逢其时，成为文学史上彪炳千秋的风云人物。真可谓"新潮之来不可止，文学革命其时矣"，

"且夫号召二三子，革命军中马前卒"①。但是笔者要说是历史偶然地选择了他们，而不是他们原本主动选择了历史。"五四"新文学革命的发生不能主要归因于他们所代表的西方文学的影响，而只能说巧借了西风，成就了他们文学史上的芳名。

这样说来，"五四"新文学革命倡导的白话文学革命，在普遍性的意义上说是顺应了文学历史发展的趋势，可谓因势利导，顺时而发。因而能"振臂一呼，应者云集"，蔚然成风，成就白话文学革命之汪洋大观。对于发动这场白话文学革命的主将如陈独秀、胡适、鲁迅们来说，他们只是在恰当的时候做了一件最恰当的事而已。只有当文字型文学长期占统治地位，使文字压抑语言导致理性压抑情感，造成情感的积郁形成一种群体性的或集体性的无意识时，才会使新一轮的口语型文学从过去的星星之火的白话诗、白话文演化成燎原大火的"五四"白话新诗革命、新文学革命，使白话诗、白话文学从过去跨越时代的天才诗人、天才文学家的"一枝独秀"而演化成"五四"白话新诗，白话新文学的满园芳菲。"五四"白话文学革命发生的根本原因还在于文字，在于文字和语言的关系导致情感理性永恒的矛盾运动。

所以胡适认定"文字是文学的基础，故文学革命的第一步就是文字问题的解决"，而"白话实在有文学的可能，实在是新文学的利器"②。并说："一部中国文学史只是一部文字形式（工具）新陈代谢的历史，只是'活文学'随时起来替代了'死文学'的历史。文学的生命全靠能用一个时代的活工具来表现一个时代的情感与思想。工具僵化了，必须别换新的，这就是'文学革命'。欧洲近代文学的勃兴，

---

① 杨犁编：《胡适文萃》，作家出版社 1991 年版，第 595 页。
② 胡适：《尝试集》（自序），转引自潘颂德《中国现代新诗理论批评史》，学林出版社 2002 年版，第 33 页。

欧洲各国的文学革命只是文学工具的革命。"① 如果我们说得更彻底一些,世间一切的差别、对立乃至矛盾斗争都来源于语言、文字之间的矛盾运动关系。

由此可见,我们且不可轻视文字,它的产生对人类社会造成了巨大影响,我们今天的文明就是文字造就的,没有它就没有所谓的人类社会,可以说人类社会一切巨大变革运动都由此导致。因为正是文字的出现导致了二元对立观念的产生,使得矛盾永远纠缠下去,和谐只是暂时的动态平衡。所以禅宗要"不立文字",建立"不二法门"。但是谈何容易,否则人人都修道成佛了。这样看来,新诗的语言就必然是白话而不是文言。同时也从理论上说明了当年学衡派、甲寅派坚决反对白话,保留文言的主张为什么没有在新诗中得到实践而失败的原因。

郭沫若在《雄鸡集·谈诗歌问题》中说:"新诗的产生并非偶然,不是少数人心血来潮或者起了一股风,把它从什么角落里吹来的。从文学史上来考察,任何一种新诗体的出现都不是从天上掉下来的,它一方面是在社会发展的基础上吸取了新的营养。另一方面也是在诗体的基础上逐渐经过改造而后形成的。由四言而骚体,由五、七言而长短,乃至词而曲,曲再要加入衬字衬句,都清楚地说明了这一点。新诗的产生自然更不例外。由于时代的进步和语言的发展,由于社会生活日趋纷繁复杂,旧的诗歌已经不能适应这种变化。它需要一种相应的形式,因此新的诗歌出现了。拿语言的发展为例吧,我们今天的新词汇很多是三、四字乃至四、五字以上所构成的。这样要用四言来表达,简直就不可能……由此可见,新诗的出现是由社会生活与语言扩

---

① 杨犁编:《胡适文萃》,北京作家出版1991年版,第600页。

大化的客观发展进程所决定的。"① 郭沫若的这段话是对新诗语言和形式问题的一个有力的说明和论证。

第二节　新一轮新诗语言的文白之争：
　　　　　与郑敏先生的商榷

一、不能脱离具体的历史情境去评说历史

　　历史的发展有时是一个有意思的现象，它会出现前进中的迂回。"五四"时学衡派的主张虽然在新诗的实践发展中被证明行之不通，白话终于在新诗创作中占据了主流地位。但在新诗诞生的一个世纪之后，由于白话新诗暂时不能和有两千多年历史的古典诗歌相竞争相媲美，没有出现类似李白的世界级的大诗人，不能受到国际汉学界的认可，白话作为新诗主要语言的合理性而再次受到了置疑。这就是郑敏先生那篇在学界非常有反响的论文《世纪末的回顾——汉语言变革与中国新诗创作》（以下简称《回顾》）（见《文学评论》1993年第3期）中的主要观点。郑敏的这一观点在其后来的《中国新诗八十年反思》（《文学评论》2002年第5期）（《关于新诗传统的对话》《诗潮》2004年1—2月总第115期）中进一步得到强调和深化。在郑文发表后，已有研究者（范钦林、许明）对郑敏先生的观点进行了置疑并论证，但笔者认为他们有些问题并没说透，因而不能从根本上解决问题，需要进一步补充说明。

　　郑敏先生应当说无论在新诗创作上还是在新诗的理论研究上，尤

---

① 徐荣街：《中国新诗人论》，中国矿业大学出版社1989年版，第273页。

其是融合古今、中西诗歌理论上都有着独特的风格和理论视角，很少有人能望其项背。作为依然活跃在新诗创作和理论研究领域，为数不多的九叶诗人之一，她这篇在新诗研究中无法越过的《回顾》中有些观点是发人深思，切中要害的。但通篇的观点却倾向新诗不应断然否定文言，以及文言为载体的古典诗歌。她虽承认白话是汉语发展变革的必然趋势，但却过分强调文言的作用，并引用索绪尔的话"时间在保证语言的延续性的同时又对其施以另一种全然相反的影响，即语言符号或多或少的变迁。在时间中的延续与时间中的变迁相结合"，二者是相互依存的。"在变中旧的本质的不变是主要的，对过去的否定是相对的。"她尤其一再强调"在变中旧的本质的不变是主要的，对过去的否定是相对的"，因而意味着文言应当在白话变革中保留它的主体地位。如她在后来的《中国新诗八十年反思》中又说："一切除其文学语言（古典文言——作者），只留下口语时，我们日后的汉语语言危机就已经注定了……当我们切除了依附在具体存在之上的一切的民族的心灵语言时，我们就切除了依附在其具体存在之上的一切的民族的心灵语言。"在《关于新诗传统的对话》中说：谈到新诗语言问题，文言文绝对是文学语言，从诗歌角度我觉得文学语言是一个文化传统深厚的民族应有的。虽然她有时话说得很婉转，但我们依然能看出她对文言有明显的情感偏向，甚至情有独钟。事实上，我们已在前文从理论上论证了白话革命的必然性、合理性，这里就不再对此进行驳论，而对郑敏的另外一些观点进行商讨。

郑敏先生虽然承认，文言应到受到改革，但却不能完全被口语取代。如她在《回顾》一文中说："故（文言——作者注）长期丧失它作为语言应有的口头交流功能，因此应当经受改革的冲击。但若认为口语可以完全取代书面语，这不过是从一个片面走向另一个片面。"在《中国新诗八十年反思》中间接说："我们所需要的只是好语言，不论是文言还是白话,那样,在经过当时的古典文学语言与口语的相互渗透与融合后,新文化就会有一个与今天汉语文化完全不同的面貌。"这里她过分强调继承,强调给文言以应有的主体位置,文白应互补和谐存在。但她也许不知道事物在发展的过程中总是以一方压倒另一方的形式出现的,二元对抗思维在当时的情境下具有历史的合理性。如果过分强调文言,白话势必没有位置。"五四"文学革命必不能彻底。所以在当时矫枉必须过正。这就是因为"五四"与今天的历史情境不同。她强调白话对文言的继承性,强调古今文字之间的"互文性",即"话语场"的存在,却忽视了当时"五四"白话论的存在的整个政治文化、心理等因素构成的话语场,即我们所说的时代语境,她强调了共时性因素,却忽视了历时性因素。我们向来主张因势利导,适时而发,脱离了具体的语言环境,自然会得出不恰当的结论。在当时的情境下、语境下,"五四"新文学革命主将,发动的确实是一场推崇白话文、自由诗的语言断裂,语体断裂的革命。这在当时绝对是正确而必要的。因为他们当时正处在两千年文字型文学演化成的封建伦理等级秩序观念意识和形式主义郁积形成火山的爆发口,革命是势在必发、毫无疑问的。

"五四"文学革命的主将,作为历史的先行者,高瞻远瞩,已预见到了这场革命的势在必发性。所以陈独秀会反击胡适的"试验"态度而决绝地说:"以白话为文学正宗之说,其是非甚明,必不容反对者有试论之余地,必以吾辈所主张者为绝对之是,而不容他人之匡正。"[①] 之所以郑敏的观点在今天看来似乎有价值,对完善发展我们今天的文学语言有着积极的意义,值得每一个关注语言自身建设的人深思,是因为今天已时过境迁,此一时非彼一时也。

---

① 陈独秀:《答胡适》,载《新青年》,1917 年 3 卷 3 号。

另外所谓"五四"白话文学革命是一场断裂的语言、语体革命，也只是因为"五四"新文学相对前一个文字型的旧文学而言是一种口语性质的文学。而它与第一轮口语型文学在性质上是一脉相承的，只不过是一种否定继承的关系。因此"断裂"只是相对而言。从文学历史发展的总体过程来看，它正体现了否定之否定的历史辩证发展规律。

二、不能以个别性代替普遍性

郑敏先生进一步认为，使诗成就的关键甚至并不是在于文言还是白话，而是语言中的"所云"，如她在《回顾》说："海德格尔认为语言的生命在于它有'所云'（saying），也就是类似胡适强调的言之有物。所谓'物'并非具体之物，而是有'所云'，这所云必是作者的独到的极有个性的，只有他才有的领悟。当语言中有这种独到的'所云'时，语言就有了生命，至于它是文言文，还是白话文都没有关系。中国古典诗词的佳作无一不是由诗人的独特领悟，因而诗中满载着'所云'。"郑敏先生的这种观点其实与"五四"时期另一位诗人废名的观点是一致的，废名也认为只要有真实饱满的诗情，有诗的内容也即"所云"，并不在乎诗的语言是文言还是白话。如废名在其《谈新诗》中说："我以为新诗与旧诗的分别尚不在乎白话与不白话。"① 他（废名）的意思是说：只要有诗的内容，何妨诗的（形式上的诗）文字是文言，还是白话散文的文字。这种观点，初一看是正确的，可是再一深思却不然。因为若无白话的文字，哪来真正意义上，不是"一花独放，而是百花争艳"的新诗的春天的到来呢？白话新诗如何能作为一种新的文学体裁，形成一种"气候"而开"五四"新文学之

---

① 冯文炳：《谈新诗》，人民文学出版社1984年版，第3页。

先河、先声呢？

　　废名和郑敏的错误关键在于他们没有看清文字和语言之间，以及各自的性能作用，他们把文字问题看得太简单了。应当说文字本身并没有什么，诗用什么文字，无论是文言还是白话都没关系，只要有诗的内容就可以。这确实是正确的，但是关键在于文字是人类智性活动的产物。它会在人的长期运用文字做交流工具的过程中，通过约定俗成的语法逻辑来潜移默化的渗透这种模式化的理性思维方式，它会形成一个理性和秩序的世界，从而使人变得越来越理性、机械、刻板、单调、僵化、冷漠、无情，也就是变成了马尔库塞所说的"单向度"的人。这就是人将文字作为交流工具的结果，反过来，文字也会通过约定俗成的语法逻辑形成的理性思维把人变成工具。把人变成工具的直接体现就是人的这种高度模式化的理性思维方式，这是一件非常可怕的事情。因为这种模式化的思维方式会窒息情感，是诗所忌讳的，与诗的思维方式相反。

　　在另一种意义上说，我们认为废名、郑敏关于新诗语言问题的观点又是正确的。我们可以说，在普遍意义上，对大多数人，一般诗人来讲，是不正确的；在个别意义上，对真正的诗人，极少数的才高情深的天才诗人来讲又是正确的。因为对于一个真正一流的天才的、具有极高语言天赋的大诗人而言，他可以冲破任何时代语言的束缚而化腐朽为神奇，如废名所说："文字这件事情，化腐臭为神奇，是在乎豪杰之士。"① 正是在这个意义上，艾略特说："对于一个想写好诗的人没有一种诗体是自由的。"② 所以不要以为白话写出的自由诗就更容易，并且写出的就一定是白话诗，文言写诗就更难，就一定要写成固

---

① 冯文炳：《谈新诗》，人民文学出版社1984年版，第41页。
② 转引自黄晋凯、张秉真、杨恒达：《象征主义·印象派》，中国人民大学出版社1989年版，第146页。

定形式的旧诗，一切都是相对的。古诗人，如大诗人李白、苏轼、白居易、杜甫之辈用文言写就的律体旧诗不见得就束缚了他们情感的表达，在古诗的佳作中，我们在今天依然会感受到那强烈的诗情，并深深为之感染。古人过去也并不是没有白话诗。白话诗不是天生突然而兴起的。

正如废名所说："他（胡适）仿佛'白话诗'是天生成这么个东西的，已往的诗文学就有许多白话诗，不过随时有反动派在那里障碍，到得现在我们才自觉了，有意识的来这么一个白话诗的大运动。……我们的新诗运动只可谓之无意识的运动。旧诗词里的白话诗与非白话诗，不过指其诗或词里有白话句子而已，实在这些诗里的白话句子还是诗的文字。换句话说，旧诗词里的白话诗与非白话诗不但填的是同谱子，而且用的是同一文法。'姑苏城外寒山寺，夜半钟声到客船'，'细雨梦回鸡塞远'，'帘卷西风，人比黄花瘦'，'平风细草鸣黄犊，斜日寒林点暮鸦'都是诗词里特别见长的，这些句子里头都没有典故，没有僻字，没有化字，我们怎么能说它不是白话，只是它的文法同散文一样而已。"相反，"陈子昂的《登幽州台歌》，'前不见古人，后不见来者。念天地之悠悠，独怆然而涕下'是旧诗里例外的作品"①。

废名在这里实际除了强调文言、白话不重要外，更强调了真正束缚诗的是旧诗千篇一律的形式。但是废名也许没注意到他所举的诗的例子，都非出自寻常之辈，都是大家之手笔。郑敏所说的文言诗也都是古典诗歌中的佳作，所以能够深入浅出，但是貌似寻常非容易。我们看废名所说的张继、李清照、刘禹锡、陈子昂，以及他后来举的写"乐游原上清秋节，咸阳古道音尘绝。西风残照，汉家陵阙"的李白，

---

① 冯文炳：《谈新诗》，人民文学出版社1984年版，第6、25页。

哪个是等闲之辈呢？哪个不是屈指可数，旷古难寻，独一无二的呢？对于这样一流的天才诗人，是没有什么语言和体式能够束住他们的。正所谓，好读书不以忙闲而论，善作诗不以语言体式而有高低之别。更何况他们还经过"语不惊人死不休"的艺术锤炼呢？所以对于才高情深、天赋极高的大诗人而言是不存在语言问题的。同是李白，既写出"弃我去者，昨日之日不可留；今日之日多烦忧"的《宣州谢朓楼饯别校书叔云》，"天生我才必有用，千金散尽还复来"的《将进酒》；又写出"西风残照，汉家陵阙"的《忆秦娥》，"桃花潭水深千尺，不及汪伦送我情"的《赠汪伦》。同是苏轼，既写出"大江东去浪淘尽，千古风流人物"的《赤壁赋》，"但愿人长久，千里共婵娟"的《水调歌头》；又写出"横看成岭侧成峰，远近高低各不同"的《题西林壁》。同是陆游，既写出"文章本天成，妙手偶得之"的《文章》；又写出名垂千古的"一怀愁绪，几年离索，错错错"的《钗头凤》。陶渊明能以"采菊东篱下，悠然见南山"而名世，张若虚《春江花月夜》孤独一篇横为大家。李白斗酒诗百篇，曹孟德酾酒临江，横槊赋诗，都非寻常之辈，此皆因其才高情深，方有惊人之语句，不受语言体式之束缚，却又看似平易天然。然而诗歌史上这样天才的人物是千载难逢，累世不遇，可遇而不可求，别说几百年，即使上千年也未必逢上一个。天才的意义就在于不可重复，大诗人只能天生而不能力致。

正是从上述意义上说，我们认为废名、郑敏的关于新诗不在乎文言、白话的观点又是正确的。也是从这种意义上说，郑敏在新诗语言的问题上偏向文言是不对的。尤其她把百年新诗在今天没有产生得到国际文学公认的大诗人、大作品侧重归为文言、白话的语言断裂问题，未免失之简单。说到底，诗既是语言问题，但又不是单纯的表面语言问题，而是语言背后诗人独具的天赋的才情胸襟、个性、气质，再加上后天的学识和艺术锤炼、熏陶和打磨，方可成之。故清人沈德潜在

《说诗晬语》中说:"有第一等襟抱,第一等学识,斯有第一等真诗。"唐皎然在《诗式》中说:"且夫文章关其本性,识高才劣者,理周而文室;才多识微者,句佳而味少,是知溺情废语,则语朴情暗,事语轻情,则情阙语淡……大抵而论,属于至解,犹空门证性有中道乎?何者?或虽有态而语嫩,虽有力而意薄,虽正而质,虽直而鄙,可以神会,不可言得,此所谓诗家之中道也。"

宋人方岳也持类似观点,他在《深雪偶谈》中说:"诗无不本于性情。自诗之体随代变更,由是性情或隐或见,若存若亡,深者过之,浅者不及也。……唐风既昌,一联一句满听清圆,流液隽永,首肯变踔,性情信在是矣。然词藻胜则糟粕,律度严则拘窘。能不脂韦于二弊之间而脱颖奇焉,则天成自得,超然何得无之。"

德国语言学家洪堡特认为,语言是创造性的精神活动,是精神不由自主地流射。语言是一个人内在精神气质、情感,也即个性的展现。他在《论人类语言结构的差异及其对人类精神发展的影响》中说:"至于语言,它与个性的关系极其密切,二者十分频繁地相互影响。借助语言媒介,极不同的个性通过相互传告各自的外向意图和内部感受而统一了起来。心灵是最有力、最敏感、最深刻,亦且最富足的内在源泉。它用自己的力量,温暖以及深奥的内蕴浇灌着语言,而语言则回应以一些相似的音,以便在他人身上引发相同的情感。"①

因而个性对于一个艺术家来讲,就再也没有什么东西比它更重要的了。正是不同的个性,决定着诗人不同的语言风格,不同的语言风格让诗人虽不同,却同样不朽,使李白不在屈原之下,莎士比亚不在但丁之上。所以雨果说:"一个科学家可以使另一个科学家被人遗忘。

---

① [德]威廉·冯·洪堡特:《论人类语言结构的差异及其对人类精神发展的影响》,姚小平译,商务印书馆1997年版,第30页。

而一个诗人则不可能使另一位诗人被遗忘。……诗人不会互相踏在别人肩头上往上爬，这一个不会是那一个的垫脚石。大家都自个儿攀登，除了自己以外就别无依靠……美并不驱逐美。狼不会互相吞食，杰作也不会如此。"①

至此，我们可见，诗尤其真诗、好诗不仅仅是单纯表面的文言还是白话的语言问题，因而我们不能对郑敏偏向文言的观点表示首肯，她的一些观点值得商榷。

综上所述，无论是文言还是白话，无论是语言还是文字，也无论是文字型文学占主导地位的时代，还是口语型文学占主导地位的时代，对于个别性的天才诗人来讲都无法束缚其才情的表达。因为他们能化腐朽为神奇，化文字为语言，将文字用他们天赋的才情激活，还原到生命最初感性的情境。将死文字激活为活文字，激活为真正的语言，活的语言，这就是越障的天才会爆发出惊人的爆发力。因而虽处文字型文学时代，李白、苏轼、陈子昂、张若虚等以诗文千古流芳。因为文字在他们手中已化为活语言。在这种意义上说废名所列举的李白、李清照、陈子昂的诗，郑敏所列举的李商隐的诗，他们诗中的文字都不再是死文字而是活文字，活的语言。所以朱光潜说："总之，诗应该用活的语言。"②

郑敏先生也间接地谈到古典诗词佳作是活语言的问题，她还是在《回顾》这篇文章中说："古典诗词的语言并非'死语言'，因为我们今天仍在读古典诗词的名著时不能不为这震动，这说明好的语言由于它的'所云'给它无穷的生命，它是不会死的。……'所云'并不是什么作者的生活经验，也不是一个作者的语文知识，海德格尔认为

---

① 转引自伍蠡甫、胡经之主编：《西方文艺理论名著选编》中卷，北京大学出版社1986年版，第145—146页。
② 朱光潜：《诗论》，生活·读书·新知三联书店1984年版，第103页。

'所云'必须是作者对于语言的一次体验，我的理解是：这种亲身涉入语言的神秘之渊的经验才能使诗人为自己的语言找到生命力，也只有这样他的作品才有'所云'，因为'所云'并非说理，而是一种作者的心灵深处的声音，它不能由逻辑推理获得。它是一种充满感性的智慧。"这里郑敏先生用否定的方式说古典诗词的语言并非死语言来间接的说明是活语言。但她在这里强调赋予活语言生命的是海德格尔所说的"所云"，并以海德格尔的话解释"所云"是作者对语言的一次体验，并进一步解释说，这种亲身涉入语言的神秘之渊的经验为语言获得生命力，"所云"是感性的智慧，来自作者心灵深处的声音。在该文下一段进一步借德里达之口指出，诗的语言即"所云"来源于无意识。

郑敏先生的这个观点并不能说错误，只能说不彻底。实际上，使诗的文字变成富有生命力的活语言的'所云'并非是来自于什么海德格尔所说的神秘的语言体验，事实上海德格尔始终有一种神秘主义的倾向。表面上看，确实是这样，诗人作诗是在和语言进行一场无声的对话与交流，但实际上语言依然是一种媒介。诗人是透过语言在和另一个我即"无意识"在对话，而这"无意识的核心正是那无时无刻不在冲突之中涌动着的这些情感"[①]。所以赋予文字语言以生命的最终还是情感。

情感是一种力，会激活文字，让语言上路。像空气的流动会形成风，情感的流动则会让语言形成旋律，形成韵律，化为诗。因为情感时刻处在变动不息的流动中，因而缘情而生的诗的语言就时刻在诗的韵律中涌溢着流动着的生命。所以赋予文字以生命而使其化为活语言的，不是什么来自神秘语言经验的'所云'，而是诗人的情感。是诗

---

① [英]波微：《拉康》，牛宏宝、陈喜贵译，北京昆仑出版社1999年版，第57页。

人那天赋的才情可以点石成金，化俗为雅，化文字为语言，即使在文字型文学占主导地位的时代，也会妙手回春，将文字激活为语言，赋予生命的情境使之脱颖而出成为郑敏先生所说的古典诗词的佳作和名著。但这非诗人大手笔不能为之。郑敏先生也许忽视了她所说的都是古典诗词中的佳作名著这一点，而这佳作名著正是沙里淘金，层层筛选的结果，是属于个别性的现象，不具有普遍意义。

勃兰兑斯在《十九世纪文学主流》中说，文艺事业的情况是几百个参加竞争的人们，只有两三名达到了目的，其余的人都筋疲力尽地沿途倒下了。而这"两三名达到了目的"者，在笔者看来就是仰仗了其天赋的才情，因而天才是多么的可贵。正是在这种意义上，我们说废名、朱光潜、郑敏关于新诗不在乎文言、白话的观点在个别性意义上说是正确的。对于普通的中等才资的一般人来说，则不具有普遍性。

我们不要小看才，因为才本生于情，故称才情。而这由情孕所生之才将最终决定诗词文章之高下优劣。虽仰仗后天学习，但后天学习只是佐助促发内在之本来才情、诗性。所谓"腹有诗书气自华"，并非多背了几卷诗书存在"腹里"而外显华彩之气质，而是腹有诗书之本来的才气性情因而华彩自然外现。所以内在天生的才情是主要的。

刘勰在《文心雕龙·事类第三十八》中说："夫姜桂因地，辛在本性；文章由学，能在天资。才自内发，学以外成，有学饱而才馁，有才富而学贫。学贫者迍遭于事义，才馁者劬劳于辞情，此内外之殊分也。是以属意立文，心与笔谋，才为盟主，学为辅佐；主佐合德，文采必霸，才学褊狭，虽美少功。夫以子云之才，而自奏不学，及观书石室，乃成鸿采。表里相资，古今一也。"由此可见，虽需后天之学养，然而"才为盟主，学为辅佐"。

郑敏先生在《回顾》一文中还一再强调语言扎根于无意识之中，强调无意识在诗歌创作中的重要性。如她在文中说："（诗创作——笔者注）灵感正是自由了的无意识的创造力的奔发……在一次最成功的舞蹈（诗——笔者注）中，跳舞的人多半在艺术的无意识中遗忘了自己，所以美国黑山派的诗人们将诗说成是呼吸，有的诗论则说是舞蹈，总之是遗忘了意识的运动。"但在普遍性的意义上说，在一定的语言文字历史情境下，文言恰是意识层面的语言，而白话才是无意识层面的语言，这样就以此之矛攻己之盾。因而无论从特殊性，还是普遍性的意义上说，郑敏在新诗语言上偏向文言的观点都是不能成立的。

朱谦之在《中国音乐文学史》中说得好："须知白话诗人的好处，即在其有情感，有当时的活情感，所以一表现出来，都是当时的活文字活言语，如果把这情感译为几千年前的文言，便不是当时的'真情之流'了。"① 由此进一步说明，新诗的语言应该是白话而不是文言，郑敏先生在新诗语言上偏向文言的观点是无论如何都不能成立的。

三、关于新诗传统问题的理解

郑敏先生在新诗形式方面的一个主要观点是：新诗的形式必须在自身古典诗歌的传统中寻找出路。如她说："21世纪中国新诗的能否存活就看我们能否意识到传统的复活与进入现代，与吸收外来因素之间的本末关系……中国当代新诗的一个首要的，关系到自身存亡的任务就是重新寻找自己的诗歌传统，激活它的心跳，挖掘出它久被尘封土埋的泉眼。"② 应该说郑敏先生在这一问题上的观点是相当敏锐的。新诗确实应该摆脱西方诗歌的影响，而重新正视与传统诗歌的关系，在传统母语诗歌文体自身演变规律的脉络、发展轨迹与走向中，去寻

---

① 朱谦之：《中国音乐文学史》，北京大学出版社1989年版，第52页。
② 郑敏：《新诗百年探索与后新诗潮》，载《文学评论》，1998年第4期。

找它正确发展的路向。

长期以来,"五四"新诗革命乃至新文学革命的发生、发展一直笼罩在西方外来文学影响的阴影之下,而处在深深的焦虑中,人们普遍认为新诗革命乃至新文学革命是发端于西方文学的直接强大影响。这种观点几乎成为定论,上可追溯到胡适、鲁迅、周作人、艾青等,下可述及今天以郑敏先生为代表的一批重要学者。因而认为新诗是对传统的抛弃与背离。如郑敏在《新诗百年探索与后新诗潮》中所说:"新诗已走出传统,它已完全背叛自己的汉诗大家族的诗歌语言与精神的约束,它奔向西方,接受西方的诗歌标准……在不停地流浪中。"[1] 在郑敏看来,新诗之所以今天的发展情况不尽如人意,主要在于新诗背离了自己的母语诗歌传统,完全参照西方诗歌的标准,新诗革命是一场与传统断裂的革命,是无根的革命。因此新诗要拯救自己必须抛弃西方诗歌影响,而回归传统去寻求新的出路,即寻根。

郑敏先生的观点概括起来说,主要是两点:一是新诗发端于西方而不是起源于传统,二是新诗应该摆脱西方诗歌的影响,到传统中寻根,摆脱无根的漂泊状态,走出无所依傍的困境。实际上,我们在本章第一节的内容中已经从语言文字自身矛盾斗争、语体演变规律的角度,集中分析解释了"五四"新诗的起源问题,即它和西方文学的影响和传统诗歌语体演变规律的关系,这里不再赘述。而关于新诗和传统的关系,可以说郑敏强调新诗应正视传统这一点无疑是正确的,但关键问题是在对传统的理解上。郑敏先生所说的诗歌传统是古典五七言格律诗传统,而古典五七言格律诗是文字型诗歌,是相对定型的,它与崇尚自然活泼变化,没有相对定型的口语型白话新诗的格律性质相悖,因此不能互为参照学习。她在《关于新诗传统的对话》中说,

---

[1] 郑敏:《新诗百年探索与后新诗潮》,载《文学评论》,1998年第4期。

新诗还没有定型，没有相对定型。白话新诗既然是新一轮的口语型诗歌，因此它应当以第一轮口语型文学时代的诗歌《诗经》的韵律情况为参照，它的韵律形式应是大体须有，定体则无，没有相对定型的。这个问题本书将在第六章集中探讨、辨析。

因此，综合起来说，郑敏先生在新诗语言和形式问题上的思索，在探索新诗与传统、新诗与西方诗歌的关系上，确实抓到了问题的关键所在，但她的基本结论却未能切中肯綮。

第三节 李金发文言入诗的陌生化效果：文言的枯荣与轮回

一、文言必定重新出现

"五四"这场所谓断裂式的革命，只是相对于白话而言，相对旧体诗而言，其意义在于为白话争得主流地位，断裂式的革命在当时还具有一种作为手段方法的策略性意义。因为从另一方面看，语言语体是无法完全断裂的，语言确实是有继承性的，如索绪尔所认为的，语言既有共时性又有历时性。因而文言是不应该，也不可能被完全废除的。客观历史的发展规律是不因人的主观意志而转移的。历史是不会开玩笑的，作为文字的文言是还会部分出现在白话文学的语言中，而且是一定要出现在文学作品语言中，但是却不能居于主流地位。要经过一段时间后，在"陌生化"以后才会再度进入文学语言中，被人们所接受认同。也就是，作为汉字的文言，只有经过"陌生化"以后，其中的一部分才能够重新复活。这时的"文言"已不再是原来意义上的汉字文字，而变成了富有生命情境的语言，即我们所说的活的语言。这在各国语言历史的发展中都可找到例证。如朱光潜所说："欧洲有许多诗人常爱用复活的古字。"① 拉丁语也有一部分复活的现象，古代文言的汉字依然会出现在我们今天的话语中，如"见谅""闻风丧胆"，华罗庚在中学课本《统筹安排》中就有"卑之无甚高论"一语，纯属文言。在语言演变发展的历史中，总有一部分因僵化而被淘汰了，又有一部分存留下来进入新语言中而复兴。这就是语言发展的客观规律，不可能完全断裂的，断裂只是在一时。

贺拉斯在《诗艺》中说：

（每个时代）创造出标志着本时代特点的字，自古已然，将来也永远如此，每当岁晚，林中的树叶发生变化，最老的树叶落到地上；文字也如此，老一辈出消逝了，新生的字就像青年一样将会开花茂盛。我们和我们所有的（一切）都注定要死亡的。我们的语言不论多么光辉优美，更难以长存千古了。许多词汇已经衰亡了，但是将来又会复兴；现在人人崇尚的词汇，将来又会衰亡；这都看"习惯"会怎样，"习惯"是语言的裁判，它给语言制定法律和标准。②

贺拉斯在这里说的语言的裁判是习惯，这里习惯实际就是相当于由语言和文字矛盾运动导致的"一时代有一时代之文学"（胡适）的语言时尚，譬如"五四"时期的白话文学的时尚，就是贺拉斯所说的"给语言制定法律和标准"的"习惯"。

---

① 朱光潜：《诗论》，生活·读书·新知三联书店1984年版，第101页。
② 转自伍蠡甫、胡经之主编：《西方文艺理论名著选编》上卷，北京大学出版社1984年版，第98—99页。

第五章 白话作为新诗语言的历史必然性:"五四"口语型诗歌时代的回归

可是又为什么语言的复兴,如部分文言的复兴于白话文学作品,必须经历一段时间以后,在经过时间的疏离,而变得陌生,也即"陌生化"以后才会进入文学作品而再度被人们接受认可呢?这就是因为习惯的作用。习惯有一种作用,一种巨大的力量,它会把一切本有诗意的东西、有价值的事物,变得平常化,使人们熟视无睹。习惯会麻痹人们的感受能力,使人们变得呆板、机械、麻木、程式化。因而更丧失了对美的事物的感受能力。要想恢复人们最初鲜活的审美感受,必须经过"陌生化"的处理,在"陌生化"的疏离中,重新激起人们新奇的感受。艺术正是通过这种"陌生化"的程序来恢复人们最初对事物的感受。这也就是俄国形式主义文论家什克洛夫斯基的"陌生化"理论。

什克洛夫斯基认为,人在日常生活中,无论是动作还是语言,一旦成为习惯就会带有机械性、自动化了。它会麻痹我们的感受力。因而必须经过艺术的"陌生化"处理,才会唤回人们对其原初的感受力。什克洛夫斯基说:

> 那种被称为艺术的东西的存在,正是为了唤回人对生活的感受,使人感受到事物,使石头更成其为石头。艺术的目的是使你对事物的感觉如同你所见的视象那样,而不是如同你所认知的那样;艺术的手法是事物的"反常化"手法,是复杂化的手法,它增加了感受的难度和时间,既然艺术中的领悟过程是以自身为目的的,它就理应延长,艺术是一种体验事物之创造的方式,而被创造物在艺术中已无足轻重。①

---

① [俄]维克托·什克洛夫斯基:《俄国形式主义文论选》,方珊译,生活·读书·新知三联书店1989年版,第6页。

什克洛夫斯基的陌生化理论用在这里主要指共时状态下，艺术的"陌生化"手法对于文字型文学长期占统治地位下由文言所做的骈文律体诗，人们早因其"共时性"过长而不再陌生。相反，已由陌生走向熟视无睹，而缺乏原初的感受力了。所以能存活下来的文言必须首先在时间上与人们疏离一段时间后，再经过诗人、艺术家艺术化的处理以似乎陌生的面目出现在文学作品的语言中后，再由文学语言进入日常生活语言。这实际上是经历了时间与艺术上双重"陌生化"。但对于文言来讲必须首先经历时间上疏离而致的陌生化是更重要的。如果没有时间上的陌生化，而只有艺术上的陌生化，会被人们认为革命和解放不彻底，并且，没有时间上的陌生化，更无法实现艺术上的陌生化。

二、李金发的文言诗

我们可以以具体诗歌实例来说明。我们先看李金发的《弃妇》：

> 长发披遍我两眼之前，
> 遂隔断了一切羞恶之疾视，
> 与鲜血之急流，枯骨之沉睡。
> 黑夜与蚊虫联步徐来，
> 越此短墙之角，
> 狂呼在我清白之耳后，
> 如荒野狂风怒号：
> 战栗了无数游牧。
>
> 靠一根草儿，与上帝之灵往返在空谷里。

我的哀戚唯游蜂之脑能深印着；
或与山泉长泻在悬崖，
然后随红叶而俱去。

弃妇之隐忧堆积在动作上，
夕阳之火不能把时间之烦闷
化成灰烬，从烟突里飞去，
长染在游鸦之羽，
将同栖止于海啸之石上，
静听舟子之歌。

衰老的裙裾发出哀吟，
徜徉在丘墓之侧，
永无热泪，
点滴在草地
为世界之装饰。

从李金发的这首诗里我们可以发现，在他以前，文言词从来没有这样频繁地出现在白话自由体诗中，而且是以这样奇怪的陌生化的艺术形式出现。我们看仅文言虚词"之"在他这一首诗中就出现高达16次之多，占诗句总字数的70%以上，几乎要达到每句都要出现"之"。在有的诗句中，如第一节的"与鲜血之急流，枯骨之沉睡"和第三节的"夕阳之火不能把时间之烦闷"，作为文言的"之"字竟在一句中出现了两次。另外除了文言虚词"之"字，其他文言词如"遂""枯骨""联步徐来""哀戚""俱去""栖止"等均与白话搭配相伴而出现在诗中。

应该说文言词不仅出现在李金发的单独某一首诗中，在他的其他诗作中也大量出现，这已构成了李金发诗歌语言的一个整体风格景观。即巧妙地揉文言词于白话自由诗中。文白相映相衬做到亦白亦文，亦俗亦雅，而不失白话的新鲜有力，文白相映成趣。我们且看李金发其他运用文言词的典型诗句，如：

> 窗外之夜色，染蓝了孤客之心，
> 更有不可拒之冷气，欲裂碎，
> 一切空间之留存与心头之勇气。
> 我靠着两肘正欲执笔直写，
> 忽而心儿跳荡，两膝战栗，
> 耳后万众杂沓之声，
> 似商人曳货物而走，
> 又如猫犬争执在短墙下。
> 巴黎亦枯瘦了，可望见之寺塔，
> 悉高插空际
> 如死神之手。
> ——《寒夜之幻觉》

再如：

> 风与雨在海洋里，
> 野鹿死在我心里。
> 看，秋梦展翼去了，
> 空存这委靡之魂。
> ——《时之表现》

生物挤拥之闹声,
何其可怕!
我宁长卧乱石下,
蚯蚓催着睡眠,
蚁蚂卸吾晚服。
　　　——《失败》

凉夜如温和之乳妪,
徐吻吾苍白之颊,
游风无语独上梢头去,
蟋蛄欲挽流萤同住。
　　　——《凉夜如……》

比较典型而集中在一首诗中的,是他的《希望与怜悯》:

长林后不可信之黑影,
与野花长伴着,
疾笑在狂风里,如穷途之墨客。

怜悯穿着紫色之长裙,
摇曳地向我微笑——越显其多疑之黑发
伊伸手放在我灰白的额上,
我心琴遂起奏了。

我抚慰我的心灵安坐在油腻之草地上,

静听黑夜之哀吟，与战栗之微星，
张其淡白之倦眼，
细数人类之疲乏，与牢不可破之傲气。

我灵魂之羽，满湿着花心之露，
惟时间之火焰，能使其温暖而活泼。
音乐之震动，
将重披靡其筋力，与紫红之血管么？

我愿生活在海沫构成之荒岛上，
用微尘饰我的两臂如野人之金镯；
白鸥来时将细问其破裂了的心之消息，
并酌之以世界之血，我们将如兄妹般睡在怀里。

  以上所引之李金发诗中加点的字或词，我们可以看出均是文言词。可见在白话诗从诞生到流行了七八年之后，部分文言又重新以陌生化的形式出现在文学作品语言即诗歌语言中。这是一种必然的现象。它体现了语言的不可断裂性。
  李金发的大量文言入诗，作为一种个性现象的意义在于他体现了语言既有共时性又有历时性，而无法断裂的客观历史发展规律。因而必然对新一轮口语型文学，即刚刚开始的"五四"新文学时期的白话语言建设产生深远的影响。它将对白话与文言的整合，产生范式性的意义。这也就是为什么在李金发虽被人们称为"诗怪"（黄参岛语），许多人抱怨看不懂，而许多人却在模仿着。这实在是因为他符合了语言自身发展的客观规律。正是在这种意义上，周作人、李璜、宗白华等人称李金发为"国中诗界的晨星""东方之鲍特莱"①。最先发表李金发诗歌的《语丝》杂志,刊登广告时说:"《微雨》是诗界中别开生面之作,给纯粹是白话为诗的白话诗坛吹来了一股新鲜的空气。"李金发自己后来回忆时也说:"到一九二五年,我回国来,《微雨》已出版,果然在中国'文坛'引起一种微动,好事之徒多以'不可解'讥之,但一般青年读了都'甚感兴趣',而发生效果。"② 这正是因为他顺应了语言自身发展的历史时势。当然李诗出世后引起诗坛震动还有其他原因。但大量文言入诗应是重要原因。

李金发在新诗语言上的影响意义是深远的。他作诗的态度是认真的。他说:"一般人都当做诗是很容易的事吧,于是人人都来写,既无章法,又无意境,浅白得像家书,或分行填写的散文,始终白话诗为人漠视。"③ 20 世纪 20 年代初,由于白话文学的大力倡导,使得白话诗几乎达到了泛滥的趋势。据有人统计,20 年代头两年报刊上发表的新诗近一万首,大都是些家常白话,毫无诗味的平庸之作,引起读者极大不满,使新诗面临着生存危机。一时间倡导白话诗的胡适竟成了罪人。但是李金发诗作出现以后似乎改变了人们对新诗的态度,人们开始重新思索文言和白话在诗歌中的关系与作用。部分文言开始重新出现在诗歌语言中,以陌生化的形式,给人们造成了新奇的感觉。于是它又重新获得了生命力。大量出现在 20 年代后期乃至 30 年代现代派诗人的诗歌语言,不能不归功于李金发的影响。当然,更主要的还是因为他适应了语言发展的客观规律。

---

① 见《美育》,1928 年 12 月。
② 李金发:《异国情调·仰天堂随笔》,转引自王泽龙《中国现代主义诗潮史》,华中师范大学出版社 1995 年版,第 70 页。
③ 李金发:《卢森著〈疗〉序》,转引自王泽龙《中国现代主义诗潮史》,华中师范大学出版社 1995 年版,第 73 页。

正如当年文言诗词成为一种滥调时，白话诗词的运用是让厌倦了的读者耳目一新；同样，现在当白话也被滥用时，自然也会造成令人厌倦的效果。如周作人在《扬鞭集·序》中说，使诗"都像一个玻璃球，晶莹透彻得太厉害了"，而文言词语的适当引入，自然会造成陌生化的效果，增加无形的神秘的感觉。早已被抛弃了的"学衡派"的主张在这里似乎又获得了某种历史的回应。但这仍是有不同意义的，如周作人所说，这是在白话文已经占据了主导地位以后，主动"把古文请进国语文学里来"①。使其成为现代文学语言的有机组成部分。同时期的诗人散文家小说家如废名、俞平伯也在试验采用文言词语入诗入词，来进一步丰富、完善、创新现代白话文学语言的建设。与李金发在新诗语言上的努力表现了同一趋向。所以，我们要说个别文言词重新复活在文学作品如诗歌语言中并非只是李金发的个人现象，他也许只是开了个头，且比较典型，有代表性。语言的不可断裂性作为一个普遍的客观规律，是具有群体性和普遍性的，作为一种普遍性的规律，部分文言必定也复活在其他白话新诗人的笔下。

三、其他现代诗人的文言入诗现象

20世纪30年代的现代派诗中，已有许多文言入诗的现象，这已经形成了一种普遍性的现象。人们已经对陌生化的文言入诗感到了认可。创办《现代》的施蛰存曾这样解释这种现象："《现代》中有许多诗的作者曾在他们的诗篇中采用一些比较生疏的古字，或甚至是所谓'文言文'中的虚字，但他们并不是有意地'搜扬古董'。对于这些字，他们没有'古'的或'文言'的观念。只要适宜于表达一个意

---

① 周作人：《国语文学谈》，载《京报副刊》，1926年第394号。

义，一种情绪，或甚至是完成一个音节，他们就采用了这些字。所以，我说它们是现代的词藻。"① 可见古文言已失去了原来作为"文字"的意义而活化为语言，活化为"现代词藻"，成为现代文学的有机组成部分。正像施蛰存所说，30年代现代派诗创作中，文言语词入诗是一个相当引人注目的语言现象。可以随便举些例子，如戴望舒的：

....
他彷徨在这寂寥的雨巷
撑着油纸伞
象我一样
象我一样地
默默彳亍着
冷漠、凄清，又惆怅。
....

——《雨巷》

....
孤心逐浮云之炫烨的卷舒，
惯看晴空的眼喜侵阈的青芜。
你问我的欢乐何在？
——窗头明月枕边书。
....

——《古意答客问》

---

① 转引自钱理群等编著：《中国现代文学三十年》，北京大学出版社1998年版，第364页。

卞之琳的:

……
　　白蝴蝶最懂色香味
　　寻访你午睡的口脂。
　　我窥候你渴饮泉水
　　取笑你吻了你自己。
……

　　　　　　　　——《淘气》

何其芳的:

……
　　是谁第一次窥见我寂寞的泪,
　　用温存的手为我拭去
　　是谁窃去了我十九岁的骄傲的心,
　　而又毫无顾念地遗弃。
……

　　　　　　　　——《雨天》

其他诗人的诗句里也或多或少巧妙地嵌入了文言词语,如冯至的"你万一可想到它时/千万啊,还要悚惧"(《蛇》),李广田的"乃有慰于一壁灯光之温柔"(《灯下》)等。这样文言在经历了时间上与艺术上的双重陌生化后,以新的面目、新的使用方式大量地出现在白话文学诗歌创作中而得以复活新生。从原来的文字性质转变成语言性质,与白话相映生辉,顺利地实现了文言、白话之间的传承、对接与组合,应和了语言自身发展的客观规律。

可见时间会改变一切。它会使陌生的变成熟悉的厌倦，使熟悉的变成陌生的新奇；使有价值的因为熟悉导致成习惯而丧失新意和价值，使无价值的却因陌生而变得新奇，充满了诗意，重新恢复了价值。因此只有顺时而动，因势利导，才会立于不败之地。这就是为什么胡适在白话新诗初期写的白话诗中虽有文言词语出现，却被郑敏先生称为"解放脚"（见郑敏《回顾》）。连胡适自己都认为革命解放不彻底，而李金发却因适时适势适体的运用文言于白话诗而一举成名别开生面。胡适在《尝试集》（四版自序）中说："我现在回头看我这五年来的诗，很像一个缠过脚后放大了的妇人，回头看她一年一年的放脚鞋样，虽然一年放大一点，年年的鞋样上总还带着缠脚时代的血腥气。"①

这里固然有文言旧词运用的不恰当而造成的旧诗的调子与旧诗的空气过浓的原因。但文言词入诗的时机尚不成熟，也应该是一个不可忽视的重要原因。当时，"五四"白话初兴，人们尚处在萌芽阶段的口味、鉴赏和效仿的新奇感中，尚处在"陌生化"阶段。而文言在时间上与人们心理距离太近，尚构不成"陌生化"的新奇感。这是胡适当时文言入诗不被人们完全接受，甚至被认为解放不彻底的一个重要原因。当然，如果从相反的方面看，胡适的这种解放不彻底的诗，恰恰从反面证明了语言、语体的不可断裂性。而其文言入诗的失败，从当时情况来看，只能归因于时机的不成熟。文言尚缺少时间、心理距离所以不能构成陌生化，产生新奇感。我们可以以同是胡适在不同时期写的诗为例。我们看他1917年左右写的两首诗，这就是当时著名的《蝴蝶》与《鸽子》：

---

① 转引自岳洪治：《现代十八家诗》，中国文联出版公司1991年版，第5页。

两个黄蝴蝶,双双飞上天。
不知为什么,一个忽飞还。
剩下那一个,孤单怪可怜;
也无心上天,天上太孤单。

——《蝴蝶》

云淡天高,好一片晚秋天气!
有一群鸽子,在空中游戏。
看他们三三两两,
回环来往,
夷犹如意——
忽地里,翻身映日,白羽衬青天,
十分鲜丽!

——《鸽子》

我们看以上这两首诗是按写作上的先后时间顺序排列的。它是既在语体上又在语言上体现了白话与文言的无法断裂性。从第二首《鸽子》来看,在语言、语体上由于写作时间稍后,因而要比《蝴蝶》解放得稍彻底些。但由于如所标示文言词较密集的出现以及由于不恰当运用文言词而造成的旧诗词的腔调,更主要是由于文言在时间上与人们心理距离太近,无法形成陌生化,产生新奇感,使人们在欣赏、赞叹的同时,仍带有不满而苛责的微词。胡适自己也做过批评的总结。他在1920年9月15日写的《尝试集》(再版自序)中曾这样说:"第一编的诗,除了《蝴蝶》和《他》两首之外,实在不过是一些刷洗过的旧诗。……但是初做的几首,如《一念》《鸽子》《新婚杂诗》《四月二十五日夜》,都还脱不了词曲的气味与声调……"① 其实,无论是过去,还是今天,胡适在这里所肯定的《蝴蝶》都不能算是严格意义上的新诗。这样,《蝴蝶》和《鸽子》抛却了语体上的原因,在当时由于文言在时间上与人们距离太近尚构不成陌生化,无法产生新奇感而被人们和胡适自己认为解放不彻底。

我们再来看看事隔近十年后,1926年时的情况。1926年,白话诗早在人们心中站稳了脚跟。胡适早在1922年以后宣布他的《尝试集》已经"销售到一万部","新诗的诗论时期,渐渐地过去了"②。1926年,中国著名的一段文坛佳话发生,这就是徐志摩与陆小曼冲破重重阻力与束缚,冒天下之大不韪,在毁誉交加之声中缔结姻缘,赶了一个"五四"时期崇尚个性、自由解放、婚姻自主的末班车。为了对这对勇敢的新人表示朋友的支持与祝福,胡适亲自写了下面这首婚礼贺诗送给陆小曼:

> 不是怕风吹雨打,
> 不是羡烛照香熏,
> 只喜欢那折花的人,
> 高兴和伊亲近。
> 花瓣儿纷纷落了,
> 劳伊亲手收存,
> 寄与伊心上的人,
> 当一封没有字的书信。③

---

① 转引自岳洪治:《现代十八家诗》,中国文联出版公司1991年版,第3页。
② 胡适:《尝试集》,北京人民文学出版社1984年版,第5页。
③ 徐志摩:《爱眉小札》,经济时报出版社2000年版。

从这首诗看依然有文言词出现，可是与他十年前写的《蝴蝶》与《鸽子》相比，使人读后感觉似乎不同。人们读后并没有因其中仍有文言词而苛责其解放不彻底。人们读起来感觉似乎很自然，并没有因文言入诗而感生硬。这一方面因为胡适运用的得体，更主要的是因为文言已经在时间上与人们拉开了一段距离，因而出现了陌生化的效果，使人们感到新奇，这种新奇感又渐渐成为一种自然。可是话说回来，没有这中间近十年左右的时间，胡适会运用得如此得体吗？正是在这近十年的时间里，胡适得以在时间和艺术上进行双重积淀，从而使文言词在他的手中实现了时间上和艺术上的双重陌生化效果，产生飞跃性的变化，使人们读起来感觉新奇而自然。这双重陌生化一方面是对于作为诗人作者的胡适自己而言，另一方面也是对广大读者而言。而且首先要使诗人自己先在时间上感到陌生，然后运用到艺术上即写成诗写成文学作品表现传达给广大读者，这样自然就会与读者早已在时间上的陌生化心理暗合，而获得读者的欣赏与赞叹。

试问，为什么文言词大量入诗是发生在生活在国外很长时间后回来的李金发身上，而不是发生在国内诗人身上？这是因为李金发不像胡适，他在国外生活的时间较长。因而文言对他而言，不仅已经历了时间距离上的陌生，而且更经历了空间距离上的陌生，并由这空间距离上的陌生，又形成了心理上的陌生。这种时间与空间上的双重距离的陌生感，再加上心理上的陌生感，使文言对他而言，几近于外语。正如艾青后来在评价论及李金发时所说："他的很多诗是在外国写的，也好像是外国人写的；但他却爱用文言写自由体诗，甚至比中国古诗更难懂。"[1] 但是文言曾经作为一种母语，已以集体无意识的方式，即以原型的力量深深地镂刻在他的心里。当创作的激情来临时，自然会

---

[1] 艾青：《中国新诗六十年》，载《文艺研究》，1980 年第 5 期。

鬼使神差地涌现在他的笔端，出现在他的诗里，形成了新诗初期其别致的半文半白的诗，并在当时诗坛上引起轰动。

正是时间与空间上的双重距离的陌生感，再加上心理上的陌生感，使他得以摆脱距离太近造成的牵绊与束缚，使文言如白话，如外语般水乳交融，巧妙自如地出现在他那别致的诗中。他的诗中确实既有文言、白话，又夹杂外语，却不使人感到扭捏造作，如：

> …………
> 勾留片刻，你将见
> 斜阳关落叶上道，
> 他们点头和 Saluent
> 此刻残酷的别离。
> ——《秋》

又如：

> …………
> 虽然，她忠告我什么：
> 我晓得么，你晓得么？
> 用我们纯洁的笑！
> Adieu! 池塘，秋柳微弱的钟。
> ——《凉夜如……》

而郑敏先生所说美国意象派从中国古典文言诗词艺术获得灵感、启发，而提炼意象派诗歌理论，道理不也同此吗？这也就是为什么新诗初期一些人是从译诗开始正式走上白话新体自由诗的道路。如胡适自称真正创造新诗是从他翻译了意象派诗人莎拉·替斯代尔的《关不住了》以后,因而称该诗是他新诗成立的新纪元。

可见,无论是时间、空间,还是艺术上的陌生化,对于文字复活为语言是绝对重要的,在这三者中间,时间是第一重要的,并且当经历了一段时间以后,部分古字如文言是一定要复活的。只是面对历史,我们必须学会在时间中等待,审时度势,而不能逆潮流而动。时间就是一种轮回,它会把昔日白话诗的开山诗人胡适顷刻间变为白话诗的"罪人"(穆木天语),而让李金发这个年轻的异路奇人一举成名,他会让昔日王宫贵族手中雕镂玉砌的文言被引车卖浆者所操的俚俗白话而取代,又让文言在它的流逝中,悄无声息地以陌生化的面孔重新出现在白话诗中。它让顺时者昌,逆时者亡。它让最初的口语型文学被文字型文学所取代,又让长达两千余年的文字型文学被新一轮的口语型文学即"五四"白话新文学所取代。而推动时间这种轮回性发展的正是语言和文字之间的压抑与反压抑的矛盾运动而导致的情感与理性之间的压抑与反压抑的矛盾运动。

第六章

中国现代白话新诗的韵律：挣脱文字梦魇后的舞蹈与歌唱

> 我要赞美我如花的祖国！
> ——闻一多《忆菊》

第一节 白话新诗："五四"新文学的先声

一、理论上的设想

当新一轮口语型文学即"五四"白话文学占主导地位时，受到文字压抑的语言即白话，会在解放了的情感的冲动下，也即激情的冲动下而踏上如歌的旅程，进行自我歌唱、自我舞蹈、自我游戏性质的自我言说。于是像第一轮口语型文学的诗经时代一样，白话作为语言将和诗再度合而为一。语言又恢复了它最自然、最天真的状态，恢复了它诗的本性，于是韵律开始出现。在激情的作用下，在最自然、最天真的状态里，人们应该说话如作诗，作诗如说话。诗歌语言也应该和日常语言再度合一，也即白话和诗合一，白话应该首先以诗的形式出现。成为那最早出世的诗文学。这是理论上应该如此，因为这次"五四"白话新文学作为一种口语型文学，它应该和第一次口语型文学即诗经时代的文学情形大致一样。无论在艺术特征风格上，还是在文学体裁的演进上，它都应该遵循相同相近的，是艺术的也是历史的客观发展规律。那么让我们看一看在新一轮口语型文学中"五四"白话新文学中，实际情形是否如此。

二、实践中的证明

我们首先来看在"五四"新文学体裁演进中，白话与诗是否合一，诗是否是最早出世的文学体裁。"五四"文学史已经恰恰证明了白话确实在最自然、最天真的状态里恢复了它诗的本性，与诗合一，称为白话诗。白话诗也确实在"五四"各种文学体裁中是最早出世的文学体裁，而开"五四"新文学之先河先声。胡适是白话诗的发起者，因此白话自由诗曾一度被称为"胡适之体"。这已成为"五四"文学史上的公论，毋庸赘言。因此，在语言最本质、最自然、最天真的状态下就是诗的意义上而言，白话自由诗应该被称为自然诗才更恰当。而称"五四"白话新诗为"自由诗"应当是对于声律严格的文言古典旧体诗词而言。

可是更为关键的问题是，白话作为一种解放了的语言，它在最自然、最天真的状态里既然已经与诗合一，成为白话诗，那么它就应该在自我表现、自我歌唱、自我舞蹈、自我言说的游戏运动过程中，自然而然地出现韵律，而且像《诗经》中的诗一样具有重章复沓、重章叠韵、章句整齐，而且低回往复，缠绵悱恻，具有一唱三叹的韵律美感。让我们看看白话新诗是否有韵律。如果有韵律，那么这是否和上述《诗经》韵律风格相同呢？应当说，韵律以及由韵律产生的音乐性和韵律及新诗形式之间的关系,是新诗中最为敏感的问题,也是纠缠其始终的问题,是直至今天也没有解决好的问题。我们说白话诗是有韵律的,并且和《诗经》的韵律风格是一致的,这最典型的例证就是以徐志摩为代表的新月派诗歌的韵律。

第二节 新月派诗歌的韵律风格:《诗经》韵律风格的再现

一、个案分析之一:徐志摩,为新诗韵律证明的人

新月派是中国白话新诗中出现的第一个格律诗派,无论在理论上还是在创作实践上,它都为中国新诗韵律的创建与发展做出了筚路蓝缕的贡献。如它严格规定了诗在视觉和听觉方面的格律,即节的匀称、句的整齐,以及音尺、平仄、韵脚等格式。虽然它在音乐性的理论上还不够完善和恰切,但它毕竟突出地强调了诗区别于其他文体形式最本质性的特征因素,这在新诗的草创期已难能可贵。如果说理论不足以说明新诗韵律的必然性,对于诗歌来说,更重要的是要看理论能否得到创作实践上的证明。那么我们可以说,新月派在新诗音乐性问题上探索的情况是:理论上的先觉与紧随其后创作实践验证的相继统一。这创作实践方面最典型的例子莫过于徐志摩和他的诗。

我们以徐志摩的具体诗歌为例,并和《诗经》中的诗做比较,来看我们所说的观点是否正确。下面的这首诗,前面已经引用过,但为了对比说明方便,同时也是因为这首诗本身特点的典型性,此处有必

要再次引用它。如果前面的引用是笔者有意地安排在《诗经》中诗的后面，目的是要先造成一种感性的印象。那么这里的再次对比引用是为了理论上的说明，证明本书的观点。比较如下。

首先，《我不知道风是在哪一个方向吹》与《蒹葭》的对比：

我不知道风是在哪一个方向吹	蒹葭
我/不知道/风 是在/哪一个/方向/吹—— 我是/在梦中， 在梦的/轻波里/依洄。 我/不知道/风 是在/哪一个/方向/吹—— 我是/在梦中， 她的/温存，我的/迷醉。 我/不知道/风 是在/哪一个/方向/吹—— 我是/在梦中， 甜美/是梦里的/光辉。 …………	蒹葭/苍苍，白露/为霜。 所谓/伊人，在水/一方， 溯洄/从之，道阻/且长。 溯游/从之，宛在/水中央。 蒹葭/萋萋，白露/未晞。 所谓/伊人，在水/之湄。 溯洄/从之，道阻/且跻。 溯游/从之，宛在/水中坻。 蒹葭/采采，白露/未已。 所谓/伊人，在水/之涘。 溯洄/从之，道阻/且右。 溯游/从之，宛在/水中沚。

其次，《在那山道旁》与《东山》的对比：

第六章 中国现代白话新诗的韵律：挣脱文字梦魇后的舞蹈与歌唱

在那山道旁

在那山道旁，一天雾蒙蒙的朝上，
初生的小蓝花在草丛里窥遽，
我送别她归，与她在此分离，
在青草里飘拂，她的洁白的裙衣。

我不曾开言，她亦不曾告辞，
驻足在山道旁，我暗暗的寻思；
"吐露你的秘密，这不是最好时机？"——
露沾的小草花，仿佛恼我的迟疑。
为什么迟疑，这是最后的时机，
在这山道旁，在这雾茫的朝上？
收集了勇气，向着她我旋转身去：——
但是啊，为什么她这满眼凄惶？

我咽住了我的话，低下了我的头：
火灼与冰激在我的心胸间回荡，
啊，我认识了我的命运，她的忧愁，——
在这浓雾里，在这凄清的道旁！

在那天朝上，在雾茫茫的山道旁，
新生的小蓝花在草丛里睥睨，
我目送她远去，与她从此分离——
在青草间飘拂，她那洁白的裙衣！

东山

我徂东山，慆慆不归。
我来自东，零雨其濛。
我东曰归，我心西悲。
制彼裳衣，勿士行枚。
蜎蜎者蠋，烝在桑野。
敦彼独宿，亦在车下。
我徂东山，慆慆不归。
我来自东，零雨其濛。
果臝之实，亦施于宇。
伊威在室，蠨蛸在户。
町畽鹿场，熠耀宵行。
不可畏也，伊可怀也。
我徂东山，慆慆不归。
我来自东，零雨其濛。
鹳鸣于垤，妇叹于室。
洒扫穹窒，我征聿至。
有敦瓜苦，烝在栗薪。
自我不见，于今三年。

我徂东山，慆慆不归。
我来自东，零雨其濛。
仓庚于飞，熠耀其羽。
之子于归，皇驳其马。
亲结其缡，九十其仪。
其新孔嘉，其旧如之何？

再次,《去吧》与《硕鼠》的对比:

去 吧	硕鼠
去吧,人间,去吧!	硕鼠硕鼠,无食我黍!
我独立在高山的峰上;	三岁贯女,莫我肯顾。
去吧,人间,去吧!	逝将去女,适彼乐土。
我面对着无极的穹苍。	乐土乐土,爰得我所。
去吧,青年,去吧!	硕鼠硕鼠,无食我麦!
与幽谷的香草同埋;	三岁贯女,莫我肯德。
去吧,青年,去吧!	逝将去女,适彼乐国。
悲哀付与暮天的群鸦。	乐国乐国,爰得我直。
去吧,梦乡,去吧!	
我把幻景的玉杯摔破;	硕鼠硕鼠,无食我苗!
去吧,梦乡,去吧!	三岁贯女,莫我肯劳。
我笑受山风与海涛之贺。	逝将去女,适彼乐郊。
去吧,种种,去吧!	乐郊乐郊,谁之永号?
当前有插天的高峰;	
去吧,一切,去吧!	
当前有无穷的无穷!	

最后,《为要寻一个明星》与《黍离》的对比:

为要寻一个明星	黍离
我骑着一匹拐腿的瞎马,向着黑夜里加鞭;——向着黑夜里加鞭,我跨着一匹拐腿的瞎马! 我冲入这黑绵绵的昏夜,为要寻一颗明星;——为要寻一颗明星,我冲入这黑茫茫的荒野。 累坏了,累坏了我胯下的牲口,那明星还不出现;——那明星还不出现,累坏了,累坏了马鞍上的身手。 这回天上透出了水晶似的光明,荒野里倒着一只牲口,黑夜里躺着一具尸首。——这回天上透出了水晶似的光明!	彼黍离离,彼稷之苗。行迈靡靡,中心摇摇。知我者,谓我心忧;不知我者,谓我何求。悠悠苍天,此何人哉? 彼黍离离,彼稷之穗。行迈靡靡,中心如醉。知我者,谓我心忧;不知我者,谓我何求。悠悠苍天,此何人哉? 彼黍离离,彼稷之实。行迈靡靡,中心如噎。知我者,谓我心忧;不知我者,谓我何求。悠悠苍天,此何人哉?

从以上所引徐志摩诗歌和《诗经》中的诗对比,我们就可以看出二者是何其相像。无论在节式、韵式还是在句式上,都具有极其相似的特点。大体上说即徐诗和《诗经》一样的章句整齐、重章叠韵、重

章复沓、重章叠韵，具有低回往复、缠绵悱恻、哀而不怨、一唱三叹的韵律美感。古代诗的一节称为一章，故重章即是重节。

先说节式。具体说，《诗经》一般每诗三、四节或五、六节不等，但一般以每诗三、四节为主，五、六节不多，最多一般不超过六节，这尤以其中风、雅为典型。雅、颂后期，稍为铺张，因此节式有增多之现象，并且节式之间互相重复，形成重章、复沓的特点。《诗经》的节式一般一节两句、三句或四句，也有五句到六句者，这尤其以风、雅前期为典型，雅、颂后期，则句数有增多现象，并且句式之间互相重复，形成重章叠句之特点。这在我们所引诗句中均可看出。而徐志摩诗在节式方面的特点，恰好与之相似。

次说句式。上面说《诗经》的句式之间互相重复，形成叠句是它的第一个句式特点。第二个句式特点就是句式短小、整齐，基本上以四言句式为主，兼有五、六言等。这从我们所引诗句中均可看出。《诗经》句式的第三个特点是两两出现，组成奇偶句。也就是，一句诗即一行诗，由两个小句子或称单句组成，第一小句为奇数句，第二小句为偶数句。如前文《蒹葭》《东山》《硕鼠》均是每一行两句，句子两两出现，构成奇偶句式。这和新诗句式特点不太相同，新诗一般习惯上一句就是一行。当然，新诗句式十分复杂，还有其他如跨行等现象，一句一行只是最常见的形式。但《诗经》这种奇偶句式的特点风格依然保留在新诗里，如徐志摩的《在那山道旁》体现的稍为典型。其他的诗中个别处也有。如第一首诗中"她的温存，我的迷醉"。但在叠句和句式整齐方面，徐诗和《诗经》十分类似。

再说韵式。我们这里所说的韵式主要包括韵出现的位置和押韵的方式两大方面。

韵一般分句首韵、句中韵及句尾韵。句首韵又称首韵；句中韵又称叠韵，即句内相邻两字相互押韵；句尾韵又称尾韵。我们俗称的押韵通常都是指押尾韵，这是传统意义上韵的分法。其实我们前面在关于韵律的产生处，说过音顿也是一种句中韵，因此它应当包括在韵律里面，韵的含义应当扩大的，由于它在句子中间出现的频率较高，因此它应当包括在句中韵里面。所以句中韵应当既包括叠韵，又包括音顿，并且应当以音顿为主。

在一首完美的诗歌中，应当既有句首韵，又有句中韵和句尾韵。《诗经》作为最早的诗歌，已经向人们显示了韵的这种特点，它对后世的诗歌在韵的方面具有示范意义。后世诗歌声韵方面的规定和要求都依此而来，所以诗的韵就应当包括这三个要素，只是在后来的发展过程中逐渐缺失，从注重句中音顿和句尾押韵的律诗，发展到只侧重于句中音顿的白话自由诗。

我们看最早的《诗经》中的诗，我们上面所引的几篇确实上述韵的三种要素都包括。

首先，我们来看句首韵。句首韵主要体现为双声或是干脆同一词语的重复出现。如"蒹葭""硕鼠"为双声，且二者不断在每句开头反复出现又构成复沓。徐志摩的上述诗或说整个新诗都倾向于同一句首词语的重复出现。如"轻轻的我走了"中的"轻轻"，"悄悄的，我来了"中的"悄悄"（《再别康桥》），其实这是一种特殊意义上的"双声"即不仅双声同时叠韵，这就构成了重复性质的复沓。其实，如上面所引《诗经》中的诗，经常是整个首句不断在每节形成重复构成重章叠韵之特点，或者个别语词做微小的变动。前者如我们所引的《东山》中的首句"我徂东山，慆慆不归"，徐志摩的《我不知道风是在哪一个方向吹》中的首句"我不知道风是在哪一个方向吹"；后者如《蒹葭》《硕鼠》与《黍离》中每行的首句，徐志摩《去吧》每行的首句。这样，这种重章复沓、重章叠韵，就把整个句首韵、句中韵、句尾韵都包括在一起，连在一起了。

其次，我们来看看句中韵，即句内相连相押而成之韵和音顿。由于《诗经》以四言句式为主，并且一句之中只有两个双音顿，因此谈不上句中叠韵。如果勉强以一对奇偶为一大句的话，那么个别诗句中确实有叠韵出现，如上面所引《东山》中的"蒙蒙""茫茫""窥觑""睥睨"。而句中音顿的特点是无论《诗经》和一切古诗，还是一切新诗一直都存在的，并且《诗经》的句中音顿非常有特点有规律，即两字一顿，两音顿或称双音顿构成一句，兼有三音顿。其每句基本上是双音顿的反复构成，当然也有单音顿或其他音顿，但不是《诗经》中音顿情况的主流。而新诗基本上是三、四音顿乃至四、五音顿或其他音顿。这里仅以所举徐志摩第一首和《蒹葭》为例，如文中所示。

最后，我们看句尾韵。《诗经》一般句尾都押韵。只是押韵的方式不同。作为最早的诗歌《诗经》体现了丰富的、多种多样的押韵方式，如隔句韵、排韵、交韵、随韵、抱韵、换韵、阴韵（又称多字韵）等。但以隔句韵和交韵为主，而交韵又是便于表达缠绵悱恻之情感。《诗经》押韵的方式还有一个重要而突出的特点，即在同一首诗中常将上述几种押韵方式灵活交互、穿插在不同诗节乃至诗句中。也就是，在同一首诗中既有隔句韵，又有排韵、交韵、抱韵、阴韵，同时又出现换韵的情形，或者以某几种押韵方式为主体，穿插其他方式，但通常是以隔句韵和交韵为主。这在我们上面所举的《蒹葭》《东山》《硕鼠》与《黍离》中均可看出这个特点，只需耐心阅读就会发现。

应该说《诗经》这些押韵方式特点都被后世诗歌继承下来，但新诗通常以某一种押韵方式为主，如隔句韵。我们看徐志摩的上面这首《我不知道风是在哪一个方向吹》押的就是典型的隔句韵，即十三辙的"灰堆"韵，北京韵系的"ei（uei）"韵，《中华新韵》的"微"韵。在他的《去吧》和《为要寻一个明星》两诗中，前者体现了隔句韵兼有交韵的特点，后者则是典型的抱韵。

综上可见，作为白话新诗代表的徐志摩的诗，不仅证明了白话诗确实像第一轮口语型文学时代的《诗经》一样具有韵律，而且在整个"重章复沓、重章叠句、重章叠韵、章句整齐、音节低回往复、哀而不怨、缠绵悱恻、一唱三叹"的《诗经》所特有的韵律风格和种种押韵方式上，经过我们细致的比较、观察之后，我们发现二者几乎如出一辙，简直存在着惊人的相似性。除了语言在经历了长达两千年文字型文学，产生了微小的变化外（如古字多为单音字，白话多为双音词），历史就这样存在着一种惊人的相似性，难道这会是一种巧合吗？

也许有人会说莫非这是徐志摩刻意模仿《诗经》韵律风格的结果。可是我们在查阅了有关徐志摩的种种资料包括他的传记在内，并没有发现他在这方面有意乃至刻意为之的证明。虽然他后来曾尝试种种体制的输入和试验，但那多半是外国诗体，其虽偶尔也注意过"劳动号子"，但并没专门刻意模仿过《诗经》。事实上正如他在《猛虎集·序》中所说，他自己的写诗，那是再没有意外的事了。他查过他的家谱，从永乐以来他们家里没有写过一行可供传诵的诗句。在他二十四岁以前，诗，无论新旧，于他完全没有干系。他那时对诗的兴味，远不如对于相对论或民约论的兴味。可是在遭遇爱的激情袭击之下，使他的语言像匹脱缰的野马自然而然地倾向于分行的抒写，出现了韵律，化为诗，使他意外的成了诗人。这也从另一个角度证明了诗是最自然、最天真的语言，只要在最真实的激情力量的作用下，语言自然会在自我运动、自我歌唱、自我表现、自我言说中出现韵律，踏上如歌的旅程。韵律是一种自然发生的行为和结果，这是语言的客观规律导致的自然现象。

对于徐志摩诗在节式、句式、韵式方面与《诗经》存在的一致或相似性，卞之琳曾做过表述。他在《徐志摩诗重读志感》中说：

他的短诗就不是一个模式。那里的节式就有多样而大体整齐，那里的脚韵也有多样，还有交错押韵的，说是来自欧西，其实我国《诗经》和《花间集》就有甚至还有押"阴韵"这个好像完全是外来的，其实也是从《诗经》到现代民歌都有的玩意儿。再有叠句或变体的叠句，也不是歌曲里才有，外国诗里才有，看看《诗经》里有没有？难道我们写新诗用这一套就是浪费吗？精炼，并不在于避免这种重复。节奏也就是一定间隔里的某种重复。[1]

卞之琳这段话是对徐诗在韵律风格上与《诗经》相似性的最好证明。在另一种意义上，我们也可以说卞之琳有着不同寻常的艺术敏感。

事实上，抛却了徐志摩个人诗歌和第一轮口语型文学时代《诗经》韵律风格的种种相似性外，我们会发现无论古诗、新诗，还是外国诗歌，像英美诗歌，如拜伦的 *She Walks in the Beauty*（《她走在美的光彩中》），苏格兰诗人罗伯特·彭斯的那首名垂千古的 *A Red , Red Rose*（《一朵红红的玫瑰》）以及爱尔兰诗人叶芝的 *When You are Old*（《当你老了的时候》），在韵律风格上均存在和《诗经》韵律风格上的一致性和相似性。让我们具体看看上面三首英美诗歌的具体韵律情况。

首先，释伦的《她走在美的光彩中》：

---

[1] 卞之琳：《人与诗：忆旧说新》，生活·读书·新知三联书店1984年版，第27页。

She Walks in Beauty	她走在美的光彩中
x a | x a | x a | x a	
She walks in beauty, like the night	她走在美的光彩中，象夜晚
x a | x a | x a | x a	
Of cloudless climes and starry skies;	皎洁无云而且繁星漫天；
x a | x a | x a | x a	
And all that's best of dark and bright	明与暗的最美妙的色泽
x a | x a | x a | x a	
Meet in her aspect and her eyes;	在她的仪容和秋波里呈现：
x a | x a | x a | x a	
Thus mellow'd to that tender light	耀目的白天只嫌光太强，
x a | x a | x a | x a	
Which heaven to gaudy day denies.	它比那光亮柔和而幽暗。
x a | x a | x a | x a	
One shade the more, one ray the less,	增加或减少一份明与暗
x a | x a | x a | x a	
Had half impair'd the nameless grace	就会损害这难言的美。
x a | x a | x a | x a	
Which waves in every raven tress,	美波动在她乌黑的发上，
x a | x a | x a | x a	
Or softly lightens o'er her face;	或者散布淡淡的光辉
x a | x a | x a | x a	
Where thoughts serenely sweet express	在那脸庞，恬静的思绪
x a | x a | x a | x a	
How pure, how dear their dwelling–place.	指明它的来处纯洁而珍贵。

x a ǀ x a ǀ x a ǀ x a And on that cheek, and o'er that brow, x a ǀ x a ǀ x a ǀ x a So soft, so calm, yet eloqu<u>ent</u>, x a ǀ x a ǀ x a ǀ x a The smiles that win, the tints that gl<u>ow</u>, x a ǀ x a ǀ x a ǀ x a But tell of days in goodness sp<u>ent</u>, x a ǀ x a ǀ x a ǀ x a A mind at peace with all bel<u>ow</u>, x a ǀ x a ǀ x a ǀ x a A heart whose love is innoc<u>ent</u>! 　　　　—Byron (1788—1824)	啊，那额际，那鲜艳的面颊， 如此温和，平静，而又脉脉含情， 那迷人的微笑，那容颜的光彩， 都在说明一个善良的生命： 她的头脑安于世间的一切， 她的心充溢着真纯的爱情！ 　　　——拜伦（查良铮 译）①

其次，苏格兰诗人罗伯特·彭斯的那首著名的爱情诗《一朵红红的玫瑰》：

---

① 转引自王力：《汉语诗律学增订本》，上海教育出版社出版1979年版，第854—855页，以上关于重、轻音形成的音步节奏划分和字母表示法均用王力的标分法，用 a 表示重音，x 表示轻音。但尾韵是由作者自己用横线标明的。

A Red, Red Rose Robert Burns O my l**u**ve /is like /a red, /red rose, That's /newly sprung/ in J**u**ne; O my l**u**ve/is like /the melodie That's/sweetly played/ in t**u**ne. As fair /thou art, my bonie /lass, So deep /in luve /am **I**; And I will/ luve thee still, / my dear, Till a' /the seas/ gang dr**y**. Till a' /the seas/ gang dry, / my d**e**ar, And the rocks /melt wi' /the s**u**n; And I will luve /thee still , / my dear, While the sands/ o' life/ shall r**u**n. And fare /thee weel, /my only /l**u**ve, And fare /thee weel/ a whi**le**; And I will /come again, / my l**u**ve, Tho'it wre /ten thousand mi**le**!	一朵红红的玫瑰 罗伯特·彭斯 啊！我爱人象红红的玫瑰， 在六月里苞放； 啊，我爱人象一支乐曲， 乐声美妙、悠扬。 你那么美，漂亮的姑娘， 我爱你那么深切； 我会永远爱你，亲爱的， 一直到四海涸竭。 直到四海涸竭，亲爱的， 直到太阳把岩石消熔！ 我会永远爱你，亲爱的， 只要生命无穷。 再见吧，我唯一的爱人， 再见以，小别片刻！ 我会回来的，我的爱人， 即使万里相隔！

（以上只以斜线标出音顿，而首韵、尾韵以黑体及下划线标示）

从以上两首英文诗歌来看也鲜明地体现了音步即音顿节奏的整齐划一和韵律的首尾相应，回环再现，富有强烈的节奏感和韵律美。

再者，爱尔兰著名诗人叶芝的《当你老了》：

When You are Old	当你老了
W. B. Yeats	W·B·叶芝　袁可嘉译
When you are old and gray and full of sleep	当你老了，头白了，睡思昏沉，
And nodding by the fire, take down this book,	炉火旁打盹，请取下这部诗歌，
And slowly read, and dream of the soft look	慢慢读，回想你过去眼神的柔和，
Your eyes had once, and of their shadows deep;	回想它们过去的浓重的阴影；
How many loved your moments of glad grace,	多少人爱你年轻欢畅的时辰，
And loved your beauty with love false or true;	爱慕你的美丽、假意或真心，
But one man loved the pilgrim soul in you,	只有一个人爱你那朝圣者的灵魂，
And loved the sorrows of your changing face;	爱你衰老了的脸上的痛苦的皱纹；
And bending down beside the glowing bars,	垂下头来，在红光闪耀的炉子旁，
Murmur, a little sadly, how love fled	凄然地轻轻诉说那爱情的消逝，
And paced upon the mountains overhead,	在头顶的山上它缓缓踱着步子，
And hid his face amid a crowd of stars.	在一群星星中间隐藏着脸庞。①

---

① 顾飞荣主编：《浪漫英语诗歌》，安徽科学技术出版社2002年版。

第六章　中国现代白话新诗的韵律：挣脱文字梦魇后的舞蹈与歌唱

从以上所举的三首英美诗歌中，我们可以看出它们的共同的韵律特征，即都是押尾韵，句中相同音步（音顿）有规律地反复出现，并且在不同程度上体现出首韵的叠句复沓特征。但三首诗歌的韵式却各有特点，如文中所示：第一首 *She Walks in the Beauty* 是典型的交韵（ABAB）；第二首 *A Red Red Rose* 是典型的隔句韵（ABCB），同时兼有交韵特征（ABAB）（如三、四节）；第三首 *When You are Old* 则是典型的抱韵（ABBA）。如果用典型的英美韵式分析方法，则第一首诗是典型的双交韵式，第二首是单交与双交结合的韵式，第三首是以抱韵为主，间有杂韵特征。

从以上三首英美诗歌韵律的分析中，我们可以看出，它们的韵律风格特征均存在和《诗经》韵律风格的相似性和一致性，因而也必然体现出和徐志摩诗歌韵律风格的一致性。

诗作为一种人类古老而共同的艺术，当然要具有共同的艺术韵律风格特征，而绝不会专属某一个人。个人的艺术风格特征只能是共性、普遍性在个人个性艺术风格特征中的具体体现。我们可以说，诗的历史，就是语言的历史，就是人类的历史。诗和人类的历史一样久远。同样，诗的起源，就是语言的起源，就是人类的起源。因此，诗就是语言的故乡，是人类的故乡，是人类情感的家园。

实际上，徐志摩虽没有刻意学习模仿过《诗经》，但或许他在小时所受的中国传统文化教育中接触过《诗经》。即使没有上述这种可能，但《诗经》的艺术韵律风格也会以集体无意识的方式以原型的力量深深镌刻在他的心里，而当人类最初的"典型情境"（荣格语）再现时，即遭遇激情的袭击时，他的语言会自然而似乎令他意外的倾向分行的抒写，出现了韵律，形成了诗。这是一种无意识的力量的结果，更何况他后来还有意识从外国诗歌的输入中进行种种体制的试验、模仿和学习。外国诗歌（主要是英美诗歌），上述所说是人类共同诗歌艺术之一种，必然具备和《诗经》相似一致的艺术韵律风格特点。事实上还有一种可能是，他在注意"劳动号子"的过程中，他由此间接地接触、学习了《诗经》的韵律风格。因为"劳动号子"和《诗经》同属民歌，均来自民间。看徐志摩模仿"劳动号子"写成的《庐山石工歌》（发表于 1925 年 4 月 13 日的《晨报副镌》上）：

一

唉浩！唉浩！唉浩！

唉浩！唉浩！

我们起早，唉浩！

看东方晓，唉浩！东方晓！

唉浩！唉浩！

鄱阳湖低！唉浩！庐山高！

唉浩！庐山高；唉浩！庐山高；

唉浩！庐山高！

唉浩！唉浩！唉浩！

唉浩！唉浩！

二

唉浩！唉浩！唉浩！

唉浩！唉浩！

我们早起，唉浩！

看白云低，浩唉！白云飞！

唉浩！唉浩！

天气好，浩唉！上山去；

浩唉！上山去；浩唉！上山去；

浩唉！上山去；
浩唉！浩唉……浩唉！
浩唉！浩唉！

三
浩唉！浩唉！浩唉！
浩唉！浩唉！浩唉！
浩唉！浩唉！浩唉！
浩唉！浩唉！浩唉！
太阳好，浩唉，太阳焦，
赛如火烧，浩唉！
大风起，浩唉，白云铺地；
当心脚底，浩唉；
浩唉，电闪飞，浩唉，大雨暴；
天昏，浩唉，地黑，浩唉！
天雷到，浩唉，天雷到！
浩唉，鄱阳湖低；浩唉，五老峰高！
浩唉！上山去；浩唉！上山去；
浩唉！上山去！
浩唉！浩唉！浩唉！
浩唉！浩唉！浩唉！
浩唉！浩唉！浩唉！

关于这首诗，徐志摩在《致刘勉己函》中说：

我想加上几句注解。庐山牯岭一带造屋是用本山石的，开山的石工大都是湖北人,他们在山坳间结茅住家,早晚做工,赚钱有限,仅够粗饱,但他们的精神却并不颓丧(这是中国人的好处)。我那时住在小天池,正对鄱阳湖,每天早上太阳不曾驱净雾气,天地还只暗沉沉的时候,石工们已经开始工作,浩唉的声音从邻近的山上度过来,听了别有一种悲凉的情调。天快黑的时候,这浩唉的声音也特别的动人。我与歆海住庐山一个半月,差不多每天都听着那石工的喊声,一时缓,一时急,一时断,一时续,一时高,一时底,尤其是在浓雾凄迷的早晚,这悠扬的音调在山谷里震荡着,格外使人感动,那是痛苦人间的呼吁,还是你听着自己灵魂里的悲声?Chalipin(俄国著名歌者)有一支歌,叫作《鄂尔加河上的舟人歌》(*Volga Boatmen's Song*)是用回返重复的低音,仿佛鄂尔加河沉着的涛声,表现俄国民族伟大沉默的悲哀。我当时听了庐山石工的叫声,就想起他的音乐,这三段石工歌便是从那个经验里化成的。我不懂得音乐,制歌不敢自信,但那浩唉的声调至今还在我灵府里动荡,我只盼望将来有音乐家能利用那样天然的音籁谱出我们汉族血赤的心![1]

所以无论从哪方面讲,徐志摩诗歌存在和《诗经》艺术韵律风格上的惊人的一致和相似都不是偶然的,而是一种必然的结果。不是只属于他个人的个性化现象。

二、个案分析之二:闻一多诗歌的韵律

那么其他白话新诗人的诗歌韵律风格上是否存在上述和《诗经》

---

[1] 顾永棣编:《徐志摩诗全编》,浙江文艺出版社1987年版,第183—186页。

韵律风格上的一致性呢？下面以闻一多的这首《忘掉她》为例：

忘掉她，象一朵／忘掉的花——
那朝霞／在花瓣上，
那花心的／一缕香，
忘掉她，象一朵／忘掉的花！

忘掉她，象一朵忘掉的花！
象春风里一出梦，
象梦里的一声钟，
忘掉她，象一朵忘掉的花！

忘掉她，象一朵忘掉的花！
听蟋蟀唱得多好，
看墓草长得多高；
忘掉她，象一朵忘掉的花！

忘掉她，象一朵忘掉的花！
她已经忘记了你，
她什么都记不起；
忘掉她，象一朵忘掉的花！

忘掉她，象一朵忘掉的花！
年华那朋友真好，
他明天就教你老；

忘掉她,象一朵忘掉的花!

忘掉她,象一朵忘掉的花!
如果是有人要问,
就说没有那个人;
忘掉她,象一朵忘掉的花!

忘掉她,象一朵忘掉的花!
象春风里一出梦,
象梦里的一声钟,
忘掉她,象一朵忘掉的花!

这首诗同样具备上述《诗经》的章句整齐、重章叠韵、重章复沓、重章叠韵,具有低回往复、缠绵悱恻、哀而不怨、一唱三叹的韵律美感。而且每节首句和尾句都有奇偶句式特点。排韵、交韵、抱韵、换韵等几种押韵方式都运用在一首诗中,这在新诗是很少见的。如他诗中第一节押韵的方式是 AaaA 式,第二节是 AbbA 式,第三节又是 AaaA 式,第四节是 AbbA 式,第五节又是 AaaA 式,第六节又是 AbbA 式,第七节又是和首节一样的 AaaA 式。这样我们每节首末句均相同,构成整句重复的 A 式,也即每节诗行首末句均以"忘掉她,象一朵忘掉的花"开始或结束。这就形成叠句,同时也形成典型的抱韵特征,形成日尔蒙斯基所说的"圆周句"。① 符合了人的"完形心理",给人造成一种完美的心理艺术感觉。同时句中基本上是三、四音顿的反复,

---

① [俄]维克托·什克洛夫斯基:《俄国形式主义文论选》,方珊译,生活·读书·新知三联书店 1989 年版,第 265 页。

如在诗中第一节所标示的那样。如果仔细阅读品味,还会发现其中存在较明显的由声音平仄和调质抑扬构成的"重轻律"来暗示诗情之起伏。但这是细微之处,不易觉察。

事实上闻一多的其他诗歌也都在不同程度上存在上述特点,如《红烛》《太阳吟》《也许》《泪雨》《死水》等,这里不再一一赘述。

三、个案分析之三:戴望舒诗歌的韵律

再来看另一位著名诗人戴望舒的诗《烦忧》:

说是/寂寞的/秋的/清愁,
说是/辽远的/海的/相思。
假如/有人/问我的/烦忧,
我不敢/说出/你的/名字。

我不敢说出你的名字,
假如有人问我的烦忧。
说是辽远的海的相思,
说是寂寞的秋的清愁。

戴望舒的这首《烦忧》在韵律与诗情的契合上达到了炉火纯青、浑然天成的艺术境地。这可能是他经历了艺术上打磨、锤炼之后,无意中"妙手偶得之"(陆游语)的神来之作,与其成名作《雨巷》相比,更显得天工般天真自然而无雕琢之痕。以下我们从理论上对其具体的加以分析说明。

首先,这首诗的头两句首韵"说是"属于双声,并且在第一节第

一、二首句和第二节三、四句中的首句重复出现，构成复沓。另外，第一节第三句，也是第二节第二句中的"人问"构成句中叠韵，即十三辙的"人辰"辙，北京韵系的"en"韵，《中华新韵》的"痕"韵。第一节第一句"说是寂寞的秋的清愁"中"秋的清愁"里，如果将助词"的"读为轻声，读得很快一带而过的话，那么"秋"和"清"阅读时就构成句中双声的效果。如果马上实践阅读操作一下，这种句中双声效果就会立刻显现。这种句中叠韵和句中双声的特点是上面闻一多那一首《忘掉她》同样具备的。如闻一多《忘掉她》中的"忘掉她，象一朵忘掉的花"中的"掉她"与"掉的花"可解为句中叠韵。"掉的花"中助词"的"轻声亦可略之连续即达到叠韵效果，但句中"朵"与"掉"虽属双声，"她"与"花"虽同韵，却因中间隔实字而无法达到阅读上双声叠韵效果，犯了刘勰在《文心雕龙·声律篇》中所说的"双声隔字而每舛，叠韵杂句而必睽"的毛病。故在这一点上读起来不如戴望舒的诗美。

在句中音顿节奏上，是整齐的二三、二二和二二、三二音顿的有规律的重复，如第一节斜线所标示，在押韵方式上属于 ABAB 式和 BABA 式的交韵。他的尾韵是十三辙的"一七"辙和"油条"辙，在调质上与诗题"烦忧"所暗示的情调相一致。从另一方面看，第二节是第一节的反向重复即 BABA 与 ABAB 式反向重复、紧密相连，从整体上看又构成三重抱韵形式环环相抱，这样就在这种环环相抱所构成的重章复沓、重章叠韵、重章叠句、低回往复、哀而不怨的一唱三叹中，传达出诗标题《烦忧》所暗示出的剪不断，理还乱；不招自来，挥之不去；才下眉头，却上心头；无所从来，亦无所从去的无端烦恼、莫名忧愁之情绪，在韵律与诗情的契合上简直达到了物我相融、形神毕肖的艺术境地，把《诗经》上的韵律风格特点几乎发挥到了极致。具体三重抱韵形式图解如下（见图3）：

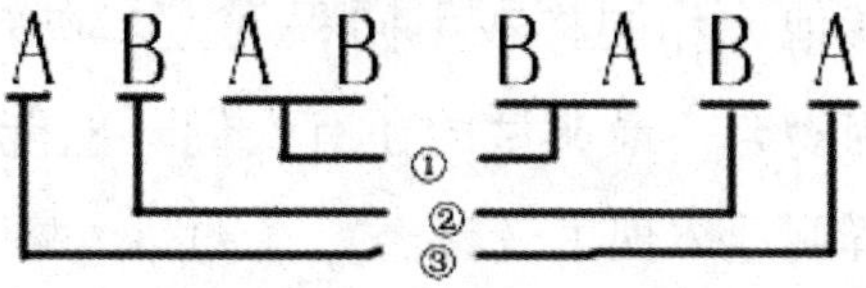

第六章　中国现代白话新诗的韵律：挣脱文字梦魇后的舞蹈与歌唱

```
A B A B   B A B A
└─┬─┘ ①
 └──┬──┘ ②
   └───┬───┘ ③
```

图 3　三重抱韵形式图解

　　戴望舒的这首《烦忧》由于在音节、韵律风格上具有和《诗经》的音节韵律风格极为相似之特点，并加以强化和发挥，因而读起来自然感觉优美异常。如果不加以上述理论分析，似乎不知其所以然且觉得莫名其妙。

　　朱光潜在《给一位写新诗的青年朋友》中说："我鉴别英文诗的好坏有一个很奇怪的标准，一首诗到了手，我不求甚解，先把它朗诵一遍，看它读起来是否有一种与众不同的声音节奏。如果音节很坚实饱满，我断定它后面一定有点有价值的东西；如果音节空洞零乱，我断定作者胸中原来也就很空洞零乱。"① 此言极是。看来有时直觉的感悟就是一种诗性的智慧，背后必可以找到理论的证明。戴望舒的《烦忧》就是最好的例证。

　　同时由上述徐志摩、闻一多、戴望舒的诗歌和《诗经》以及前面所举的英美诗歌的分析中，可以看出，不仅是英文诗，以其与众不同的声音节奏和坚实饱满的音节为鉴定其有无价值的标准。所有古今中外优秀诗歌，我们可以说，都可以以其为鉴定有无价值的标准。因为声情一向是并茂的，诗是专门用声音表现情感的艺术。如我们前面所说，诗是一种听觉的艺术。正如朱光潜说的："诗咏叹情趣，必须从声音节奏上表现出来。"②

---

① 朱光潜：《诗论》，生活·读书·新知三联书店 1984 年版，第 282 页。
② 朱光潜：《诗论》，生活·读书·新知三联书店 1984 年版，第 281 页。

戴望舒还有其他诗作同样在不同程度上,在韵律风格上与《诗经》的韵律风格相吻合,最典型的还有人们耳熟能详的《雨巷》。这首《雨巷》同样鲜明地体现了《诗经》在韵律风格上的特点:

撑着油纸伞,独自
彷徨在悠长,悠长
又寂寥的雨巷,
我希望逢着一个丁香一样地
结着愁怨的姑娘。

她是有丁香一样的颜色,
丁香一样的芬芳,
丁香一样的忧愁,
在雨中哀怨,哀怨又彷徨;

她彷徨在这寂寥的雨巷,
撑着油纸伞
象我一样,
象我一样地
默默彳亍着,
冷漠、凄清,又惆怅。

她静默地走近
走近,又投出
太息一般的眼光,
她飘过

象梦一般地,
象梦一般地凄婉迷茫。

象梦中飘过一枝丁香地,
我身旁飘过这女郎;
她静默地远了,远了,
到了颓圮的篱墙,
走尽这雨巷。

在雨的哀曲里,
消了她的颜色,
散了她的芬芳,
消散了,甚至她的太息般的眼光,
丁香般的惆怅。

撑着油纸伞,
独自 彷徨在悠长,
悠长 又寂寥的雨巷,
我希望飘过一个丁香一样地
结着愁怨的姑娘。

  我们看戴望舒的这首《雨巷》在韵律风格上同样体现了《诗经》的韵律风格特点,即重章叠句,重章复沓,章句整齐,音节低回往复,去而复返。诗歌传达出缠绵悱恻、哀而不怨、余悲不断、一唱三叹之美,典型地体现了《诗经》的韵律风格特征。但这首诗除了在整体上具有与《诗经》一样的重章复沓、重章叠句、章句整齐的韵律风格以外,在具体的押韵方式上有自己独到、鲜明的特点。

首先,这首诗虽然由七小节组成,但全诗却一韵到底,中间没有出现换韵情形。这样全诗音节单一而密集,并且叠句和复沓的程度很高,反复性很强,如诗的最后一节就是对整个第一节的重复。这样便于集中地传达诗人所强调的单一而又纯粹的缠绵悱恻的哀怨忧伤之情。如全诗从头到尾押的都是"江阳韵",恰如标题"雨巷"所示,如"彷徨、悠长、姑娘、丁香、芬芳、惆怅、迷茫、眼光、篱墙"等在调质上传达出与标题《雨巷》一致的情绪。这是它与前一首《烦忧》不同的地方。

其次,这首诗除了注意押尾韵外,还有一个鲜明的特点,是注重句中押韵,如"彷徨在悠长,悠长又寂寥的雨巷"中的"彷徨""悠长""雨巷"互为押韵,"我希望逢着一个丁香一样地结着愁怨的姑娘"中的"希望""丁香"和"姑娘"相押。这首诗还具有不同于传统诗歌而近于西方现代诗歌的一个特点,就是跨行。但巧妙的是,跨行并没有影响押韵。如该诗的第一节所示,跨行恰跨于句中押韵处,如"悠长"与"雨巷","丁香"与"姑娘"。这样就具有了行断韵不断,意断情相连的特殊音韵效果,是其他一般诗歌在音韵效果上无法企及的。另外,它跨行的巧妙还体现在突出了句中相押的音节,通过跨行、断句把句中相押的音节放在具有特定意义的醒目位置,即一行的行首、行中、行尾,如第一节将"彷徨"置于第一节第二行的行首两个"悠长"分别置于行中与行尾。这样阅读起来,在一行之中就收到了句首韵、句中韵、句尾韵的相押的音韵效果,同时"彷徨"又属于典型的双声叠韵。这样就更增加了它音韵上的缠绵悱恻效果。

再次,这首诗在押韵上还很注意双声的运用,如"彳亍""芬芳""凄清""惆怅""迷茫"。这样就将《诗经》的用韵方式几乎包揽一体,并加以强化和突出,达到无以复加的程度,同时又将西方现代诗歌的跨节艺术巧妙的揉于其中,熔古今中外韵律诗诗艺于一炉,在音乐效果上达到了极致的境地,成为"为新诗的音节开了一个新纪元"(叶圣陶语)的经典之作。

另外看其很典型的具备上述《诗经》韵律风格特点的诗还有《寻梦者》:

> 梦会开出花来的,
> 梦会开出娇妍的花来的:
> 去求无价的珍宝吧。
>
> 在青色的大海里,
> 在青色的大海的底里,
> 深藏着金色的贝一枚。
>
> 你去攀九年的冰山吧,
> 你去航九年的旱海吧,
> 然后你逢到那金色的贝。
>
> 它有天上的云雨声,
> 它有海上的风涛声,
> 它会使你的心沉醉。
>
> 把它在海水里养九年,
> 把它在天水里养九年,
> 然后,它在一个暗夜里开绽了。

当你鬓发斑斑了的时候,
当你眼睛朦胧了的时候,
金色的贝吐出桃色的珠。

把桃色的珠放在你怀里,
把桃色的珠放在你枕边,
于是一个梦静静地升上来了。

你的梦开出花来了,
你的梦开出娇妍的花来了,
在你已衰老了的时候。

关于它的韵律风格特点如何,是否和《诗经》韵律风格一致或相似,读者可在阅读中自然一目了然,无须再赘述。

四、个案分析之四:朱湘诗歌的韵律特征

还有一位诗人的诗也鲜明体现了《诗经》韵律风格上的特点,这就是朱湘,看他的《昭君出塞》:

琵琶呀,伴我的/琵琶:
趁着如今/人马/不喧哗,
只听得/啼声/得得,
我想/凭着/切肤的/指甲
弹出/心里的/嗟呀。

琵琶呀，伴我的琵琶：
这儿没有青草发新芽，
也没有花枝低桠；
在敕勒川前，燕支山下，
只有冰树结琼花。
琵琶呀，伴我的琵琶：
我不敢瞧落日照平沙，
雁飞过暮云之下，
不能为我传达一句话
到烟霭外的人家。

琵琶呀，伴我的琵琶：
记得当初被选入京华，
常对着南天悲咤，
那知道如今去朝远嫁，
望昭阳又是天涯。

琵琶呀，伴我的琵琶：
你瞧太阳落下了平沙，
夜风在荒野上发，
与一片马嘶声相应答，
远方响动了胡笳。

我们可以看出这首诗每节首句首韵属双声即"琵琶"，句中近句尾处，只有"答答"可算复沓性质的双声叠韵，每节基本上是二音顿兼三音顿的规律的反复。全诗采用的是排韵的押韵方式，押的是十三辙的"发、花"辙,即"a（ia ua）"的北京韵,按《中华新韵》押的是"麻"韵。全诗一韵到底,没有换韵,和《诗经》重章复沓、重章叠句、重章叠韵、章句整齐、低回往复、缠绵悱恻、哀而不怨、一唱三叹之韵律风格非常相像。朱湘其他许多诗歌在不同程度上存在着这种韵律风格特点。他比较著名的一首诗是《采莲曲》,也和《诗经》在音节、意境、韵律上的风格很相像,下面看它与《诗经》一些诗的比较:

采莲曲	芣苢
小船呀轻飘,	
杨柳呀风里颠摇;	
荷叶呀翠盖,	采采芣苢,薄言采之。
荷花呀人样娇娆。	采采芣苢,薄言有之。
日落,	
微波,	采采芣苢,薄言掇之。
金丝闪动过小河。	采采芣苢,薄言捋之。
左行,	
右撑,	采采芣苢,薄言袺之。
莲舟上扬起歌声。	采采芣苢,薄言襭之。

第六章 中国现代白话新诗的韵律：挣脱文字梦魇后的舞蹈与歌唱

菡萏呀半开，
蜂蝶呀不许轻来，
　　绿水呀相伴，
清净呀不染尘埃。
　　溪间
　　采莲，
水珠滑走过荷钱。
　　拍紧，
　　拍轻，
桨声应答着歌声。
　　藕心呀丝长，
羞涩呀水底深藏；
　　不见呀蚕茧，
丝多呀蛹裹中央？
　　溪头
　　采藕，
女郎要采又夷犹。
　　波沉，
　　波升，
波上抑扬着歌声。

汾沮洳

彼汾沮洳，言采其莫。
彼其之子，美无度。
美无度，殊异乎公路。

彼汾一方，言采其桑。
彼其之子，美如英。
美如英，殊异乎公行。

彼汾一曲，言采其藚。
彼其之子，美如玉。
美如玉，殊异乎公族。

椒聊

椒聊之实，蕃衍盈升。
彼其之子，硕大无朋。
椒聊且，远条且。
椒聊之实，蕃衍盈掬。
彼其之子，硕大且笃。
椒聊且，远条且。

莲蓬呀子多；
两岸呀榴树婆娑，
　　喜鹊呀諠噪，
榴花呀落上新罗。
　　溪中
　　采莲，
耳鬓边晕着微红。
　　风定，
　　风生，
风飔荡漾着歌声。

　　升了呀月钩，
明了呀织女牵牛；
　　薄雾呀拂水，
凉风呀飘去莲舟。
　　花芳，
　　衣香，
消溶入一片苍茫；
　　时静，
　　时闻，
虚空里裊着歌音。

野有蔓草

野有蔓草，零露漙兮。
有美一人，清扬婉兮。
邂逅相遇，适我愿兮。

野有蔓草，零露瀼瀼。
有美一人，婉如清扬。
邂逅相遇，与子偕臧。

鹿鸣

呦呦鹿鸣，食野之苹。
我有嘉宾，鼓瑟吹笙。
吹笙鼓簧，承筐是将。
人之好我，示我周行。

呦呦鹿鸣，食野之蒿。
我有嘉宾，德音孔昭。
视民不恌，君子是则是效。
我有旨酒，嘉宾式燕以敖。

呦呦鹿鸣，食野之芩。
我有嘉宾，鼓瑟鼓琴。
鼓瑟鼓琴，和乐且湛。
我有旨酒 以燕乐嘉宾之心。

至此，我们在将朱湘的这首《采莲曲》和《诗经》中相关诗篇相比照后，二者在音节、意境、韵律风格上是否相似，就不言自明了。实际上它们体现的不是哀而不怨的风格，而是在劳作、休息之时的轻快、活泼、和谐、愉悦、欢喜、宁静、优美的另一种风格。这都是通过韵律、音节上选择富有象征性的调质暗示出来的。苏雪林曾指出过，朱湘诗歌在音节、意境、韵律风格上与《诗经》存在的相似性，并对《采莲曲》的音节特点做过如是评述："但观全曲音节宛转抑扬，极尽旦单缓之美，涌之恍如置身莲渚之间：菡萏如火，绿波荡漾，无数妙龄女郎，荡艇于花间，白衣与翠盖红裳相映，之歌声与伊鸦之画桨相间而为节奏。"[①] 读者可在反复阅读、吟诵中仔细玩味，定可发现它们音节、韵律上的特点，它们在句首韵、句中韵（包括音顿节奏）、尾韵上的去而复还、回环复沓之特点。

第三节　新月派诗歌音乐性的综合比较分析：各有千秋

一、在音乐性问题上各有侧重

行文至此，前面谈的诗歌作者都是新月派的诗人，而新月派的诗是最讲究格律的，尤其是闻一多被称为新诗格律形式的专家。上面所举的朱湘被视为最认真地实践了新月派讲究格律形式美学的诗人。而对诗的形式美进行不懈的探索，讲究形式的完整与注重向古典诗歌学习，始终是朱湘在诗歌艺术美学上的一个追求。这在他的两首诗《昭

---

① 转引自骆寒超：《20世纪新诗综论》，学林出版社2001年版，第631页。

君出塞》和《采莲曲》中均可得到证明。事实上，徐志摩、闻一多、朱湘乃至前期戴望舒等新月派成员，在新诗的格律问题上，在关于新诗的音乐性上，都各有侧重。具体说来，闻一多侧重理论上的探讨，徐志摩则侧重新诗音乐性的具体实践。如徐志摩在《猛虎集》（序）中说："一多不仅是最有兴味探讨诗的理论和艺术的一个人……我的笔本来是不受羁勒的一匹野马……我素性的落拓始终不容我追随一多他们在诗的理论方面下过任何细密的功夫。"由此，我们也可以看出徐志摩是一个十分感性的、性情化的诗人。因而他的诗在韵律上显得是那样天真、自然。在自然化程度上要比闻一多高一筹。

卞之琳对徐志摩诗歌的音乐性曾做过独特的评价说：

徐志摩的诗创作一般说来，最大的艺术特色，是富于音乐性（节奏感以至旋律感），又不同于音乐（歌）而基于活的语言，主要是口语（不一定靠土白）。它们既不是直接为了唱的（那还需要经过音乐家谱曲处理），也不是像旧诗一样为了哼的（所谓"吟"的，那也不等于有音乐修养的"徒唱"），也不是为了像演戏一样在舞台上吼的，而是为了用自然的说话调子来念的（比日常说话梢突出节奏的鲜明性）。……徐志摩以他的创作为白话新体诗，在一般读众里，站住脚跟，做出了一份不小的贡献。基本原因就是象他这样运用白话（俚语以至方言）写诗也可以"登大雅之堂"，能显出另有一种基于言语本身的音乐性。

这样基本用白话写诗而能显出这个特点，最关键所在，连徐志摩自己最初也并不意识到，所以说也可谓出于"天籁"。他在较为成熟的初期诗里也还常常套用文言和旧词曲调子以达到音乐性的效果。而那个最关键所在，就是到后来，他也还并没有明确意识到，不像他的侪辈闻一多，饶孟侃、孙大雨（他首先提出

"音组")等,也不像较早以至持续到较后的语言学家兼诗人陆志韦(他主张以"拍"建行)等,认真作过理论与实践的捉摸。这些较早的探讨与试验就是白话新诗格律化的探索。新诗的语言音乐性固然并不系于格律(自由体也可以有语言音乐性),但是新诗不论格律体或自由体,总首先还得有像这种探索所涉及的语言规律性的感觉。

徐志摩的语言感觉力是锐敏的……①

由此可见卞之琳十分精当地概括出了徐志摩诗在音乐性上的特点。至于朱湘和戴望舒也是各有侧重。如果说在新诗格律问题上,闻一多侧重的是理论,徐志摩侧重的是实践,朱湘则是把理论与实践结合起来,把理论运用到实践中去的人。应该说新月派的理论和实践最完美的体现在朱湘的身上、诗里。这在他的上述诗中可得到体现和证明。而戴望舒的情况稍微复杂一些,他不仅接受新月派理论的影响,而且还深受法国象征主义的影响。而法国象征主义又非常注重音乐性,因此戴望舒诗歌中既体现了古典传统诗歌的音乐性,又飘荡着法国象征主义诗歌,那若断若续无限性的音乐的余音,而与其他诗人的诗歌在音乐性上又有着微妙的不同。但在音乐性的总体风格上与其他诗人,与《诗经》的韵律与风格是一致和相似的。

二、理论上的自觉与实践探索中的统一

综上所述,也许有人会问,作为新月派的诗人,他们的诗有的是

---

① 卞之琳:《人与诗:忆旧说新》,生活·读书·新知三联书店1984年版,第33—35页。

经过自为的有意为之，才达到和《诗经》一致或相近的韵律风格。在某种程度上说，这种怀疑是有道理的。在白话诗诞生初期的1920年，北京大学专门成立了歌谣研究会，自觉地向民间歌谣学习，写出了许多近似于《诗经》韵律风格的作品。但是，新月派诗人们和北京大学歌谣研究会的诗人在新诗格律、音乐性问题上的探索和努力，正是对诗歌规律、语言规律的一种自觉的认识，虽然这种探索尚未达到音乐性的自然境地。但是，正是在他们这种自觉性的认识和努力下，语言才从自为的状态过渡到自觉的状态，并在他们的笔下飞跃，歌唱、舞蹈，化为诗，出现韵律，踏上那最初和《诗经》一样的如歌的旅程，一如我们前面所举的例证。

虽然，新月派关于新诗格律的规定最终也是落实在诗的外在形式方面，即节的匀称、句的整齐，以及音尺、平仄、韵脚等具体诗的外在格式方面。但它却和旧诗的格律有着本质的不同，比旧诗的格律向前迈进了一大步。这恰如闻一多在《诗的格律》中说：

> 律诗永远只有一个格式，但是新诗的格式是层出不穷的，这是律诗与新诗不同的第一点。……新诗的格式是相体裁衣的。
> 　律诗的格律与内容不发生关系，新诗的格式是根据内容的精神制造成的，这是它们不同的第二点。律诗的格式是别人替我们定的，新诗的格式可以由我们自己的意匠来随时构造。这是它们不同的第三点。①

由此可见，新月派所说的新诗格律是灵活自由而富于变化的，不

---

① 杨匡汉、刘福春编：《中国现代诗论》上编，花城文艺出版社1985年版，第125—126页。

同于律诗的格律,不再是束缚诗情的桎梏。而是随具体内容不同,因情而定,随情赋形,相体裁衣的大体情感格律形式。它是在情感的自然变化中,见出节的匀称、句的整齐,并在节的匀称、句的整齐中见出格式的和谐,在和谐中见出诗的节奏格律。一切都是因具体的诗情内容而定。这样实际上就扭转了诗歌韵律的性质,使诗韵律从文字型诗歌那种外在人为定型化、千篇一律的律诗模式,转变为相对不定型,而是因情而定,随情赋形的口语型诗歌韵律。这样就进而扭转了新诗的性质,使新诗从文字型诗转变为口语型诗,而与整个"五四"新文学的口语性质相对应。

而人们在最初,对新月派格律的理解却似乎都偏重在外,在节的匀称、句的整齐、音尺、平仄、韵脚等形式方面,而没有顾及闻一多所说的这种外在形式,是由内在具体诗情内容来决定,是与具体的诗情内容相联系的有机整体。这种理解上的偏颇后来由徐志摩做了补正。徐在1926年6月10日的《晨报副刊·诗镌》第11号上的《诗刊放假》中有如是说:

> 我们也感觉到一首诗应分是一个有生机的整体部分的部分相连,部分对全体有比例的一种东西;正如一个人身的秘密是它的血脉的流通,一首诗的秘密也就是它的内含的音节的匀整与流动。……明白了诗的生命是在他的内在的音节(Internal rhythm)的道理,我们才能领会到诗的真的趣味;不论思想怎样高尚,情绪怎样热烈,你得拿来彻底的"音节化"(那就是诗化)才可以取得诗的认识,要不然思想自思想,情绪自情绪却不能说是诗。但这原则却并不在外形上制定某式不是诗;某式才是诗,谁要是拘拘的在行数字句间求字句的整齐,我说他是错了。行数的长短,字句的整齐或不整齐的决定,全得凭你体会到得音节的波动

性……实际上字句间尽你去剪裁个整齐，诗的境界离你还是一样的远着……我们还可以进一步说，正如字句的排列有恃于全诗的音节，音节的本身还得起源于真纯的"诗感"。再拿人身作比，一首诗的字句是身体的外形，音节是血脉，"诗感"或原动的诗意是心脏的跳动，有它才有血脉的流转。

徐志摩在这里所强调的"诗感""诗意"，就是指具体的诗情内容。这可见新月派所强调的格律是依具体诗情而大体设定的格律，是一种情感的格律，即与内在诗情相应的格律。不像旧诗的格律是脱离了具体诗情而千篇一律，是纯然外在的格律。后期新月派诗人陈梦家在《新月派诗选》（序言）中说，"我们不怕格律，格律是圈，它使诗显得更美。形式是感官赏乐的外助。格律在不影响于内容的程度上，我们要它"；"我们不是在造起自己的镣铐，我们是求规范的利用"[①]。这样就把新月派诗韵律的性质说得更明确了。

至此，我们就可以说以新月诗歌为代表的，尤其是以徐志摩为代表的白话新诗，确实符合第一轮口语型文学时代诗歌如《诗经》一样的韵律风格特点。而新月派一直是作为新诗中的格律派出现的，那么抛却了讲究韵律形式的新月派的诗歌以外的，那些所谓的无韵体自由诗将如何解释呢？它们看上去似乎并不具备上述《诗经》的韵律风格。事实上，在新诗的发展过程中，也始终存在着自由诗、无韵诗和格律诗、有韵诗之间的矛盾斗争，并进而导致形式主义和非形式主义之间的矛盾斗争。

---

① 陈梦家：《新月派诗选》，解放军出版社 2000 年版，第 5 页。

第七章

自由诗与韵律

因为自由所以自然，因为自然所以舞蹈和歌唱。

——笔者

第一节 自由诗并非无韵律

一、对韵律要素的重新界定

长期以来，自由诗和韵律诗之间一直存在矛盾。笔者认为，要回答和解决自由诗和韵律诗之间的矛盾问题，关键在于如何理解韵律。所谓的"自由诗"，是否真的就一点儿韵律上的形式化的东西都不存在，自由诗是否真正自由了？完全意义上的自由了？如果自由诗真的完全自由了，那么它和日常语言的散文化又将如何分别？笔者认为，正是对上述问题缺乏正确的理解，才使白话新诗在很长的时间里，甚至一直到今天都处在一个白话不白话，诗不诗、歌不歌，说话不像说话，作诗不像作诗，唱歌不像唱歌的尴尬境地，甚至是陷入了完全是说话调子的所谓"口语化"写作的荒唐境地。抹杀了诗歌的本来面目，使那本来富有韵律节奏美的诗歌变得和日常说话散文的调子一样，从而失去了诗歌的本质特征，陷入生存危机，逐渐遭人冷落，以致读诗的还不如写诗的多。

正像前文所言，作为完整意义上的韵律，它应当包括三个基本要素：句首韵、句中韵、句尾韵。作为首韵的双声、句中的叠韵、句尾的尾韵，似乎并不存在多大疑义。这前文在分析具体的诗歌时也示例过，尤其是尾韵已成为押韵的代名词。人们通常意义上说押韵，即是押尾韵，而不是押首韵的双声或句中的叠韵。传统意义上的韵律关注的核心也是尾韵，在各种有关韵学的文章书籍中也大多同此见解。如朱光潜、王力、何其芳、艾青等均持此观点。可是考察一个问题，最好从它的源头看起。中国诗歌的源头即是《诗经》。在《诗经》中，如前文所列举的例子可看出它的诗歌大多完整地体现了韵律的三个要素，即句首双声、句中叠韵、句尾押韵。因此，作为完整意义上的韵律是应当包括这三个要素的，并且句中韵还有一个很重要的方面是句中包含整齐划一、有规律地反复出现的音顿或称音组，这在前文论述韵律产生的问题时已经谈过，并在分析《诗经》韵律风格时又再次予以了说明。可是诗歌在逐渐向前发展的过程中，韵律的完整性逐渐丧失了。由注重首韵双声、句中叠韵和音顿、句尾押韵的《诗经》，到只侧重句中音顿和句尾押韵的唐诗、宋词，再到连尾韵都要忽略，只有句中音顿的自由诗，甚至干脆连句中音顿也不甚讲究了。

还有一种很重要的，也可算是一种最明显的韵，即复沓。复沓就是一种重复，或者个别语词的重复，或者整个句子的重复，或者部分句式的重复。这种各式各样的重复不断出现，就构成了复沓，应当说这是一种最明显的韵，因为它不像韵，仅是同韵母字词的反复出现，而是整个词语，乃至整个句子或部分句式的完全相同的反复出现。可是，因为它过分的相同了，反倒让人觉得陌生而不将其算作韵律，而单独称其为复沓。其实，正如前文朱自清所说过的，韵的本质就是一种复沓，复沓当然就应算作韵律。关于这一点，前文在论述韵律产生过程的问题时已说明。事实上，往往诗中虽有复沓现象出现，人们却不将其看作诗的韵律。这就好像是我们每天居住在地球上，跟随地球一起时刻在运动，我们却不觉得自己时刻在运动，只在相对静止状态时，才说自己在运动。与此类似，我们仅把在句尾出现的同韵母的字词当作同韵。这是一种常识性的错误，当这种常识性的错误普遍发生时，它似乎就变成一种习惯和公理，并逐渐形成传统，形成传统，似乎就天经地义，因而蒙蔽了无数人。真好似谎言重复三遍就是真理。

二、新诗应参照《诗经》的韵律模式

但是我们必须从习惯和传统的误区中走出来，正确认识复沓和韵律的关系。其实《诗经》的重章复沓，是构成诗歌韵律风格的主要基础因素，前文在分析韵律产生时通过大量的举例分析已经指出了复沓和韵律之间的关系。

造成这种现象的原因是，我们一直以古典诗歌的韵律模式为参照系统，古典诗歌的韵律模式已经形成一种无意识力量，深深镌刻在我们心里，成了一种心照不宣、潜在的不成文的规定。每当我们谈起新诗的韵律时，每当我们想起传统诗歌韵律时，我们都会不自觉地想起古典五七言律诗那精美的格律，并很自然的以其为参照系统。但是我们却忽略了二者之间最本质的差别。即古典诗歌是属于文字型文学，是属于文字性质的诗；而白话新诗是属于口语型文学，是语言性质的诗。因而新诗的韵律不应以古典诗歌，即文字诗的韵律模式为参照系统，而应以第一轮口语型诗歌文学《诗经》的韵律模式为参照系统。

它的韵律情况应是大体须有，定体则无，没有相对定型的。实际上，正如上一章所分析，新诗的韵律情况确实和第一轮口语型文学时代《诗经》的韵律情况相似。所以，当我们当执着于古典五七言诗歌的格律，并以之为参照来审视、探索白话新诗的格律时，我们就会感到力不从心的困惑，陷入无所适从的尴尬境地。古典律诗的格律是一种相对定型的，建立在严格的平仄和押韵的基础上，并且主要以平仄为基础的。如有"不讲平仄非为律诗"①之说。在严格时，平声要论阴、阳，仄声要论上、去、入，甚至要辨清、浊，要辨开、齐、合、撮。这种严格的平仄模式与崇尚性情、洒脱、自由、率真自然的口语化性质的新诗韵律是扞格不通的。所以，朱光潜在《谈新诗格律》一文中说："从新诗格律的观点来看白话与文言的差别，所牵涉的问题甚多，最显而易见的是平仄四声问题。从齐梁时代以后在一千几百年之中，四声是中国诗歌格律的主要基础之一（另外三个主要基础是韵、章句的长短以及句中的顿）。在用白话写的新诗中，四声虽然仍可用来帮助造成和谐，却已不能作为格律的主要基础。事实上，'五四'以来的新诗已放弃了四声基础。"②而朱自清早就说过："一般人难分辨的是平仄声，但平仄的分别在新诗里并不占什么地位。"③

三、自由诗韵律情况试析

1. 个案分析之一：艾青与卞之琳的诗

在这种意义上说，即当我们以《诗经》的韵律为参照模式来观照

---

① 毛泽东：《给陈毅同志的谈诗的一封信》，载《诗刊》，1978 年第 1 期。
② 杨匡汉、刘福春编：《中国现代诗论》下册，花城文艺出版社 1985 年版，第 128 页。
③ 朱自清：《朱自清选集》，河北教育出版社 1989 年版，第 529 页。

自由诗时,一些自由诗是不能绝对自由的,一些无韵诗也并非完全没有韵律。因为它们虽然不讲句尾押韵,但句首还有复沓出现,句中还有不同于日常说话无规律的音顿的,而具有诗所特有的形式化节奏的音顿。如诗人艾青的《大堰河——我的保姆》一诗,句首的"大堰河"就经常在句中反复出现,还有其他语词"他""你"在句首反复出现,且在句中音顿是整齐划一、有规律地反复出现。而这首《大堰河——我的保姆》在通常意义上,我们是将它看作无韵体自由诗。因此,新诗虽不注重《诗经》中讲究的"双声"即首韵,但经常出现句首复沓的现象,似乎可以弥补这种缺失。即使没有这种复沓现象出现在诗中,当然更不押尾韵,我们也不能完全断定一首诗就完全是自由无韵诗。因为它还可能具备韵律的另一个要素即句中整齐划一,有规律重复出现的具有形式化节奏的音顿。因为这种音顿是形式化有规律重复出现的,与日常散文语言不讲究形式而是完全随从意义需要无规律地停顿相区别。这可以以卞之琳的《白螺壳》一诗为例,它的句中是二、三音顿有规律的反复。因而在诗的这种有规律的、形式化的音顿意义上说,我们很难找出完全没有韵律的"自由诗"。如果一首诗,不包含韵律三个要素中的任何一个要素,又怎么能称它为诗呢?让我们具体看一下下面两首诗。

首先,看艾青的《大堰河——我的保姆》:

大堰河,是我的/保姆。
她的/名字/就是/生她的/村庄的/名字,
她是/童养媳,
大堰河,是我的保姆。
我是/地主/的儿子;
也是/吃了/大堰河/的奶/而长大了的

大堰河/的儿子。
大堰河/以养育我/而养育/她的家，
而我，是吃了/你的奶而被/养育了的，
大堰河/啊，我的/保姆。
大堰河，今天我/看到雪/使我/想起了/你：
你的/被雪/压着的/草盖的/坟墓，
你的/关闭了的/故居/檐头的/枯死的/瓦菲，
你的/被典押了的/一丈平方的/园地，
你的/门前的/长了/青苔的/石椅，
大堰河，今天我/看到雪/使我/想起了/你
…………

从这三节来看，每句基本上是三音顿和二音顿有规律的交替反复出现。同时，句首有明显的如标示的复沓特征，虽不押韵，无韵律之美，却也形成了听觉上整齐划一的节奏美。

再看卞之琳的《白螺壳》的诗：

空灵的/白螺壳，你，
孔眼里/不留/纤尘
漏到了/我的/手里，
却有/一千种/感情；
掌心里/波涛/汹涌，
我感叹/你的/神工，
你的/慧心啊，大海，
你细到/可以/穿珠！
可是/我也/禁不住：

你这个/洁癖啊，唉！
…………

这节诗在阅读上，只有二三音顿有规律交替重复出现造成的节奏美，因而是区别于日常语言说话的自然调子的，在听觉上仍然会感到音顿节奏造成的音乐美。其实，即使是"不拘格律、不拘平仄、不拘长短，有什么题目，做什么诗；诗该怎么做，就怎么做"（胡适《谈新诗》）的胡适的诗，在经过考察分析后，也很少有完全意义上的自由诗，除了有些根本不能称为诗的诗以外。

2. 个案分析之二：郭沫若的诗

被称为自由诗人的郭沫若，不仅擅长复沓，而且很擅长句尾押韵，写了很多传统意义上押尾韵的韵体诗，只是个别诗的尾韵不够规律化。他写过典型意义上的格律诗如《天上的街市》：

远远的街灯明了，
好像闪着无数的明星。
天上的明星现了，
好像点着无数的街灯。
我想那缥缈的空中，
定然有美丽的街市。
街市上陈列的一些物品，
定然是世上没有的珍奇。
你看，那浅浅的天河，
定然是不甚宽广。
我想那隔河的织女，
定能够骑着牛儿来往。

我想他们此刻,
定然在天街闲游。
不信,
请看那朵流星。
哪怕是他们提着灯笼在走。

事实上,翻开郭沫若的诗集,除了有些个别诗应当排除诗之外,郭沫若并没有写过完全意义上的自由诗。我们还可以以他的一首所谓自由诗《天狗》为例来分析:

我是一条天狗呀!
我把月来吞了,
我把日来吞了,
我把一切的星球来吞了,
我把全宇宙来吞了。

我便是我了!
我是月底光,
我是日底光,
我是一切星球底光,
我是 X 光线底光,
我是全宇宙底 Energy 底总量!

我飞奔,
我狂叫,
我燃烧。

我如烈火一样地燃烧!
我如大海一样地狂叫!
我如电气一样地飞跑!

我飞跑,
我飞跑,
我飞跑,
我剥我的皮,
我食我的肉,
我吸我的血,
我啮我的心肝,

我在我神经上飞跑,
我在我脊髓上飞跑,
我在我脑筋上飞跑。
我便是我呀!
我的我要爆了!

  我们从这首自由奔放的《天狗》中,可以明显地看出并感到那强烈形式化的节奏。如句首的"我"的从头至尾的复沓,以及章节之间的重章复沓、重章叠句,至于句中音顿规律化的特征更不用说。因此越是自由的,就越是鲜明地体现了韵律的特征。其实无论是胡适、郭沫若、卞之琳、废名,乃至九叶诗人、艾青、臧克家等诗人,都没有写过严格意义上的自由诗,即完全不包含三个韵律要素中的任何一个要素。

3. 个案分析之三：穆旦的诗

再看九叶诗人穆旦的诗，他虽不讲韵律，却也在无形中，在真情的促动下，在某种程度上体现了韵律的特点。如《赠别》：

> 多少人的青春在这里迷醉
> 然后走上熙攘的路程
> 朦胧的是你的怠倦云光和水
> 他们的自己丢失了随着就遗忘
> 多少次了你的园门开启
> 你的美繁复，你的心变冷
> 尽管四季的歌喉意唱的多少
> 当无翼而来的夜露凝重
> 等你老了独自对着炉火
> 就会知道有一个灵魂也静静的
> 他曾经爱过你的变化无穷
> 旅梦碎了，他爱你的愁绪纷纷。

穆旦这首诗中既有句首的"多少人"两次出现在诗中构成的复沓，和在第二节第二句中"你的"反复出现再次构成复沓，以及第一节第二句首的"朦胧"，还有诗中的"繁复""静静""纷纷"构成的双声叠韵；又有"醉"和"水"构成的隔句韵。至于诗中的音顿节奏，更不必说。

4. 个案分析之四：废名的诗

我们还可以以一个最不讲格律而崇尚自然成诗，以晦涩著称的诗人废名为例，看他的诗是否实现所谓的完全自由，而一点韵律的痕迹也没有。如他的最为著名的一首诗《十二月二十九日夜》：

深夜/一支灯,
若高山/流水,
有身外/之海。
星之空/是鸟林,
是花,是鱼,
是天上/的梦,
海是/夜的/镜子,
思想/是一个/美人,
是家,
是日,
是月,
是灯,
是炉火,
炉火/是墙上的/树影,
是冬夜的/声音。

再如他的《星》：

满天的星,
颗颗/说是/永远的/春花。
东墙上/海棠/花影,
簇簇/说是/永远的/秋月。
清晨/醒来/是冬夜/梦中的/事了。
昨夜/夜半的/星,
清洁/真如/明丽的/网,

疏而/不失，
春花/秋月/也都是的，
子非鱼/安知鱼。

从以上这两首诗中不难看出它们的韵律情况，即是否实现了所谓的"自由"，是否实现了完全意义上的"自由"。事实上，在真正意义上的新诗中，不存在完全不讲韵律的诗，也不存在绝对自由的诗人。正如前文所引过的艾略特所说："对于一个想写好诗的人，没有一种语体是自由的。"对于新诗的诗人来讲，他们的诗都在不同程度上体现了韵律，或是在复沓上，或是在句末尾韵上，或是在句中音顿造成的形式化节奏上。这正是语言从不成熟的自为状态向自觉、自然状态的过渡阶段的现象。当情感经过艺术上返璞归真的千锤百炼之后，就会"豪华落尽见真淳，一语天然万古新"（元好问）。那时，语言就会在他们笔下飞跃，而在韵律的回环复转的流淌中踏上回家的路，而进行自我言说、自我歌唱、自我游戏、自我舞蹈、自我表现，成为真正意义上的诗。

四、自由诗的韵律必须在诵读中见出

新诗当中，最不易鉴别韵律的情况是一首诗中，既无复沓、首韵、句中叠韵，又无尾韵，而只存句中有规律重复出现的形式化的音顿。这种由有规律重复出现的音顿所形成的形式化节奏，若不注意诵读，则很容易与日常散文语言的自然无规律节奏相混淆。如前文所举的卞之琳的《白螺壳》的例子，如若不是特意用斜线标明那形式化的有规律的音顿节奏，普通非专业读者，如果缺少天赋的对语言这种形式化节奏的敏感，且不细心朗诵阅读，就很容易将其混淆于日常散文语言

那无规律的自然节奏。这也是造成人们常以为自由诗的语言和日常语言无甚差别,以为自由诗真的可以实现随心所欲的绝对自由的重要原因。

其实,当诗中仅存句中音顿造成的形式化节奏,这三个韵律构成要素中的唯一一个,可以说是最不显著、最细微的要素时,诗歌语言区别于日常散文语言的艺术性,就只有维系在这似乎最脆弱、最不显著、最细微的韵律要素上,即形式化的音顿节奏。如果,此时不加以认真反复的诵读,是很难将其与日常散文语言无规律的自然节奏相区别开来的。所以在20世纪三四十年代时,诗歌领域曾掀起了诗朗诵运动,这应当是其背后潜在的原因之一。这种现象在国外诗歌领域也发生过。

诗歌在脱离了音乐以后,它的一切不同于日常语言的形式化节奏,也即韵律包括重章复沓,句中叠韵、句中音顿和句尾押韵等不同层次构成的韵律节奏,都必须在诵读中见出,这尤其在新诗中仅存形式化音顿的韵律节奏时。前文我们已指明:诗是一种听觉的艺术。中国旧有"曲合乐曰歌,徒歌曰谣"之说。《诗经·魏风·园有桃》中有"园有桃,其实之肴。心之忧矣,我歌且谣"句可为证。"乐歌"是歌声与乐器相应,才能谓之乐歌。在《乐记》中对这一点也有说明,如"感于物而动,故形于声;声相应,故生变;变成方,谓之音;比音而乐,及于羽旄,谓之乐"[①]。这里不仅指出声、音、乐之间的形成过程和区别,也说明了"音",必须配合乐器,甚至还得配合舞蹈,才能叫作"乐"。那么在诗歌脱离了音乐以后就剩下了"徒歌"的"谣"。因此它的不同于日常语言的形式化节奏,必须在诵读中见

[①] 成复旺、黄保真、蔡钟翔:《中国文学理论史》(一),北京出版社1987年版,第76页。

出，而无法再借助音乐。这实际上说明音义开始逐渐分离。

歌、舞、乐因为它们有共同的命脉即节奏，所以本来是同源的，如前面所举的卢梭所说，最初的语言、歌曲、诗都不过是语言本身而已。后来在文字出现以后，三者逐渐分化。音乐偏向声音发展，舞蹈偏向动作方面发展，诗则偏向文字意义方面发展。春秋时代诗乐的分家已很清楚。《墨子》中有"诵诗三百，弦诗三百，歌诗三百，舞诗三百"（《公孟》）的说法。可见，诗既可以被之弦歌，合以舞蹈，也可以徒诵。孔子说："兴于诗，立于礼，成于乐。"（《论语·泰伯》）诗、礼、乐俨然鼎足而三。春秋时代论诗都侧重诗义。这实际上表明了语言向文字的过渡，逐渐由最初的表情演化倾向于文字的表意，文字正逐渐占统治地位，也即口语型文学向文字型文学演化的发展过渡的趋势。诗也就这样从最初的歌调发展到吟调，继而又发展到今天新诗的诵调。因此诗在脱离音乐以后，如何可以忽略诵读呢？忽略诵读又怎么能将诗歌语言与日常语言相区别呢？

五、诵调与歌调、吟调的区别

这里有必要将歌调、吟调与诵调的区别说清楚。陈本益先生在《汉语诗歌节奏》中关于这个问题做了详细的区分。即歌调是歌诗的节奏调子，是相对于诵诗的吟调和诵调而言。歌诗的歌调与诵诗的吟调、诵调显出不同，三者的区别大致如下。

一般说来，歌调的字音拉得较长，句末和顿末尤其如此，但音顿内两个音之间有时也可以有较大拉长。最重要的是，拉长的字音总是应和着乐调固有的节拍，并随着乐调轻重缓急和抑扬起伏的变化而变化，即在一定程度上要改变自身的声调，所以歌调具有的是音乐的节奏和旋律。比较起诵诗的调子来，歌调的节奏更强，旋律更优美。歌调与说话调（日常话语的调子）相去最远。

　　吟调一般在句末和顿末的字音上拉长。就字音拉长而言，吟调与歌调有类似性，所以吟调带有一定的歌唱性质。但字音的这种拉长没有固定的节拍，所以吟调具有的是语言的节奏，而不是音乐的节奏，只是它不是语言的自然节奏，而是接近音乐节奏的语言艺术的节奏。字音的拉长并不改变声调。因此吟调基本上是诵诗的一种调子，或者说是从歌诗向诵诗过渡的一种调子。吟调离说话调也较远，但比起歌调来说，却近了许多。

　　"诵"，在古代有时也指"吟"。但这里有必要把吟与诵区别开来。"吟"是按语言自身的声调来读，但不一定按语言自身节奏来读，因为它可以拉长字音的节拍；"诵"则不但按照语言自身的声调来读，而且按照语言自身的节奏来读，不专门拉长字音，是一般所说的"念"和"读"，所以诵调与歌调较远，却较接近说话调。①

　　由此可以看出为什么诗在脱离音乐后，其不同于日常语言的韵律节奏必须在诵读中见出。因为诵调较接近日常说话的调子。但这里必须指出的是，诵调虽接近日常说话的调子，却不就是日常说话的调子。因为日常说话的调子是松散的、无规律的。陈本益先生的"诵"即完全等于"念"和"读"，他的"诵调"即完全等同于和尚们诵经的调子，虽不等同于日常说话松散的调子，却又不是前文所说的诵读的调子。本书所说的诵调是有些偏于他所说的吟调，却又不完全等同，而是介于吟调和他所说的诵调之间的一种调子。即在诵读时，要把情绪的节奏与语义的自然节奏有机的融合在一起。既不能完全不拉长加重或轻化字音，又不能完全遵照语言的自然节奏去念或读。

---

① 关于"古代诗歌的节奏形式"内容论述，参见陈本益：《汉语诗歌节奏》中编，台湾文津出版社1995年版。

第二节　韵律是自由的必然性结果

一、自由和韵律的关系

事实上，并不存在真正意义上绝对的自由诗，自由是对必然的认识。语言在最自然、最天真的状态下是必然要出现韵律节奏的，韵律和自由并不矛盾。语言只有"自由"才会"自然"，而"自然"的结果必然出现韵律。自由是自然因而也是韵律的前提原因，韵律是语言自由自然的必然结果。或者换句话说，语言在自然的状态里必然是自由的，同样，语言在自由的状态里也才会自然，而自然的结果必然出现韵律，因而自由诗不能没有韵律。如果它能够充分实现真正意义上的自由，语言也就完全自然，它就必然会具备如第一次口语型文学时《诗经》一样和谐完美的韵律。在这个意义上说，自由诗就是韵律诗，自由诗应该叫自然诗才更恰当。语言在最天真最自然的状态里，是天然具备韵律的。语言在最自然最天真的状态里也必然是自由的。

自由诗并不是不要韵律，没有韵律。自由诗应该是最自然的语言。这表现在它完全遵从情感自然生发的需要，是在情不自禁必须写的时候才写，在这种最自然的情感状态里，语言是必然出现韵律的。也只有在这种真情促发下，它的韵律才不是外在规定的而仅仅只属于语言的，是情感与语言有机合一的韵律，是比外在规定韵律更完美的韵律，一如徐志摩缘情而生的佳作。

意象派诗人庞德说："我认为自由诗只应当在你'必须'写的时候才写，那就是只有当所咏'事物'构成的韵律，比规定的韵律更美,或者比按正规的抑扬顿挫写出的诗的韵律真切,比它所要表达的'事物'的情感更为融洽,更融洽、更贴切、更合拍,更富有表现力。那是一种为固定的抑扬格或抑抑扬格所不能充分表现的韵律。"① 这就充分说明了内在自然、真实生发的情感是形成诗外在优美和谐韵律的真正原因。诗的韵律并不是完全按照种种外在规定的平仄对偶对仗规律,什么"一三五不论,二四六分明",什么平头、上尾、蜂腰、鹤膝,什么固定的抑扬格、扬抑格的等有关韵学技巧知识而写出的。而是缘于情感,那源自心灵生发的智慧自然而然出现的。

郭沫若在《论诗三札》中说:"诗之精神在其内在的韵律(Intric Rhythm),内在的韵律(或曰无形律)并不是什么平上去入,高下抑扬,强弱长短,宫商征羽,也并不是什么双声叠韵,什么押在句中的韵文!这些都是外在的韵律或有形律(Extraneous Rhythm)。内在的韵律便是'情绪的自然消涨'……"②

因此人们应该相信自己的情感,那是永远属于心灵的,不同于外在知识的智慧。那是属于天才的,在这种天才的心灵智慧的烛照下,语言自然会出现韵律,踏上如歌的诗行。人们不应过分相信乃至依靠种种外在有关韵律的技巧知识,并把它奉为学问理想的状态,而是应该将二者结合起来,只在情感而生的智慧不充分时,用外在的韵学知识去激发补足它,使之韵律更完美。

杨格在《试论独创性作品》中说:"忽视学问的人,表明他需要学问的帮助,过分重视学问的人,表明学问的帮助已经对他有害。其实学问不致被过分推重,只要我们更加重视创作天才,学问我们感谢,天才我们敬仰……学问是借来的知识,天才是内生的知识,是全然属

---

① 转引自黄晋凯、张秉真、杨恒达:《象征主义·印象派》,中国人民大学出版社1989年版,第146页。
② 杨匡汉、刘福春:《中国现代诗论》上编,花城文艺出版社1985年版,第51页。

于我们的。因此，如培根所说，天才可以有更崇高的称号，称作智慧。"① 锡德尼在《为诗辩护》中说："使人成为诗人的并不是押韵和写诗行。"② 锡德尼在这里所说的"押韵"和"诗行"都不是缘情而自然生发的，而是从外在有关韵学技巧知识写就的，如果内在情感饱满、充实、自然，是必然如心中有丘壑，笔下会生风，韵律不期而自成。所以中外诗人文学家都一再强调自然的情感于诗、于文学的重要性。

诗人郭沫若说："要做新诗，便要力求自然。诗是表情的文字，真情流露的文字自然成诗。"（《沫若诗论》）康白情虽主张新诗排除格律，只要自然的音节，但认为自然的音节是由感情决定的。他说："感情底内动，必是曲折起伏、继续不断的。他有自然的法则，所以发而为声成自然的节奏。他底进行有自然的步骤，所以其声底经过也有自然的和谐。"③ 这实际上都说明情感自然真诚是会自然成诗，自然有韵律的，韵律无须外求。

刘勰在《文心雕龙·情采篇》中说："故有志深轩冕，而泛咏皋壤。心缠几务，而虚述人外。真宰弗存，翻其反矣。夫桃李不言而成蹊，有实存也；男子树兰而不芳，无其情也。夫以草木之微，依情待实；况乎文章，述志为本。言与志反，文岂足征？"可见若有真情虽桃李不言而下自成蹊，不拘格律，格律也一定会自然在其中。

当我们的情感经过艺术上的千锤百炼，而达到返璞归真，纯朴自然得像我们原始初民的情感时，或像那刚出生尚未接受后天文字所形

---

① ［英］菲利普·锡德尼、爱德华·扬格：《为诗辩护》，袁可嘉译，人民文学出版社1998年版，第93页。
② ［英］菲利普·锡德尼、爱德华·扬格：《为诗辩护》，袁可嘉译，人民文学出版社1998年版，第93页。
③ 转引自常文昌：《中国现代诗论要略》，兰州大学出版社1991年版，第28页。

成的文化浸染的稚童时，我们的情感就不写也是诗的，我们的语言就无韵也是歌的，不要韵律，韵律已在其中的。就会真的实现《诗经》时代，也即第一轮口语型诗歌文学时代，说话如作诗，作诗如说话，如唱歌的。之所以说，白话新诗没有完全实现完美的韵律，往往是半韵律半自由，是因为尚处在不成熟的过渡状态。在遭受了长达两千多年"文字型"文学的统治压抑下，那本是诗性的情感的语言，不能说是"千疮百孔"，却已变得习惯于"无病呻吟"，"为赋新词强说愁"（辛弃疾语）而扭曲了它本来自然的诗性面目，变得扭捏不自然，从广大人民集体口头创作的自然的群众艺术变成了少数贵族文人吟风弄月，无病呻吟，雕镂玉砌，歌功颂德的文字诗，即不是以自然生发的情感为诗，而是以无情感的文字为诗，为写诗而写诗。

当白话语言发展到一定程度，也即当情感完全从两千多年的文字型文学造成的压抑下解放出来，而达到彻底的苏醒，达到最自然的状态时，它是一定会普遍实现如《诗经》一样完美和谐的韵律的。白话初期的新月派诗人就是典型的代表，从他们身上，我们已看到了语言会恢复到它最初时如诗如歌，天然富有韵律的自然状态。看到了白话新诗也即自由诗将重新踏上韵律之路的希望的曙光。所以何其芳在《关于现代格律诗》中说："我的想法是……新诗是一定会走向格律化的。"① 是的，新诗是一定会走向格律化的，但却不是古典五七言律诗那固定的格律，而是类似第一轮口语型诗歌文学时代《诗经》民歌般活泼自由的韵律，是一种大体须有，定体则无的，相对不定型的韵律形式。朱谦之在《中国音乐文学史》中说："讲到中国文体，当然以韵文为文学正宗，韵文是要有音节，却又极力反对定形的音节（如骈文、律诗、律赋），而要各人依自家性情风格情调，与时代情绪，而

---

① 杨匡汉、刘福春：《中国现代诗论》下编，花城出版社1980年版，第120页。

发与相应的音节。"① 此言极是。冯瘦菊在《新诗和新诗人》中说：

> 诗人是大自然的鸣籁，只要把他所看见的所感触的乱头粗服真挚烂漫的歌唱出来就好了。所以新诗的创造贵乎丰韵天然，不当掺以些许涂脂抹粉的妆饰手段。旧诗大都守格律，拘韵调，沿典雅，讲雕琢；甚且着力于摹仿家派，专心于粉饰圣朝，趋古僻，弄技巧，腐心于修辞练句之末，而陷于文字的游戏……新诗却与旧诗成为反比例，自由成章而没有一定的格律，切自然的音节而不必拘韵调……破除一切束缚性灵梏桎思想的枷锁镣扣，而反于原始时代的人类的心声。所以新诗的唯一的生命的要素，就是自然二字……②

二、对胡适自然论诗学观的重新评价

当我们以新的视角审视自由诗和韵律的关系时，会发现胡适所说的"做诗如说话"的观点在理论上讲是正确的。他在《谈新诗》中所提出的"不拘格律，不拘平仄，不拘长短，有什么题目，做什么诗；诗该怎么做，就怎样做"亦是正确的，不管出发点如何，作为一种结论在理论上是正确的。他在《尝试集》（再版自序）中认为："诗的音节是不能独立的……诗的音节必须顺着诗意的自然曲折，自然轻重，自然高下，凡能充分表现诗意的自然曲折，自然轻重，自然高下，便是诗的最好音节。"③ 我们从中可以看出，他所强调的核心在"自然"

---

① 朱谦之：《中国音乐文学史》，北京大学出版社1989年版，第37页。
② 冯瘦菊：《新诗和新诗人》，大东书局1931年版，第41页。
③ 常文昌：《中国现代诗论要略》，兰州大学出版社1991年版，第9页。

二字，即诗的语言一定要自然。那么最自然的语言本身不就是诗吗？诗不就是最自然的语言吗？他的结论应该导致的结果，实际是不拘格律而格律自在其中；不拘平仄而平仄自在其中；不拘长短而长短亦自在其中；不想作诗，诗却可因其自然，无心而天成。从而达到作诗如说话之境地。可以说，这是诗法、诗式上的最高自然境界，如陶渊明"采菊东篱下，悠然见南山"（《饮酒》）的白云出岫由本无心般的浑然天成之境。然而这非大诗人之手笔难以成就。对于中等才资之人，就只有必须经过艺术返朴璞归真的千锤百炼，而达到所谓炉火纯青的自然境地才臻达此境。否则就会使诗真的变成白话而不是诗了。这在新诗初期不是没有发生过。要不然茅盾就不会认为早期白话诗大都"具有历史文件的性质"① 了。

所以胡适的白话新诗理论在新诗初期对绝大多数人，在普遍性意义上讲似乎是不可行的。对少数天才诗人而言又是言之有理的。在诗的最本真意义上，即诗是最自然、最天真的语言这个意义上讲又是正确的，也即是在理论上讲是正确的。然而在另一方面看，白话诗作为刚从两千多年文字型文学导致的文字束缚压抑下解放出来的语言，在草创期也是不宜加以过多甚至是任何束缚要求的，否则就又会回到先前的套路格式里，而不能自然发展。就应像胡适一样打破一切外在束缚，大胆试验，放手去写，不拘种种之禁忌，那么白话新诗，必定会在放手试验之后，而自然具备如诗如歌的韵律，一如后来出现的天才诗人徐志摩的诗。可以说，没有初期胡适倡导的大胆自由的放手尝试，就没有后期徐志摩等诗人圆熟自然的韵律。

在这种意义上说，胡适可以说是极具直觉悟性的理论上的天才。但在具体诗歌实践上，他却有些力不从心。他看到了那似乎存在的光

---

① 茅盾：《论初期白话诗》，载《文学》，1937年年第78卷第1号。

明的，白话诗如诗如歌的前景，却无法让他的理论在其自身诗歌创作实践中开花结果，让他的语言自然地踏上那如歌的诗行。从另一方面看，也是他理性太强的后果。天才往往都是跛脚的，这也许是注定如此。胡适深知自己这方面的弱点，所以认为自己写诗是但开风气不为师。而等到"工具用的熟了，方法练的细密了，有天才的自然会'熟能生巧'。这一点功夫到时的奇巧新花样就叫作创造"①。果然如其所预见的，不久之后，在诗歌界就出现了他所预见的天才，这天才先是郭沫若，后是徐志摩，而尤其以徐志摩为代表，深得其心。白话新诗也确实从郭沫若和徐志摩开始才翻开新的一页，在人们心中立稳脚跟，被人们所认同和接受。

其实初期的白话新诗并不被人们看好。俞平伯曾说："从新诗出世以来，就我个人所听见和我朋友所听见的社会各方面的批评，大约表示同感的人少怀疑的人多。"② 那么白话新诗是在什么时候被人们认可接受的呢？卞之琳认为是在徐志摩出现以后，如他说："徐志摩以他的创作为白话新体诗，在一般读众里，站住脚跟，做出了一份不小的贡献。基本原因就是像他这样运用白话（俚语以至方言）写诗也可以'登大雅之堂'，能显出另有一种基于言语本身的音乐性。"③ 朱自清也说："现代中国诗人首推徐志摩和郭沫若。"④ 可见，胡适欣赏徐志摩不是没有道理的。

20世纪，让他们在诗歌的世界里相遇，这相遇不仅对于他们彼此来讲是一种莫大的荣幸，而且对于中国白话新诗来讲，也是一种莫大

---

① 杨犁编：《胡适文萃》，作家出版社1991年版，第294页。
② 俞平伯：《社会上对于新诗的各种心理观》，载《新潮》，1919年第3卷第1号。
③ 卞之琳：《人与诗：忆旧说新》，生活·读书·新知三联书店1984年版，第34页。
④ 转引自李怡：《中国现代新诗与古典诗歌传统》，西南师范大学出版社1995年版，第227页。

的荣光，它不是命运之缘的偶然，而是新诗历史之必然。从此，胡适白话新诗的语言自然观有了着落，白话新诗也终于从徐志摩的诗歌开始得到了社会的认同。徐志摩的那如歌的诗行，是胡适新诗理论在实践中的最好注脚。同时，徐志摩也得到胡适终生的友谊和扶持，将他诗歌创作上的艺术天赋得到淋漓尽致的发挥。他们二人，一者在理论上，一者在实践中，为中国白话新诗的建设，打下了半壁江山。二人相映生辉，相得益彰。中国新诗因为有了他们的理论和实践，足可以骄傲地面对世人，让所有白话新诗的攻击者不击自败。

徐志摩那如歌的语言酿成的如歌的诗行，正是体现了《诗经》所代表的第一轮口语型文学之特征：纯朴、自然，是诗，是话，也是歌，它们同时都是语言本身。徐志摩是新诗中最具诗性、语言天赋的人。如卞之琳所说："以说话的调子，用口语来写干净利落，圆顺洗炼的有规律诗行，则我们至今谁也没有赶上闻、徐旧作，以至超出一步。……徐志摩的语言感觉力是敏锐的。"[①] 徐志摩不仅将语言那自然诗性的音乐写成如歌的诗行，也渗透在他一切的文字里，包括散文中，他笔下的白话是真正属于新一轮口语型文学所倡导的"活语言"，最自然、最天真、最活泼的语言，因而必然具有韵律而呈现出音乐性的。叶公超曾说："徐志摩他的整个散文的趣味是在散文的音乐性，所以徐志摩是个不会说话只会唱歌的人，他有许多东西从文字流露出来，说的都是文字的音乐性……他脑筋里要把他的散文写成有音乐性的东西，这是徐志摩的作风。"[②]

叶公超说音乐性是徐志摩的作风，这一点是说对了。但他说"徐志摩是个不会说话只会唱歌的人"，实在令人不敢苟同，他这样说显

[①] 卞之琳：《人与诗：忆旧说新》，生活·读书·新知三联书店 1984 年版，第 33—35 页。
[②] 陈子善编：《叶公超批评文集》，珠海出版社 1998 年版，第 263 页。

得有些不了解、不谙熟语言的自然本性。正如前文所述那样，语言在最自然、最天真的状态里，既是说话又是唱歌，同时也是诗。只要是活语言，它们三者就合一。难道《诗经》中的诗，不是原始初民们最初说的话、唱的歌、做的诗吗？即使我们现存的一些民歌不也如此吗？不也如诗、如话、如歌般清新自然吗？例如，家喻户晓、众口传唱的江苏民歌《茉莉花》：

好一朵茉莉花
好一朵茉莉花
满园花草
香也香不过它
我有心采一朵戴
又怕看花的人儿要将我骂。

好一朵茉莉花
好一朵茉莉花
茉莉花开
雪也白不过它
我有心采一朵戴
又怕旁人笑话。

好一朵茉莉花
好一朵茉莉花
满园花开
比也比不过它
我有心采一朵戴

又怕来年不发芽。

再看新疆民歌《掀起了你的盖头来》：

掀起了你的盖头来
让我来看看你的眉
你的眉儿细又长呀
好象那树上的弯月亮
你的眉儿细又长呀
好象那树上的弯月亮
掀起了你的盖头来
让我来看看你的眼
你的眼儿明又亮呀
好象那水波儿一模样
你的眼儿明又亮呀
好象那水波儿一模样
掀起了你的盖头来
让我来看看你的嘴
你的嘴儿红又小呀
好象那五月的甜樱桃
你的嘴儿红又小呀
好象那五月的甜樱桃
掀起了你的盖头来
让我来看看你的脸
你的脸蛋儿红又圆呀
好象那苹果到秋天。

我们看这两首民歌的语言是不是清新自然纯朴得如诗、如话、如歌，如《诗经》的语言一样的风格呢？而徐志摩的诗之所以亦能如此，是因为他是个完全信仰情感的人。有真实情感的人，因而他的语言是活的语言，自然的语言，因而能如诗如话如歌。我们可以说徐志摩是整个的将人生艺术化，艺术人生化了。对徐志摩而言，不纵情不纵性没有艺术，太纵情太纵性亦没有艺术。可是谁能在梦想和人生现实之间把握住那恰好的尺度呢？所以"象是春光，象是火焰，象是热情"（徐志摩《黄鹂》）的徐志摩就这样悄悄地走了，甚至来不及挥一挥衣袖，却"带走了许多片云彩"（胡适语）。然而死了的，是诗人的身体；不死的，是诗人的诗。徐志摩以他不朽的如歌的诗行向人们证明：白话新诗是可以，并且应该有着完美和谐的韵律，他向人们昭示了"五四"新诗作为新的一轮口语型诗歌文学和第一轮口语型诗歌文学时代的《诗经》一样，当白话作为一种鲜活有力的语言，从文字束缚压抑之下解放出来以后，是要恢复它诗的本性，有着比规定的韵律更加自然完美和谐的韵律。从而把人们又一次带进了那如诗如歌如话的纯朴、自然、清新得犹如《诗经》之风格的诗歌语言世界。

当年许多人反对胡适白话新诗的自然语言观，认为新诗是应该有音律的。如朱光潜就曾专门撰文与之商讨辩论，即《替诗的音律辩护——读胡适的〈白话文学史〉后的意见》，指出作诗绝不如说话，诗应该是音律的纯文学。朱光潜追古溯今，旁征博引，以大量的事实雄辩地证明了自己的观点，几乎令人心服口服，无以言对。如今，斯人已逝，当我们回首遥望他们当年那场激烈的论争时，可以说并没有赢家，亦没有败者。可以说他们都没有错，亦都失之片面。胡适的观点在理论上说是正确的，朱光潜的观点在实践中是正确的。他们二人，一者侧重理论层面，一者侧重实践层面，把他们二者结合起来就是整个新诗创作过程的全貌。朱光潜的理论是胡适的理论导致的必然结果，胡适的理论是朱光潜理论实现的前提条件。

这可以以徐志摩诗歌的实践来证明。徐志摩最初写诗并非遵从，或者说他根本无兴趣于任何诗的理论，完全是纵情任性的自然语言活脱之闪现。他的语言犹如灵光一闪般自然，这已毋庸赘言。可以说胡适、朱光潜的新诗语言理论，在实际诗歌创作境界上只是时间上的先后而已，它体现了自然性与必然性，也即自由与必然之间的关系。即诗先要语言自然自由，自然自由而后音律必然不期而自至，不邀而自来，无心而自出，如荷花出水般自然，没有人工雕饰之痕迹。所谓"清水出芙蓉，天然去雕饰"（李白《经乱离后天恩流夜郎忆旧游书怀赠江夏韦太守良宰》）音律不期而天然自成。古人更是说得好，"东风剪柳虽然巧，不到天然不是春"（袁枚《仿元遗山论诗》）。

所以胡适、朱光潜二人没有孰对孰错，孰优孰劣之分，只是如盲人摸象，各执一端，自以为是，亦都失之片面。可是能达到那片面的极致与深刻已经很不容易了。白话新诗作为刚从两千年文字型文学导致的文字的束缚压抑下解放出来的鲜活语言，正因有了他们片面上的极至与深刻，才成就了新诗之完全，使新诗亦话亦歌。历史的发展总是先以片面性的面目出现的，当时间过去以后，我们才会看到它的全貌。在新诗的音乐性问题上，恰好证明了这个道理。而导致这种片面性的根源，还在于语言与文字之间永恒的矛盾运动而导致的情感与理性之间压抑与反压抑的矛盾运动。

结　语

　　诗永远都是情感的表现，是感性灵光的闪现。诗永远拒绝文字所代表的理智的刻板与沉重。它总是在音律的曼妙流动中闪现出生命的灵光，在情感的促动下自我舞蹈，自我歌唱，自我游戏，自我表现。桑塔亚那在《诗与哲学》中说：哲学是某种理性的沉重的东西；诗则是某种会飞的，闪光的和灵感的表现。因此，诗总是属于语言的，属于那鲜活的富有情境性的语言的，而不属于理性僵化的符号性文字。因为"语言先是用作表达情绪，尔后才被用于描述外部事物并根据其变化做出调整。"（桑塔亚那《人性与价值》）也即先有语言之表情，后有理性之文字。而文字所代表的理性正与语言所代表的情感相反，因而与诗相反。正如她（桑塔亚那）在《诗歌要素》中说："理智在形成思想的过程中，最先抛弃的要素是伴随感觉的情感成分，然而这种要素也正是诗人最先重建的对象……诗人在想像中不断追求美与和谐，选择极富美感的素材，然后用韵律润色词藻。把思想连接起来的通常只有情感纽带，它同时具有某种美的要素和丑的要素。"（桑塔亚那《人性与价值》）

　　可以说，不仅是"五四"白话时期，作为新一轮口语型文学，"五四"新文学要摆脱两千多年文字型文学的压抑，即白话活语言要摆脱反抗死文言的束缚和压抑，而且，即使我们今天依然面临着与

"五四"时期同样的语言解放任务。因为语言同这世界上的一切事物一样,要经历新陈代谢的轮回。白话语言从"五四"发展到今天,正在经受着无法摆脱的新的文字的侵蚀(主要是通过日益完善的语法逻辑及因之形成的理性逻辑思维方式),在慢慢老去,逐渐变得僵化。难道我们不是变得越来越理性,越来越冷漠,越来越刻板、教条和机械了吗?我们正在不同程度上经受着这由文字及其所创造的文明的异化,而无法挣脱这文字的梦魇和牢笼,让情感在理性的桎梏下呻吟,让想象在逻辑的制约下折断了翅膀。

我们本是极具语言天赋、诗歌天赋的,是极有可能像少数天才的诗人,像《诗经》时代的原始初民们一样,出口成章,可以"我歌且谣"(《诗经·魏风·园有桃》)、"投我以木桃,报之以琼瑶"(《诗经·卫风·木瓜》)、"悠哉悠哉,辗转反侧"(《诗经·周南·关雎》)的。可是由于我们从一出生起,就接受了文字所代表的文明文化的熏陶、浸染、洗礼,经受着这种文字性质的,也即拉康所说的语言暴力的异化。慢慢地,我们逐渐丧失了语言的诗性成分,丧失了诗意,而学会了那众口一词的约定俗成的僵化、刻板的文字性质的语言即日常语言。于是我们也就逐渐变得越来越刻板,越来越理性。据说那是文化和文明的标志与象征。而只有在日常无意识中,在情感突破文字理性概念僵化的外壳,突破思维所统治的意识区域之时,也即在我们特别激动、特别高兴、特别忧伤,乃至特别愤怒时,语言才会在无意识、重复性的强调所构成的复沓性韵律中,恢复或说复活它诗意的本性,从而将文字还原为语言,还原到生命最初诞生时的感性情境。

如在夏洛特·勃良特著名的小说《简·爱》中,当简·爱要离开罗彻斯特时,罗彻斯特时情急之下脱口而出:"I love you! I need you!"(我爱你/我需要你!);当美国前总统艾森豪威尔在竞选激动时高呼:"I like! I like!"(我喜欢/我喜欢!)当狄更斯《双城记》中那个农奴

在愤怒至极时对抢夺人妻的贵族说:

> In the days when all these things are to be answered for,
> I summon you and yours to the last of your bad race,
> to answer for them!
> In the days when all these things are to be answered for,
> I summon your brother,
> the worst of your bad race,
> to answer for them separately

这段话可译为:

> 当所有这一切都将被偿还的日子到来时,在那样的日子里,
> 我将以上天的命令宣告,你和你家族中最坏的败类
> 来偿还他们的(不幸和冤屈)!
> 当所有这一切都将被偿还的日子到来时,在那样的日子里,
> 我将以上天的命令宣告:你的兄弟,你家族中最坏的败类,
> 来单独偿还他们的(不幸和冤屈)!

以上这些难道不是诗吗?不是诗的语言吗?郭沫若不是在激情袭击下写下类似于此的《女神》吗?徐志摩不是在特别忧郁时款款《再别康桥》而去《云游》吗?艾青若无深情怎能在《大堰河》中反复咏叹"我的保姆",戴望舒若无《烦忧》,何以成就"为新诗的音节开新纪元"(叶圣陶语)的缠绵《雨巷》,何其芳若不因激情再次来临,又怎能在《我为少男少女们歌唱》纵情歌唱。而这些不都是激情冲动下最朴素、最自然、最天真的重复性的语言吗?

诗并不是什么神秘莫测的语言,它就是那饱含强烈情感和想象,因而是最自然、最朴素、最天真的语言,并且因激情而使语言呈现出重复性的形式。而最自然的语言其实就是口语,正如艾青所说,"最富于自然性的语言是口语"(《艾青诗文名篇》),而口语性正是诗歌的本质属性,或者换句话说语言的本性就是诗。而诗歌语言和日常语言在外在形式上的差别又恰恰在于这种因激情而呈现出的重复性的语言形式,正是这种重复性的语言形式才形成了诗歌语言的韵律。

当我们在日常生活中特别高兴时脱口而出"太好了!太好了!"或生气时说"烦死了!烦死了!",这已经不再是日常文字性质的语言即日常语言,而是口语性质的诗歌语言,只是我们没有意识到而已。当我们以如此的方式进行言说时,我们就在从日常语言的世界进入诗歌语言的世界了。

在严格的意义上,在语言最初产生的意义上,我们使用的就已经是"语言",而不再是"文字"。可是当我们在运用"语言"而不是"文字"时,我们却没有自觉地意识到,而是处在无意识中,因而拉康说:"无意识是语言的一个特殊效果。"(陆扬《精神分析文论》)而正是这种"无意识的特殊效果"才产生了诗意的语言,产生了诗歌语言的韵律形式,而这种"特殊效果"恰恰是产生于无意识的重复性活动结构,因而正是无意识的重复性活动结构形成了诗歌语言的韵律形式,韵律也即是无意识语言的重复形式。

1923年,马泰修斯在讨论句子定义时认为,语言存在着两种功能:交际功能和表现功能。他认为交际功能是用来交际传达信息,表现功能是用来表现个人感情,已经倾向于诗歌功能。1929年,雅格布森在《论纲》中正式将两个功能表述命名为交际功能和诗歌功能。后经比勒和穆卡洛夫斯基不断完善,在此基础上雅格布森在1960年的为"语言学和诗学"大会做的总结性发言中提出更为完备的语言的功能理论，即作为语言的言语存在着六种功能：表现功能、意动功能、指称功能、诗歌功能、交际功能和元语言功能。他认为这六种功能是任何言语行为都具有的，很难找到仅仅实行一种功能的言语行为。雅格布森的言语功能理论应该说是目前最完善的。但在言语行为中，这六种功能虽可同时具备，却是有所侧重的。

从语言功能逐渐完善发展的线性过程中，即从 1923 年马泰修斯的语言的功能说到比勒的三功能说，穆卡洛夫斯基的四功能说直到雅格布森的六功能说的发展扩张，可以看出语言向文字发展演化的过程中，即在语言发展过程，文字是如何从最初产生时作为记录语言的符号发展到逐渐取代语言，凌驾于语言之上，大规模侵入日常生活领域，改变扩大了初始日常语言的意义，以及如何将本来口语诗性的日常语言异化为书面语的理性文字，而将文字和语言的概念同时悄无声息地融入日常语言，成了我们今天广义的日常语言的过程。正是因为文字不断侵入语言的领地，不断向语言的领地扩张才导致了语言功能从马泰修斯的两功能说，到比勒的三功能说、穆卡洛夫斯基的四功能说，最后到雅格布森的六功能说，使语言的功能不断扩充和完善。站在这种角度上说，他们没有谁比谁更伟大，而只是文字在向语言进军过程中，不同层次、阶段上，语言功能不断扩充和完善的结果而致。

桑塔亚那在《诗歌要素》中说："那些极具诗歌天赋的孩童在摇篮里便开始学习那种理智功利的语言，然而，他们一旦进入野外采集大自然的各种景观，心灵便开始聚集起许多生动有趣的印象。他们沉浸在情感和幻想的冲动之中，并产生各种难以名状的感觉，最后，在某种艺术方式的作用下，灵感喷涌而出，超越时间的考验，摆脱语言的束缚，诗歌便得以形成。"在《至高无上的诗人》中又说："每一种感觉都有其特有的性质，每一种语言都有其自身的发生和韵律，每一种游戏都有其创造性的规则。"是的，每一种语言在最初时都是诗，是歌，富有创造性。都在自我游戏、自我运动中，自我歌唱，自我舞蹈，自我表现。

可是从什么时候起，我们的语言不再关注情感，不再注重直觉和想象，不再在韵律的节奏中舞蹈与歌唱，而是嘶哑着喉咙，蹒跚着步履，在理智符号所构筑的冷漠、刻板、机械、教条的世界里呻吟和磕绊。卡西尔在《语言与神话》中说："人向着较高的理智目标前进了多少，人的直接性，生命的具体体验就消失多少，留下的是一个理智符号的世界，而不是直接经验的世界。"

是的，就是从文字这种理智符号产生以后，从言文分离以后，我们的语言才变得如此没有表情，缺少诗意，使诗与语言不再合一而相分离，使日常语言从最初的口语性质的诗性语言转变为理性的、有着线性语法逻辑结构的文字性质的语言，造成诗歌语言和日常语言的分化与差异，使诗歌分为口语型诗歌和文字型诗歌，而文学相对应分为口语型文学和文字型文学。

文字正是在作为一种交流工具以书面语的形式大规模侵入最初无意识性质的日常语言领域时，在长期的交流使用过程中，通过以理性思维意识为代表的线性语法逻辑结构的潜移默化作用，才改变了语言最初所属的那种无意识的、类似环形的具有重复性质的诗性韵律结构，改变了语言最初的富于直觉、情感、想象的诗性口语特质，造成了对语言的压抑。我们在使用文字这种工具的过程中迷不知觉地被异化，铸就了一种冰冷、刻板、僵化、机械、教条、模式化的工具理性主义思维结构方式，进而造成了理性对情感的压抑，使我们的理性和情感处于永恒的压抑与反压抑的矛盾冲突运动之中。

而文字对语言压抑的结果，就使我们正常的情感不能自然诉诸语言发声为诗、为歌，而是禁锢在文字理性僵化的线性语法逻辑结构内呻吟。于是为了作诗，只能音声外求，这就是文字型诗。但这种压抑只能在一段时期内维持，当这种压抑积郁已久，我们的情感就会产生巨大的反抗力量，要求挣脱文字梦魇般的束缚，寻求新的口语性质的诗性语言，去舞蹈、去歌唱那被压抑已久了的情感和个性。而与理性对情感的压抑是通过文字对语言的压抑来实施相似，情感反抗理性的斗争也必然通过语言反抗文字的斗争来实现，因而情感和理性之间的压抑与反压抑的矛盾斗争必然导致语言文字之间的矛盾运动，进而导致口语型诗歌文学和文字型诗歌文学的轮回交替出现。在这样的意义上说，文字就是语言的梦魇，诗就是挣脱这文字梦魇后的舞蹈与歌唱。

针对中国文学来说，由于汉字的出现及其所造成的言文分离，使西汉以前的文学，由于口语和书面语的差别不大而成为口语型文学。西汉以后到"五四"运动以前，由于口语和书面语的差别较大，这两千多年间的文学就成为文字型文学。由于"五四"以前的文字型文学长期占统治地位，就造成了文字对语言的压抑，进而造成了理性对情感的压抑。但这种压抑只能在一段时期内维持，当这种压抑积郁以久，情感就会产生巨大的反抗力量。而情感反抗理性的压抑必然通过语言反抗文字的斗争来实现，于是一场巨大的、轰轰烈烈的，要求情感个性解放的斗争就必然率先在语言文字问题上找到突破口，它要挣脱文字的梦魇，借新的口语性质的诗性语言——白话，去舞蹈、去歌唱那被压抑了两千多年的情感和个性，这就是"五四"时期白话、文言之间的激烈斗争，也就是"五四"白话新诗革命、新文学革命。

当我们以这样的观点来审视新诗时，新诗的语言和形式问题就一定会豁然开朗，我们就会从语言文字之间的矛盾运动关系推导出"五四"新诗、新文学发生及其转型的历史必然性，进而推导出白话作为新诗语言的历史必然性，推导出新诗的语言应该是白话而不是文言的。并且正是因为新诗的语言是白话的，所以新诗的形式应该是有韵律的，而且它的韵律应该类似第一轮口语型诗歌文学时代《诗经》民歌的韵律风格，是一种活泼自然缘情而发的韵律，即在情感的自然起伏变化中有规律，在规律中见出韵律的节奏与和谐。在规律（韵律）中寻求变化，在变化中展示规律（韵律），正是它区别于古典定型化律诗的活力所在。因此新诗的韵律形式应是大体须有，定体则无，是一种相对的不定型。而不是古典五七言诗歌，即文字型诗歌那种相对定型化的格律模式。因为白话相对文言属于口语性质，而"五四"恰逢口语型诗歌文学时代，而不是文字型诗歌文学时代。

并且当我们进一步通过以新月派诗歌为代表的新诗与第一轮口语型诗歌文学时代《诗经》韵律情况进行详细的对照分析后，我们发现新月派诗和《诗经》的韵律风格确实如出一辙。因此，无论是从理论上，还是从实践上来说，新诗都应以第一轮口语型诗歌《诗经》的韵律情况为参照，而不应参照古典五七言文字型诗即律诗的那种定型化的模式。而且我们通过对韵律要素的重新界定和具体有代表性自由诗的韵律情况分析，发现自由诗并非无韵律，韵律正是自由的必然性结果，因此自由诗和韵律之间的关系就得到了重新地解释和论证。

这样，我们就从语言文字之间的矛盾运动关系，从诗歌语言文体自身演变规律的角度，重新梳理了新诗与旧诗、新诗与传统、新诗与西方外来文学影响之间的关系。它将有助于廓清、消除围绕新诗语言和形式问题而引起的诸多无谓争端与分歧，为新诗语言文体形式的健康发展提供理论依据，指明出路，提出一种新的思考与见解。

事实上无论是在新诗初期，还是新诗发展期的 20 世纪三四十年代乃至新中国成立后的 50 年代，在新诗领域里都先后掀起向民间歌谣学习的热潮，虽然出发点并不都一样。

如"五四"新诗诞生初期，当胡适在借鉴美国意象派诗创作失败后，很快转而提倡民间文学。以胡适为代表的白话诗人很早就把民间歌谣作为白话诗师承的典范。1920 年北京大学专门成立了歌谣研究会，自觉向民间歌谣学习。鲁迅、刘半农、周作人等都纷纷撰文，号召向民间歌谣学习。1913年，鲁迅在教育部《编纂月刊》第1卷第1期发表的《拟播布美术意见书》中提出："当立国民文术研究会，以理各地歌谣俚谚传说童话等。详其意谊，辨其特性，又发扬光大之，并以辅翼教育。"在《门外文谈》一文中又说："旧文学衰颓时，因为摄取民间文学或外国文学而起一个新的转变，这例子是常见于文学史上的。不识字的作家虽然不及文人的细腻，但他却刚建、清新。"而刘半农在新诗初期，无论在理论和创作上都对歌谣运动做出极大贡献。他在《国外民歌译》（自序）中称赞歌谣"只是情感的自然流露"，"自然地流露即无所用其拘，亦无所用其假，所谓不求工而自工，不求好而自好；这就是文学史上最可贵，最不容易达到的境地"。周作人也撰文肯定"猥亵的歌谣赞美私情种种的民歌"，认为它们是平民百姓的"意淫和梦"。

到20世纪三四十年代，在诗歌领域又掀起诗歌大众化运动，倡导向民间歌谣学习。主要代表是中国诗歌会的蒲风、任钧、穆木天等，他们一致强调主张采用俗言俚语、口语入诗，倡导新诗效仿民歌调子，鼓词儿歌，主张新诗歌谣化，活泼自然，又要避免形式的过于刻板。甚至现代派诗人金克木，也超脱了现代派的局限，主张向民间歌谣学习。他在《杂论新诗》中指出"当时的新诗书本气太重，要有野蛮、朴质、大胆、粗犷，总之是新鲜的青春的活力来到诗中间才能使人耳目一新"。而歌谣来自民间正具有上述特点。因此新诗应当取法歌谣。到四五十年代，尤其是50年代前半期和末期，先后在《文艺报》《人民文学》《文萃报》《光明日报》《人民日报》《诗刊》《星星》《文学评论》等报刊上掀起全国规模的探讨诗歌形式的热潮，主要是以倡导民歌的形式为核心而展开了自由诗与格律诗、民间诗（民歌）与文人诗（古典诗歌）的讨论，也即建立新诗的民族形式的大讨论。

但是关于新诗为什么要学习民歌的韵律、风格,却一直没有得到根本理论上的阐释,也即从语言文字的矛盾运动关系层面来阐释。因而在新诗的音乐性问题上自由与格律一直处在矛盾对立状态,也即民歌与古典诗歌一直处在矛盾抗争状态,即使偶尔出现二者的调和,也是无奈的折中之见,这实际上就是口语型诗和文字型诗之间的矛盾。这从新诗流派的线性发展过程中就可看出。如新诗初期是自由派,继而是新月派,又从新月派到象征派与现代派,再到自由派,始终是在自由诗与格律诗,民歌与古典诗歌,也即口语型诗和文字型诗之间矛盾徘徊。但白话新诗是属于口语型诗歌,因而它的韵律应该是类似《诗经》民歌性质的,应该是趋向活泼自然的,而不是人为的。应该是在情感的自然起伏中有变化,在变化中有规律,在规律中见出韵律的节奏与和谐。因此它的韵律应是大体须有,定体则无的,也即是相对不定型的,这正是它区别于古典定型化律诗的活力所在。

莱辛在《拉奥孔》中说:"诗应力求尽量地把它从人为的符号提高到成为自然的符号。只有这样,诗才成为诗而有别于散文。提高的手段是音调,词句,词句的位置,音节长短,修辞格,词藻比喻等等。所有这些手段都只能使人为的符号较接近自然的符号,但是还不能就把它们变成自然的符号。因此,凡是只用这些手段的那一类诗就必须看作较低级的诗,而最高级的诗就要把人为的符号完全变成自然的符号。"因为艺术的极境就是自然。而正如布瓦洛在《诗艺》中所说,我们永远不能和自然寸步相离。可见诗的韵律在最理想的意义上说,应该是自然的,是自然情动于中而形于言的。因此,白话新诗的韵律应该是缘情而发,是自然形成的。

它的韵律即白话新诗的韵律应该是在流动生展的变化中见整齐,在情感的参差错落起伏中见节奏。它的调子应是偏向于说话的调子,又不完全是说话的调子,而是诵调。它不仅侧重句尾的脚韵,也不忽视句首的复沓和句中有规律音顿的复现。它是在自然中有变化,在变化中见整齐,在整齐中见和谐,在和谐中见韵律,在韵律中见节奏,在节奏中体会诗的韵律美。而不是用技巧去编织《距离的组织》(卞之琳);也不是"流连于妩媚红颜上的憔悴",为赋新词强说愁,"精致到令自己都感到厌腻"(何其芳《燕泥集·序》);更不是"从一个寂寞的地方起来的/迢遥的,寂寞的呜咽/又徐徐地回到寂寞的地方,寂寞地"(戴望舒《印象》);像"一个年轻的老人"(戴望舒《过时》),在哀叹他是"青春和衰老的集合体",他有"健康的身体和病的心"(戴望舒《我的素描》);甚至颓废到讴歌"死同晴空般美丽"(李金发《死》),"我们的生命太枯萎/如牲口践踏之稻田"(李金发《时之表现》)。而应是高举《火把》《向太阳》"打开窗子迎接"《黎明的通知》(艾青),"去歌唱早晨/歌唱希望/歌唱那正在生长的力量"(何其芳《我为少男少女歌唱》)般活泼自然的真情流淌,而正是在活泼自然的真情流淌中见出韵律的节奏与和谐。

正如朱谦之在《中国音乐文学史》中所说:"我们主张音乐的诗,并不是主张定形的音节,是主张各人自由的抒写情调,因而表现各人自己心中找到的'音节'的。……情感和音乐是二而一,一而二的东西,作者所暗示的情感愈专,使音乐的含有性也愈大,因为文学是直接触动情感,所以在情感极高的文学中,绝没有知识概念存于其中,所有的只是'真情之流'的一泻而出。然而这不可思议的魔力所产生的作品,却正是表情最自然最美的声音,和声音同声音连合而成最美的言语,所以一字一句一叹一唱,都有自然的和谐。"这正是对新诗韵律情形的最好说明。

参考文献

期刊类：

A. 新中国成立前期刊

1. 《新青年杂志》月刊，新青年社。
2. 《新潮》，北京大学新潮社编。
3. 《少年中国》月刊，少年中国学会。
4. 《星期评论》，少年中国学会。
5. 《学灯》，上海《时事新报》。
6. 《觉悟》，上海《民国日报》副刊。
7. 《学衡》，南京东南大学的梅光迪、胡先骕、吴宓等创办。
8. 《诗创造》，诗创造社。
9. 《新月》，新月书店。
10. 《现代》，现代书局。
11. 《新诗》，新诗社。
12. 《创造》季刊，创造社。
13. 《创造周刊》，创造社。
14. 《创造月刊》，创造社。
15. 《文学杂志》月刊，上海商务印书馆。
16. 《文学季刊》，文学季刊社。

B. 现刊

1. 《中国现代文学研究丛刊》，中国现代文学馆。
2. 《诗探索》，天津社会科学院出版社。
3. 《诗潮》，沈阳市文学艺术界联合会。
4. 《文艺研究》，中国艺术研究院。
5. 《文学评论》，中国社会科学院文学研究所。
6. 《读书》，生活·读书·新知三联书店。

著作类：

A. 语言学类

1. 叶蜚声、徐通锵：《语言学纲要》，北京大学出版社1997年版。
2. 高名凯，石安石：《语言学概论》，中华书局1987年版。
3. 赵元任：《语言问题》，商务印书馆1980年版。
4. 洪堡特：《洪堡特语言哲学文集》，湖南教育出版社2001年版。
5. 申小龙：《汉语与中国文化》，复旦大学出版社2003年版。
6. 陈嘉映：《语言哲学》，北京大学出版社2003年版。
7. 刘润清：《西方语言学流派》，外语教学与研究出版社2002年版。
8. 王力：《王力汉语散论》，商务印书馆2002年版。
9. ［瑞士］费尔迪南·德·索绪尔：《普通语言学教程》，商务印书馆1980年版。
10. ［法］让-雅克·卢梭：《论语言的起源》，上海人民出版社2003年版。
11. ［法］雅克·德里达：《论文字学》，上海译文出版社1999年版。

12. ［美］爱德华·萨丕尔：《语言论》，商务印书馆1985年版。

13. 陆扬：《德里·解构之维》，华中师范大学出版社1996年版。

14. 赵毅衡：《符号学》，百花文艺出版社2004年版。

15. ［德］海德格尔：《在通向语言的途中》，商务印书馆1997年版。

16. 罗常培、王均：《普通语音学纲要》修订本，商务印书馆2002年版。

17. 濮之珍：《中国语言学史》，上海古籍出版社2002年版。

18. 王健平：《语言哲学》，中共中央党校出版社2003年版。

B. 音韵学类

1. 王力：《汉语音韵》，中华书局1991年版。

2. 王力：《诗词格律十讲》，商务印书馆2002年版。

3. 王力：《汉语诗律学》，上海教育出版社2002年版。

4. 王力：《诗词格律概要》，北京出版社2002年版。

5. 林焘、耿振生：《音韵学概要》，商务印书馆2004年版。

6. 李思敬：《音韵》，商务印书馆1985年版。

7. 启功：《诗文声律论稿》，中华书局2000年版。

8. 胡安顺：《音韵学通论》，中华书局2003年版。

9. 蒋长栋：《中国韵文学概要》，2002年版。

10. 谢秀荣：《中华新声韵律联选》，2002年版。

11. 贺慧宇、刘再华：《诗通》，湖南大学出版社1999年版。

12. 程观林：《古今诗歌韵律》，现代汉语大辞典出版社2001年版。

13. 谢德馨：《中华新诗韵》，汉语大辞典出版社2004年版。

14. 赵诚：《中国古代韵书》，中华书局2003年版。

C. 诗学、文学理论及其他

1. 刘中树：《五四文学革命运动史论》，吉林大学出版社 1989 年版。

2. 温儒敏：《中国现代文学批评史》，北京大学出版社 1993 年版。

3. 逄增玉：《现代性与中国现代文学》，东北师范大学出版社 2001 年版。

4. 张福贵、黄也平、李新宇：《20 世纪中国文学的文化审判》，时代文艺出版社 1999 年版。

5. 李新宇：《中国当代诗歌艺术演变史》，浙江大学出版社 2000 年版。

6. 刘中树：《中国现代文学简明教程》，吉林大学出版社 1985 年版。

7. 张德厚、张福贵：《中国现代诗歌史论》，吉林教育出版社 1995 年版。

8. 张福贵、靳丛林：《中日近现代文学关系比较研究》，吉林大学出版社 1999 年版。

9. 张福贵：《鲁迅文化选择的历史价值》，吉林大学出版社 1999 年版。

10. 陆扬：《精神分析文论》，山东教育出版社 1998 年版。

11. 吴洁敏、朱宏达：《汉语节律学》，语文出版社 2001 年版。

12. 徐葆耕：《瑞恰兹：科学与诗》，清华大学出版社 2003 年版。

13. 童庆炳：《中国古代心理诗学与美学》，中华书局 1992 年版。

14. 程毅中：《中国诗体流变》，中华书局 1992 年版。

15. 龙泉明：《中国新诗流变论》，人民文学出版社 1999 年版。

16. ［日］福原泰平：《拉康》，河北教育出版社 2001 年版。

17. 陈旭光：《中西诗学的会通》，北京大学出版社 2003 年版。

18. 朱宝荣：《心理哲学》，复旦大学出版社 2004 年版。

19. 朱光潜：《文艺心理学》，安徽教育出版社 1996 年版。

20. 蓝棣之：《现代诗的情感与形式》，华夏出版社 1994 年版。

21. 赵志军：《文学文本理论》，中国社会科学出版社 2001 年版。

22. 朱立元：《当代西方文艺理论》，华东师范大学出版社 1997 年版。

23. 周冠生：《新编文艺心理学》，上海文艺出版社 1995 年版。

24. 潘颂德：《中国现代诗论 40 家》，重庆出版社 1991 年版。

25. ［美］韦勒克、沃伦：《文学理论》，生活·读书·新知三联书店 1984 年版。

26. 何文焕：《历代诗话》，中华书局 1991 年版。

27. 谢冕：《谢冕论诗歌》，江西高校出版社 2002 年版。

28. ［奥］弗洛伊德：《精神分析引论》，商务印书馆 1984 年版。

29. 邓程：《论新诗的出路》，中国社会科学出版社 2004 年版。

30. 卞之琳：《卞之琳文集》，安徽教育出版社 2002 年版。

31. 秦惠民：《中国古代诗体通论》，华中科技大学出版社 2001 年版。

32. 郭绍虞、王文生：《中国历代文论选》，上海古籍出版社 2001 年版。

33. 商金林：《朱光潜与中国现代文学》，安徽教育出版社 1995 年版。

34. 蓝棣之：《现代诗歌理论：渊源与走势》，清华大学出版社 2002 年版。

35. 朱自清：《朱自清说诗》，上海古籍出版社 1998 年版。

36. 赵衡毅：《对岸的诱惑》，知识出版社 2003 年版。

37. 亚里士多德、贺拉斯：《诗学·诗艺》，人民文学出版社1962年版。

38. 余光中：《余光中谈诗歌》，江西高校出版社2003年版。

39. 王运熙、顾易生：《中国文学批评史新编》，复旦大学出版社2001年版。

40. ［德］席勒：《审美教育书简》，上海人民出版社2003年版。

41. ［法］萨特：《萨特论艺术》，广西师范大学出版社2002年版。

42. 游国恩：《中国文学史》，人民文学出版社1963年版。

43. 徐舒虹：《周作人的文学理论》，学林出版社1999年版。

44. 泰戈尔：《泰戈尔诗选》，译林出版社2003年版。

45. 朱自清：《中国歌谣》，复旦大学出版社2004年版。

46. 李壮鹰：《禅与诗》，北京师范大学出版社2001年版。

47. ［法］瓦莱里：《文艺杂谈》，百花文艺出版社2002年版。

48. 徐志摩：《徐志摩经典作品集》，西北大学出版社2001年版。

49. 何其芳：《诗歌欣赏》，复旦大学出版社2004年版。

50. ［美］桑塔亚那：《人性与价值》，广东人民出版社2003年版。

51. 莱辛：《拉奥孔》，外国文艺出版社1979年版。

52. 胡经之、王岳川：《文艺学美学方法论》，北京大学出版社1994年版。

53. 胡经之、王岳川：《西方文艺理论教程》，北京大学出版社2003年版。

54. 王岳川：《二十世纪西方哲性诗学》，北京大学出版社1999年版。

55. 王一川：《通向文本之路》，四川人民出版社1997年版。

56. [美]乔纳森·卡勒:《结构主义诗学》,中国社会科学出版社1991年版。

57. [日]泽田总清:《中国韵文学史》,上海书店1984年版。

58. 宗白华:《美学的散步》,安徽教育出版社2000年版。

59. [法]J·贝尔曼—诺埃尔:《文学文本的精神分析》,天津人民出版社2004年版。

60. 曹万生:《现代派诗学与中西美学》,人民出版社2003年版。

61. 朱炳祥:《中国诗歌发生史》,武汉出版社2000年版。

62. 吴战垒:《中国诗学》,东方出版社1991年版。

63. [德]海德格尔:《人,诗意地安居》,广西师范大学出版社2002年版。

64. 普丽华:《诗歌文体论稿》,中国文史出版社2002年版。

65. [英]雅克·马利坦:《艺术与诗中的创造性直觉》,刘有元、罗选民等译,生活·读书·新知三联书店1991年版。

66. [意]克罗齐:《美学或艺术和语言哲学》,中国社会科学出版社1992年版。

67. 王耀辉:《文学文本解读》,华中师范大学出版社1999年版。

68. [英]查尔斯·查德威克:《象征主义》,花山文艺出版社1989年版。

69. 闻一多:《闻一多选集》,四川文艺出版社1987年版。

70. 方珊:《形式主义文论》,山东教育出版社1994年版。

71. 王力:《现代诗律学》,中国人民大学出版社2004年版。

72. 王珂:《百年新诗诗体建设研究》,上海三联书店2004年版。

73. 吴言生:《禅宗诗歌境界》,中华书局2001年版。

74. 南怀瑾:《金刚经说什么》,复旦大学出版社2002年版。

75. 南怀瑾:《楞严大义今释》,复旦大学出版社2001年版。

76. 杨延毅译注：《金刚经·坛经》，青海人民出版社 2002 年版。

77. 黄晋凯等编：《象征主义·意象派：庞德书信选》，中国人民大学出版社 1985 年版。

78. [德] 谢林：《先验唯心论体系》，梁志学、石泉译，商务印书馆 1977 年版。

79. [德] 黑格尔：《美学》第一卷，朱光潜译，商务印书馆 1979 年版。

80. [法] 罗兰·巴特：《符号学原理》，李幼蒸译，生活·读书·新知三联书店 1988 年版。

81. [英] 波微：《拉康》，牛宏宝、陈喜贵译，北京昆仑出版社 1999 年版。

82. [法] 格雷马斯：《结构语义学》，吴弘缈译，生活·读书·新知三联书店 1999 年版。

83. 张首映：《西方二十世纪文论史》，北京大学出版社 1999 年版。

84. 朱自清：《新诗杂话》，生活·读书·新知三联书店 1984 年版。

85. 朱谦之：《中国音乐文学史》，北京大学出版社 1989 年版。

86. 李醒尘：《西方美学史教程》，北京大学出版社 1994 年版。

87. 北京大学哲学系美学教研室：《西方美学家论美和美感》，商务印书馆 1980 年版。

88. 朱光潜：《诗论》，生活·读书·新知三联书店 1984 年版。

89. [法] 萨福安：《结构精神分析学：拉康思想概述》，怀宇译译，天津社会科学院出版社 2001 年版。

90. 唐绍邦：《一个艺术家的宗教观——泰戈尔演说集》，生活·读书·新知三联书店 1989 年版。

91. [法] 茨维坦·托多罗夫编选：《俄苏形式主义文论选》，蔡鸿滨译，中国社会科学出版社1989年版。

92. 陈子善：《叶公超批评文集》，珠海出版社1998年版。

93. [瑞士] 皮亚杰：《结构主义》，商务印书馆1984年版。

94. 伍蠡甫、胡经之：《西方文艺理论名著选编》，北京大学出版社1986年版。

95. 杨冬：《西方文学批评史》，吉林教育出版社1998年版。

96. 顾永棣：《徐志摩诗全编》，浙江文艺出版社1987年版。

97. 周锡山编校：《王国维文学美学论著集》，北岳文艺出版社1988年版。

98. [美] 鲁·阿恩海姆：《艺术心理学新论》，商务印书馆1994年版。

99. 常文昌：《中国现代诗论要略》，兰州大学出版社1991年版。

100. 林庚：《新诗格律与语言的诗化》，经济日报出版社2000年版。

101. [波] 塔塔科维兹：《古代美学》，杨力等译，中国社会科学出版社1990年版。

102. 里尔克：《里尔克诗选》，绿原译，人民文学出版社1996年版。

103. 郭沫若：《郭沫若文艺论集》，人民文学出版社1979年版。

104. 苏珊·朗格：《艺术问题》，中国社会科学出版社1983年版。

105. [德] 康德：《批判力批判》，宗白华译，商务印书馆1964年版。

106. [法] 丹纳：《艺术哲学》，傅雷译，人民文学出版社1963年版。

107. [法] 让-保罗·萨特：《萨特文论选》，施康强译，人民文学出版社1991年版。

108. 刘福春、杨匡汉编：《中国现代诗论》，花城文艺出版社1985年版。

109. 王英志：《清人诗论研究》，江苏古籍出版社1986年版。

110. 张世禄：《中国文艺变迁论》，商务印书馆1933年版。

111. 杨犁编：《胡适文萃》，作家出版社1991年版。

112. 徐荣街：《中国新诗人论》，中国矿业大学出版社1989年版。

113. 冯文炳：《谈新诗》，人民文学出版社1984年版。

114. 洪堡特：《论人类语言结构的差异及其对人类精神发展的影响》，商务印书馆1997年版。

115. ［俄］维克托·什克洛夫斯基：《俄国形式主义文论选》，方珊译，生活·读书·新知三联书店1989年版。

116. 岳洪治：《现代十八家诗》，中国文联出版公司1991年版。

117. 徐志摩：《爱眉小札》，经济时报出版社2000年版。

118. 王力：《汉语诗律学》增订本，上海教育出版社出版1979年版。

119. 陈梦家：《新月派诗选》，解放军出版社2000年版。

120. 成复旺、黄保真、蔡钟翔：《中国文学理论史》（一），北京出版社1987年版。

121. ［英］锡德尼·扬格：《为诗辩护》，人民文学出版社1998年版。

122. 冯瘦菊：《新诗和新诗人》，大东书局1931年版。

123. 卞之琳：《人与诗：忆旧说新》，生活·读书·新知三联书店1984年版。

124. 叶嘉莹：《迦陵论诗丛稿》，河北教育出版社1997年版。

后 记

承蒙中央编译出版社赐予机会，也承蒙中联华文张金良老师的举荐与帮助，《中国现代新诗的语言与形式》此次得以出版，它是在原博士论文《新诗的语言和形式》（由光明日报出版社2014年出版）的基础上修订而成。作为博士论文的《新诗的语言和形式》，它是个人多年学术兴趣和积累的结晶，它从完成到初版，到再版，这之间跨越了十多年的时间历程。在这十多年的时间里，在教学与科研过程中，尤其是在给学生讲授这门课程中，进一步丰富与完善了我对其中个别章节重要相关内容的认识与思考。于是，趁此再版机会，我对相关内容进行了重新修订，从而使之进一步深化、细化、精确化与完善化，并将其更名为《中国现代新诗的语言与形式》。

本次修订主要对原著第二章内容进一步深化、补充与完善，使之由原先的三节内容扩充为四节内容。此外，还对一些个别字句、标点、排版、格式等细节上的问题做了一下技术性处理，使之更加规范化、完善化。

在此再版之际，我要特别感谢我的先生，因为这本著作的初稿是手写的，是他一个字一个字在电脑上打印出来的，同时这本著作的写作，也正是在其正反两方面的激励下完成的，因为我是一个天性不服输的人。同时，也要特别感谢我的博士导师张福贵老师，是他绝对的宽容与信任，使我可以如此任性而不自量力地选择了这样一个如此艰难的选题，并一直坚持到这个问题的豁然开朗，坚持到博士论文写作圆满完成。伴随这本博士论文的圆满完成，我本人亦在思想上，在诗歌与语言艺术的追问与探寻中，经历了从古典到现代，从诗经到佛经，从艺术到哲学的向道、寻道、悟道的思想旅程，完成了人生旅程上重要的精神超拔与升华，并从现代跨到当代，从文学跨到佛学。

如今，站在时间的节点上，站在历史与时代的转折点上，回望来路，心中充满的唯有无尽的感恩！在一个诗歌和一切艺术普遍衰败的时代里，这本纯粹谈诗歌语言和形式、理论性和学术性如此强的著作能一版再版，真的无论如何都是一件令人欣慰的事情！真的应该感恩张金良老师！感恩光明日报出版社，感恩中央编译出版社！但愿它能在一个诗歌普遍遭到解构、异化、非诗化的"后时代"里；在一个诗不伦，歌不类的"大环境"下，能正本清源，重新唤起人们纯正诗性探讨的热情，从而将语言轻轻地拉回到心灵的身旁——诗歌的故乡，让爱和希望重新在诗中歌唱，并插上梦想的羽翼飞向新世纪的远方。

最后，再次感恩我的家人，感恩吉林大学，感恩我的导师张福贵老师，感恩张金良老师，感恩光明日报出版社，感恩中央编译出版社，感恩一切曾经帮助过我的人！愿你们因我衷心的感谢与真诚的祝福，而一切越来越美好！